紫式部を創った王朝人たち

家族、主・同僚、ライバル

服藤早苗
東海林亜矢子〈編著〉

明石書店

◉はじめに

「源氏物語千年紀」が、一年間、にぎにぎしく開催された二〇〇八年から十六年後、こんどは映像で『源氏物語』の作者紫式部に脚光があたるようである。『源氏物語』は、女性作家による世界最古の長編小説だとされており、外国語の翻訳も、英語、フランス語、ドイツ語、イタリア語、スペイン語、オランダ語、ロシア語、中国語、韓国語、さらにはチェコ語、リトアニア語などなど、三十三の言語にのぼるという。長編のうえ、難しい古典文学なので、明治時代の与謝野晶子『新訳源氏物語』をはじめ、最近では大ヒットした瀬戸内寂聴訳など、多くの作家による現代語訳もなされてきた。さらに、大和和紀『あさきゆめみし』以後、続々刊行される漫画で、若年層にも『源氏物語』が浸透している。『源氏物語』の作者紫式部の満を持した一年間のテレビ大河ドラマでの登場である。

紫式部はどんな人物なのか、紫式部の周辺にはどんな人物がいて、どんな関係をもっていたのか、『源氏物語』を生み出した紫式部に影響を与えたと思われる人々を抽出し、多様な側面から紫式部像を立体的に浮かびあがらせた。紫式部は彰子の女房だったが、そもそも平安中期の女房とはどんな制度で、どのように選ばれたのか。主の彰子やその父藤原道長や母源倫子、彰子の夫一条天皇、夫藤原宣孝、娘大弐三位賢子、あるいはライバルともいえる大斎院や定子などのサロン、同僚女房たち、さらには没後の逸話や伝説などなど、多様な側面から光をあててみた。日本史研究者のみならず日本文学研究者の方々にも執筆いただき、多方面からスポットライトをあて、紫式部の輪郭を浮き彫りにすることを課題とした。

ところが、「紫式部の本名はなんというの？」と聞かれても、「わかりません」と答えるしかない。むしろ朝廷への提出のための名前を付けなかったのかもしれない。史料が残っていないのである。紫式部はどのような立場の女房だったのかも不明である。さらに、紫式部の生年もわからない。そもそも、平安時代の女性の生年など、天皇のキサキなど一部の女性をのぞき、ほとんど史料が残っていないのである。

紫式部の生年は、天禄元年（九七〇）から天元元年（九七八）まで研究者によって八年間も開きがある。天禄元年出生説なら、藤原宣孝《のぶたか》と結婚したとされる長徳四年（九九八）頃には、当時は数え年であるから二十九歳となり、「紫式部の結婚は遅かった」、と書かれる。いっぽう、天元元年出生説なら二十一歳、「若いちょうど適齢期で結婚した」となる。紫式部の印象もそうとう違ってこよう。出生説を研究する研究者の方々は、必ず詳細な史料を検討して根拠を示されている。たしかに、それぞれの説には、説得的な根拠があるので、今も多くの論争が続いており、未だ通説的定説に収斂するにはいたっていない。本書では、出生年などは各執筆者におまかせした。本来なら各執筆者は、よってたつ出生年の史料的根拠、妥当性を長々と書きたいところであるが、紙幅に限りがあるので、割愛せざるを得なかった。紫式部だけではない。本書に登場する人々、夫藤原宣孝、娘賢子、同僚の女房たちの出生や没年はほとんど不明である。

さらに、編者も含め各執筆者は、編集会議で少しだけプロットなどを話し合ったものの、お互いの原稿は事前に読み合わないことにした。和歌一つとってみても、解釈のしかた、何時の時点で詠まれたかなどなど、執筆者それぞれが史料を分析して導き出した解釈であり、一致することなど難しいので、あえて、一致した見解など出さなかった。「どれが実態に近いのだろう」、興味をもたれた読者は、ぜひとも、各執筆者が章末に記してある参考文献などを手がかりに、検討してみてほしい。史料分析の面白さの一端に出会えること間違いない。

また、平安時代の女性史料は少ない。『源氏物語』『紫式部日記』を遺してくれた紫式部でも、実像をさぐる史料に関しては、例外ではない。したがって、各執筆者が同じ史料を使っていることに気がつかれるであろう。しかも、解釈がそれぞれ違っていよう。これもまた、読者の方々は、読み比べてみてはいかがであろうか。

女性の名前の訓は、ほとんどわかっていない。研究者の慣習に基づき、確実にわかっている場合以外は、基本的につけないことにしている。

本書が、前近代でもっとも著名な女性の一人紫式部像を描く手助けになれば、望外の喜びである。

二〇二三年十二月

服藤早苗

紫式部を創った王朝人たち　目次

第一章

紫式部

――その人生と文学

河添房江

ユネスコで世界の偉人に日本人として初めて選ばれたという紫式部。その作品である『源氏物語』は現在、三十以上もの言語に翻訳されて、世界文学として流通している。しかし、作者である紫式部の実人生は、『源氏物語』の名声に比して、あまり知られてはいないのではないか。そこで本章では、紫式部の人生と文学との関わりを、その家系から没後の評価まで見ていきたい。

一　家系と多感な少女期

紫式部の家系をさかのぼれば、藤原北家の良房《よしふさ》の弟、良門《よしかど》の流れを引いている。曾祖父の藤原兼輔《かねすけ》は堤《つつみ》中納言と呼ばれ、娘桑子を醍醐天皇の後宮に更衣として入内させるほど、かなり家格を保っていた。しかも三十六歌仙の一人で歌人としての名声もあり、紫式部にとって自慢の曾祖父であったに違いない。その証として、『後撰集』にも採られた兼輔の「人の親の心は闇にあらねども子を思ふ道にまどひぬるかな」

(雑一・一一〇二)(人の親の心は闇でもないのに、子を思う親心の道には迷ってしまうことです)は、『源氏物語』では三十回以上、引歌されている。

しかし紫式部の父藤原為時《ためとき》の代には、もはや受領《ずりょう》層と呼ばれる中流の階層にとどまり、同じ北家とはいえ、藤原兼家《かねいえ》・道隆《みちたか》・道長といった家筋の権勢とは比肩するべくもなかった。父為時は、大学寮の文章《もんじょう》生《しょう》の出身で、漢学に親しみ、詩文の才に秀でた文人であった。紫式部の母は、右馬頭《うまのかみ》の藤原為信《ためのぶ》の娘であったが、幼い頃に他界しており、学儒の父と娘が向きあう家庭であった。なお紫式部の生年については、天禄元年(九七〇)から天元元年(九七八)まで諸説ある。

『紫式部日記』で、為時が同腹の弟惟規《のぶのり》(兄説もあり)に漢籍を教えるのを傍で聞いていた紫式部の方が覚えるのが早かったので、この子が男であったらと為時が嘆いたというエピソードは有名である。紫式部は、いわゆるファザコン娘であって、母よりも父からの影響を受け、社会的規範を身につけたのである。

為時の蔵書には、『史記』『漢書』『後漢書』の三史、『易経』『尚書(書経)』『詩経』『礼記《らいき》』『春秋左氏伝』の五経、その他に『論語』『孝経』『儀礼《ぎらい》』『文選《もんぜん》』『白氏文集』があったとされる(後藤幸良『紫式部』二三〜二四頁)。こうした漢籍に囲まれた環境で、紫式部は強靱な思考力を養い、『源氏物語』の創作にも大いに活かされたと思われる。

さて幼くして母を失った紫式部は、同腹の姉と親しむが、その姉も若くして亡くなり、異性よりも同性の友人たちと文通することで心を慰めたという。その多感な少女期については、家集である『紫式部集』の歌群によって、断片的ながらうかがうことができる。『紫式部集』は次の歌で始まっている。以下、引用は古本系の陽明文庫本に拠る(『新潮日本古典集成　紫式部日記　紫式部集』。末尾は歌番号)。

めぐりあひて見しやそれともわかぬまに雲がくれにしよはの月かな（一）
（久しぶりに再会して、その人とはっきり見分けることもできないうちに、慌ただしく帰ってしまった友よ、まるで雲間に隠れてしまった夜半の月のように）

右は『百人一首』や『新古今和歌集』にも採られた著名な歌で、詠みかけた相手は、紫式部の少女時代、親交があった友人であった。その人の父親が国守になったため、一緒に任国に下り、都に戻って二人が再会したときは、お互い成長して、あまりにも面変わりしていた。しかも、慌ただしい再会で旧交を温めるひまもなかったという嘆きの歌である。当時、受領と呼ばれる階級の娘どうしならば、こんな別れと再会をくり返していたのであろう。

ところで当時の女性の私家集といえば、『伊勢集』や『和泉式部集』に代表されるように、恋愛の歌か四季の春の歌で始まるのが定番であった。しかし、女同士の友情にかかわる歌で『紫式部集』が始まること、それが『百人一首』に採られたというのは、いかにも紫式部らしい。紫式部は異性よりも女どうしの交流を大切にする人であったようで、『紫式部集』の初めには、女友達と交わした歌がずらりと並んでいる（清水好子『紫式部』五頁）。

たとえば紫式部は姉を亡くした後、同じ頃に妹を亡くした女友達を「姉君」と呼んで親しんだが、それぞれが遠国に行くことになり、それでも手紙を絶やさないでと懇願する歌が残されている（『紫式部集』一五）。まさにシスターフッドの世界だが、同じく受領層の娘ゆえに遠国に別れることがあっても、文通を続けるような女友達に恵まれたことは、後に物語作家として生きる上でも大きな財産になったと思われる。とはいえ、母や姉に先立たれた紫式部は一家の主婦代わりとなり、そのため婚期も遅れる結果となった。

二　越前下向と結婚

式部大丞《しきぶのたいじょう》であった父為時は、花山《かざん》天皇の退位とともに退き、無官の時代が続いたが、念願かなって長徳《ちょうとく》二年（九九六）正月の除目《じもく》で国司に任じられた。しかし最初に任命されたのは、大国・上国・中国・下国と区別される任国の中でも下国の淡路の国司で、これに悲憤慷慨《こうがい》した為時は申文を作り、女房を介して一条天皇に愁訴した。

これが一条天皇の御感にかない、それを知った道長が、大国である越前の国守に決まっていた乳母子の源国盛《くにもり》に辞退させて、代わりに為時を越前守に任じたのである。晴れて越前守となった為時は、紫式部を伴い、琵琶湖の西岸を通って越前に下った。越前の国府（現在の越前市）で紫式部は二年近くの歳月を過ごしたが、『紫式部集』には越前への下向の旅やその自然に触れた和歌が少なからず残されている。なお紫式部が婚期がさらに遅れるのを承知で越前に下向したのは、以前から求婚していた遠縁の藤原宣孝《のぶたか》を避けるためだったという説もある。

ともあれ、紫式部は越前に下ったことで、異国との接点が開けることにもなったのである。『紫式部集』には宣孝とおぼしき人物との、こんな贈答が残されている。

年返りて、「唐人《からひと》見に行かむ」といひける人の「春は解くるものと、いかで知らせたてまつらむ」といひたるに、

春なれど白嶺《しらね》のみゆきいや積もり解くべきほどのいつとなきかな（二八）

（年が改まって、「唐人を見に行こう」と言っていた人が、「春は雪と同様、心も解けるものと、何とかして

お知らせ致したい」と言ってきたので、

春とはなりましたが、白山の深雪はますます降り積もって、いつ雪解けとなるかは分かりません）

紫式部を何とか振り向かせたいと思う宣孝は、「春の季節は人の心も解かすもの」、自分の求愛に応えてほしいと都から手紙を送っている。しかし紫式部は、「白山の雪のように、私の心もいつ解けるか、分かりません」とつれなく切り返している。二人の関係はそれとして、注目されるのは当時、越前に「唐人」がいたことである。史実とつき合わせれば、長徳元年（九九五）九月に宋の商人七十余人が若狭《わかさ》国に漂着しながら都に入れず、越前国に移されることになった（『日本紀略』九月六日条）。越前国のどこに移されたか定かではないが、かつて渤海国使が入京まで滞在した松原客館ではないかという説が有望視されている。

実際、紫式部の父為時は翌年に越前守になって、宋人たちに会いに行き、漢詩の贈答もあった。一条朝の漢詩集である『本朝麗藻《ほんちょうれいそう》』下巻には、越前で宋人の羌世昌に贈った為時の漢詩が残されている。その詩題は「覲謁之後、以レ詩贈二太宋客羌世昌一」（覲謁《きんえつ》の後、詩を以《も》て太宋《たいそう》の客羌世昌《かくきやうせいしやう》に贈《おく》る）で、かつて都の鴻臚館《こうろかん》で、接待役の文人が渤海国使と交わした歓迎や送別の詩の趣である。『源氏物語』の桐壺巻で、高《こ》麗人《まうど》（渤海国使）と光源氏、後見役の右大弁が漢詩の贈答をする場面までも髣髴《ほうふつ》とさせるのである。

察するに、紫式部は越前の国府に滞在し、父為時の話から宋人の動静を知り、かつて渤海国使を受け入れた土地柄ゆえに、渤海と日本の交流の歴史にも思いを馳せたのではないか。紫式部にとって、父の下向に伴われ、二年に満たないとはいえ異国の風を感じやすい越前の地に滞在したことは、その人の対外意識を養う意味でも大きく貢献したであろう。光源氏と高麗人の関わりなど、日本海をルートとした渤海国との対外交流の歴史を、桐壺巻の場面にみごとに活かしえたのも、記録を通じての知識というばかりでなく、越前の風土を肌で感じることができたからと推測されるのである。

＊　＊　＊

さて雪深い越前の国府での越冬は、紫式部にとって耐えがたかったのか、長徳四年（九九八）の春に単身帰京し、秋頃に藤原宣孝の熱心な求婚に屈した形で妻となったらしい。遠縁の宣孝は当時四十代後半で、前妻との間に子供もいて、通い所も多く、あちこちで浮名を流す存在だったようである。父為時より万事、当世風で羽振りがよく、性格も豪胆であった。

その宣孝の性質をよく示すエピソードが『枕草子』「あはれなるもの」の段に残されている。吉野の金《きん》峯山寺《ぷせんじ》に詣でる御嶽詣《みたけもうで》には、当時、身分の上下を問わず質素な身なりで参詣するのが慣例だったが、宣孝は美麗な装束で行き、慣例を破ったのである。

「まさか蔵王権現《ざおうごんげん》はみすぼらしい装いで参拝せよとはおっしゃるまい」とばかり、紫、白、黄と色の取り合せも派手な衣装を四十過ぎの身でまとい、長男隆光《たかみつ》にも青、紅の衣に摺《す》り模様の袴を着せて参詣した。周囲の人々はみな瞠目《どうもく》して、こんな姿の御嶽詣をまだ見たことがないと驚愕した。ところが都に戻ると、罰が当たるどころか、異例の抜擢で筑前守《ちくぜんのかみ》に任じられたのである。宣孝の派手好きで大胆不敵な性格は、「唐人見に行かむ」と紫式部に言ってよこすような、風変わりなことを好むところにも通じる。

しかも宣孝は筑前守時代に大宰少弐《しょうに》を兼任していた時期があった。少なくとも、正暦三年（九九二）の秋から一年あまりは、大宰少弐を兼官していたとおぼしい。『源氏物語』では、高麗人の場面のような渤海国使との交流にとどまらず、玉鬘巻や梅枝巻など、大宰府の役人やそこでの交易との接点も語られている。こうした物語の展開は、従来、『紫式部集』に登場する女友達で肥前守の妻となった人が情報源とされてきた。だが、宣孝と大宰府との密なる関係を見ていくと、彼こそ大宰府やそこでの交易に関する主たる情報源であったことも推測されるのである。

しかし宣孝との結婚生活は、娘の賢子に恵まれたものの、長保三年（一〇〇一）の初夏に宣孝が疫病で没して、わずか三年あまりでピリオドが打たれた。夫の死の打撃を契機に、紫式部は本格的に『源氏物語』の創作を始めて、厭世の思いをまぎらわしていく。

三 宮仕えの時代

『源氏物語』の初めの巻々が世間に広まり、評判を呼んだこともあり、紫式部は藤原道長に求められて、寛弘二年（一〇〇五）か翌年の年末に、一条天皇の中宮彰子のもとに出仕することになった。初めは父為時の官職によって「藤式部」と呼ばれたが、『源氏物語』の若紫巻が評判となって「紫式部」と呼ばれた。当初は親族の将来を思い、気の進まぬ出仕をしたので違和感に苦しんだものの、やがて中宮彰子の信任を得て、いわば家庭教師役として、ひそかに白楽天の『白氏文集』の「楽府」の進講をすることもあった。

宮仕えの間に『源氏物語』を完成させ、また宮廷生活の記録である『紫式部日記』を残している。『紫式部日記』は寛弘五年秋の土御門殿の描写に始まり、寛弘七年の敦良《あつなが》親王誕生後の五十日の祝いまで、中宮彰子のサロンの動静と折々の作者の感慨を記している。

『紫式部日記』の中には、『源氏物語』をめぐって道長と戯れの贈答を交わし、さらに格子戸をたたく道長とおぼしき男性を拒否したエピソードがある。はたして道長と紫式部の実際の関係はどうであったのか。安藤為章《ためあきら》など近世の国学者たちは、時の権力者道長にも靡《なび》かなかった貞女の面影を見るが、逆に紫式部が道長の妾であったとする説もある。

少なくとも道長は、娘に仕える主だった女房と関係を結ぶことで、ご機嫌をとるような人物であったらしい。道長が紫式部に限らず娘付きの女房に一夜訪れるのは、相手を立てた気遣いであり、いわば一種の挨拶ではなかったか。

しかし男女の関係の真偽はともかく、道長が紙や墨などを存分に与えて、『源氏物語』の執筆を全面的に支援したことは間違いないところであろう。近年の『紫式部日記』研究では、『源氏物語』の創作を紫式部一人の偉業とするより、中宮彰子サロンの集団の中で成し遂げられた作品、集団の文学とする説もあるが、そのバックに道長というパトロンの存在が大きく関わっていたことは疑いもないのである。

*　*　*

ところで『紫式部日記』の中では、消息文と呼ばれる他のサロンの女房や同輩の女房への忌憚のない批評がしばしば注目される。大斎院選子のサロンの風雅を無上のものとする中将の君（弟惟規の恋人とされる）への批判に始まり、同僚の和泉式部、赤染衛門、そして清少納言と続くが、特に清少納言について、風流ぶっていても漢才は不確かで軽佻浮薄と酷評している。これについては、先に挙げた『枕草子』「あはれなるもの」で、夫宣孝の金峯山詣を取り上げたことについての恨み節という説もあるほどである。その説に対して筆者は個人の恨みつらみというより、中宮定子のサロンが定子没後も評価され追慕されていることへの彰子サロン側の対抗意識として以前は捉えていた。しかし、それにとどまらず、もっと複雑で根深い理由があるように最近では考えを改めている。

というのも清少納言は中宮定子のサロンで、漢籍女房というべき立場を作り出した存在だったからである。それまでのキサキ（女御・中宮）付きの女房に清少納言のような漢籍の素養から来る当意即妙なやりとりで名を上げた女房がいたかどうか、残された記録をたどっても定かではない。前代に女房としての活躍が知られるのは、宇多中宮温子に仕えた伊勢、その娘の中務《なかつかさ》、円融中宮媓子に仕えた小大君《こおおきみ》など、いずれも歌人女房（歌合や屏風歌で活躍）というべき存在であった。

しかし、定子サロンでは、定子の母親の高内侍が漢籍に通じた内裏女官で、定子や伊周も漢籍の素養があり、一条天皇も漢籍好きであったことから、清少納言のような女房が活躍する場が拓けたのであろう。清少納言は和歌においても、『史記』の函谷関の故事など漢籍を踏まえた詠歌で名を上げた。いわば定子サロンは漢籍女房という新たな女房像を造り上げたのである。

そして、それを意識する道長は、彰子サロンにもそうした存在が必要と考えたのではないか。道長が紫式部の出仕を願ったのは、『源氏物語』の作者への評価も大いにあろうが、そればかりでなく、文人為時の娘としての教養に期待したと思われるのである。

実際、紫式部は彰子にひそかに『白氏文集』「楽府」の進講をし、『源氏物語』を読んだ一条天皇から「この人は日本紀（六国史）をこそ読みたるべけれ。まことに才あるべし」（「この人は、きっと日本紀を読んでいるに違いない〈日本紀を講読するべき人であるノ説アリ〉。ほんとうに学識があるらしい」）と評された。

しかし紫式部は同輩に対しては漢字の「一」の字さえ知らぬように慎ましやかに振る舞ったという。一条天皇の言葉を聞いた左衛門の内侍から「日本紀の御局」とあだ名され、困惑することもあったようである。そこに漢籍女房として自負を持ちながら、清少納言のように学識をひけらかすことは良しとしない抑制的なあり方もうかがわれるのである。漢籍に通じた女房という同様の立場だからこそ、清少納言の未熟さを指摘し、指弾せざるを得なかったというのが、本当のところではないか。単なる定子サロンへのライバル意識というにとどまらない執拗さがそこには漂っている。

ここで改めて歌人女房と漢籍女房という立場から彰子サロンを照らし返すと、彰子の親族にあたる上﨟女房（大納言の君・小少将の君など）、和歌の才で仕えた歌人女房の赤染衛門《あかぞめえもん》、和泉式部、伊勢大輔《いせのたいふ》、そして漢籍女房として期待された紫式部と、それぞれの役割が見えてくる。消息文をそうした視点から見直してみると、歌人女房の和泉式部と赤染衛門についても、それぞれの才能を認めつつも、欠点についても明確に記している。

和泉式部の歌才は認めつつも、古歌の教養のなさをあげつらい、「他人の歌を非難したり批評したりするほど和歌に精通してはいないし、こちらがきまりが悪くなるほどの歌人とは思われない」と裁断している。赤染衛門についても前半では褒めながら、後半では「歌は格別にすぐれているほどではない」とか、「上の句と下の句が離れた腰折れ歌を詠み、上手な歌詠みだと得意になっているのは、憎らしくも気の毒」と容赦ない。

要するに歌人女房としてみれば、実績のある和泉式部と赤染衛門にも不足の部分があると断じているのである。消息文がもし彰子のサロンを擁護するだけならば、何も専門歌人として活躍していた二人を貶めるような評言を加える必要はないはずなのに、ここまで批判するのは何故だろうか。筆者は紫式部の歌人女房に対する理想の高さが、こうした評言に繋がっていると考えるのである。

では紫式部にとって理想の歌人女房とはどんな存在であったか、『源氏物語』を読む限り、それは時代を遡って宇多朝の伊勢であったと思われる。『源氏物語』をひも解くと、桐壺巻から伊勢の長恨歌屏風を意識した表現があり、また紀貫之を抜いての『伊勢集』の引歌の多さなど、伊勢への尊崇の念は疑いもない。伊勢は紫式部の祖父藤原雅正《まさただ》と親交もあり、菊の着綿をめぐっての贈答（『後撰集』秋下・三九四・三九五）は、『紫式部日記』では道長の北の方の源倫子からもらった菊の着綿への返礼の歌「菊の露わかゆばかりに袖ぬれて花のあるじに千代はゆづらむ」（菊の露に若返るくらい袖を触れることにして、花の持ち主のあなた様に千年の寿命はお譲り申し上げましょう）に踏まえられている。

そもそも紫式部は「菊の露」の歌に限らず、敦成《あつひら》親王の五日の産養《うぶやしない》で祝賀歌を用意したり（『紫式部集』七七）、五十日の祝いの場で道長に求められての和歌を詠んだり（同七九）と、詠歌に無縁の宮廷女房だったわけではない。定子サロンで詠歌を免除されることもあった清少納言とは違うのである。それどころか『紫式部集』には中宮彰子に代わって詠んだ代詠歌が二首採録されている（同九八・九九）。つまり、紫式部に歌を詠ませて花をもたせようとする彰子・道長に対して、つねに謙虚に振る舞うあり方、曾祖父兼輔や祖父雅正の血を引く歌人として秘かな自負を抱きつつも、出過ぎることへの抑制が『紫式部日記』や『紫式部集』からうかがえるのである。

四　晩年と没後の評価

紫式部は一条天皇の亡き後も、女院となった彰子に仕えて、藤原実資《さねすけ》の日記『小右記』で、長和二年（一〇一三）五月二十五日の記事にその存在を確認できる。実資は、以前から重要な用件を取り次いでいるのが越後守為時の娘、すなわち紫式部と記している。紫式部はほどなく宮仕えを退いたらしいが、その理由として、とかく道長と確執のあった実資方の人物として、道長に睨まれたという説さえあるほどである。紫式部の消息はそれ以降は明らかでなく、没年は定かではない。父為時の長和五年（一〇一六）の出家（『小右記』四月二十九日条）に紫式部の逝去を結びつける説、『小右記』の寛仁三年（一〇一九）五月十九日、同八月十一日、寛仁四年（一〇二〇）九月十一日、十二月三十日の「女房」を紫式部とする説もあるが、確証はない。

ところで歌人女房のありようにこだわった紫式部は、後代に歌人としてどのように評価されたのか、勅撰集の入集状況に注目してみたい。紫式部没後に最初に成立した『後拾遺集』は女性歌人の歌が多いことで知られるが、紫式部の入集歌はわずかに四首で、しかもその中の一首は詠人知らずの歌として採られている。彰子サロンでは、和泉式部六十八首、赤染衛門三十二首、伊勢大輔二十六首が入集しており、かなり少ないといえる。もっとも私家集におけるそれぞれの詠歌総数も考慮に入れる必要があり、『和泉式部集』（八八二首）、『和泉式部続集』（六四二首）、『赤染衛門集』（六一四首）、『伊勢大輔集』（一七四首）に対して、『紫式部集』は一三一首（定家本系で一二六首）である。それでも比率を考えれば紫式部の四首は少ないし、娘の大弐三位の九首にも及ばない。『後拾遺集』に続く『金葉集』『詞花集』でも紫式部の入集歌は皆無なのである。

状況が一変するのは、次の『千載集』の九首からで、『新古今集』の十三首と続く。『千載集』の撰者は藤原俊成《としなり》であるが、彼はまた『六百番歌合』の判詞で「源氏見ざる歌詠みは遺恨の事なり」（源氏物語を読まない歌人は残念なことである）と有名な評言をした人である。ともかくも『千載集』を転換点として、定家が撰者の『新古今集』『新勅撰集』と紫式部の入集歌は確実に増えて、歌人としての評価は物語作家としての評価に釣り合うようになっていく。

冥界の紫式部からすれば、『後拾遺集』の入歌数で和泉式部や赤染衛門、伊勢大輔に大きく後れをとったことは不本意であったかもしれないが、後代の俊成・定家親子により歌人としても名誉回復がなされたことには満足したであろうし、以って瞑すべしといえるのではないだろうか。

主要参考文献

後藤幸良『紫式部　人と文学』勉誠出版、二〇〇三年
山本利達校注『新潮日本古典集成　紫式部日記　紫式部集』新潮社、一九八〇年
清水好子『紫式部』岩波書店（岩波新書）、一九七三年
横井孝・福家俊幸・久下裕利編『紫式部日記・集の新世界』武蔵野書院、二〇二〇年
贄裕子「〈紫式部〉の中の〈伊勢〉」高橋亨編『〈紫式部〉と王朝文芸の表現史』森話社、二〇一二年
上原作和『紫式部伝――平安王朝百年を見つめた生涯』勉誠社、二〇二三年
河添房江『紫式部と王朝文化のモノを読み解く――唐物と源氏物語』KADOKAWA（角川ソフィア文庫）、二〇二三年

第二章
平安時代の女房の世界
――紫式部を取り巻く構造

岡島陽子

紫式部の残した『源氏物語』など、平安中期以降の女性による文学作品は「女房文学」と呼称されるが、この「女房」とはどういった存在を指すのだろうか。

「女房」とは、古代宮廷で働いていた女性役人を指す役職名であるが、実は古代社会の中で当初より使用されていた用語というわけではない。本章では「女房」とはいかなる存在かについて、その成立と制度を中心に見ていきたい。

一 「女房」という制度

「女房」にいたるまで

もともと天皇（大王）に仕える女性は、大きくわけると中央豪族出身の女孺《にょじゅ》と地方氏族出身の采女《うねめ》と呼ばれる存在がいた。そのほかにも王族女性が務める事例も奈良時代頃までは多く確認される。彼女たちは天皇（大王）への奉仕を職務とし、天皇（大王）の日常的な生活空間である内裏内は、天皇と女性のみの空間だった。この空間に男性が入るためには、内裏内の女性による取次が必要となった。一方天皇（大王）のキサキたちは、内裏内には居住せず、内裏の外に個別の宮を運営し独自に女性奉仕者を使役していた。

律令制が成立すると、男性官人に対し二官八省制という官僚組織が整備されたのに対し、女性官人についても後宮職員令により、後宮十二司と呼ばれる組織が形成されることになる。後宮十二司は、内侍司を筆頭とする蔵司・書司・薬司・兵司・闈司・殿司・掃司・水司・膳司・酒司・縫司という十二の官司の総称である。後宮十二司には、職務が類似する男性官司が存在しているが、後宮十二司の勤務地が一部例外を除き内裏内という点で、男性官司とは協業関係を取りつつ、職務の分担が行われていた。

この時期の特質として、男性官人と後宮十二司の女性官人が夫婦関係をとっていることが挙げられる。特に大臣など政権中枢に位置する男性の妻が、内侍司の長官である尚侍《ないしのかみ》についている顕著な事例も確認できる。代表的な例でいえば右大臣に昇り藤原氏発展の礎を築いた藤原不比等《ふひと》と妻である県犬養三千代《あがたいぬかいのみちよ》（尚侍に任命された記録はないが、位階などの状況から尚侍であったとされている）、淳仁朝で太保（太政大臣）となる藤原仲麻呂《なかまろ》と妻である藤原袁比良《おびら》（正三位尚蔵《くらのかみ》兼尚侍）などがある。また後宮十二司の奉仕対象はあくまで天皇であり、キサキや皇太子に対しては、独自の女官「女竪《にょじゅ》」が奉仕する別組織が存在していた。

状況に変化が生じるのは八世紀半ば以降である。侍従・次侍従ら天皇に供奉する男性官人が内裏内で勤務するようになり、公卿らも内裏内伺候が常態化するようになると、女性官人の特異性は失われていく。それまで女性官人は「宮人《くにん》」と総称されていたが、男性官人に対する「女官《にょかん》」の呼称が使用されるようになる。また、天皇の家政機関として蔵人所が台頭してくると、内裏内での女官の職務を侵食していくようになる。

天皇のキサキについても、大きな変化が生じる。称徳《しょうとく》天皇の後を承けて宝亀元年（七七〇）に即位した光仁《こうにん》天皇の皇后・井上内親王《いのえないしんのう》は、すでに父親である聖武《しょうむ》天皇（七〇一〜七五六）も死去しており独自の宮を運営するだけの後ろ盾を持たない女性だった。そこで内裏内での天皇との同居が計画されたようである。ただし井上内親王は宝亀三年には呪術により夫光仁天皇を害そうとしたという巫蠱《ふこ》の罪で廃后されるので、計画が実行されたかは明らかではない。しかし次の桓武《かんむ》天皇の皇后・藤原乙牟漏《おとむろ》以降、キサキたちの内裏居住が進んでいくこととなる。また嵯峨《さが》天皇の皇后・橘嘉智子《たちばなのかちこ》の時代には、皇后宮職という皇后宮の事務を扱う官司に関しても廃止・縮小が進み、内裏内に吸収されていく。この結果、独自の「宮」を営む経営主体としての皇后の経済力の後退と住環境の天皇への依存が進んでいくこととなる。

一方で、内裏内に皇后が居住するようになったことで、後宮十二司が皇后にも奉仕するようになる。皇后は天皇の「妻」として女性官人の頂点に立つこととなり、正月の皇后拝賀儀礼が成立する。

弘仁元年（八一〇）の平城《へいぜい》太上天皇の変を経験し、天皇と太上天皇の二重権力を嫌った嵯峨天皇は、退位後嘉智子とともに内裏から退去し冷然院に居を移す。以降、内裏内は現役天皇世代の空間となり、親世代とは居所を分離する。しかし文徳《もんとく》天皇は仁寿三年（八五三）に即位して以降、一度も内裏内に居住しなかった。斉衡元年（八五四）に冷然院に移ると、内裏外とはいえ母親である皇太夫人・藤原順子と同居した。順子は斉衡元年のうちに皇太后となる。京都市山科区にある安祥寺《あんしょうじ》は順子の御願寺として知られるが、「安祥寺資財帳《しざいちょう》」によれば、この寺に尚侍・広井《ひろい》女王が寄進を行っている。尚侍は後宮十二司の筆頭である内侍司の長官である。広井女王は天皇である文徳よりも、母后である順子と強いつながりを持つ女官だったのである。次代の清和朝《せいわちょう》（八五八〜八七六）・陽成朝《ようぜいちょう》（八七六〜八八四）では、母后の後宮女官に対する影響力がより明確に示される。文徳天皇の死により、天安二年（八五八）に清和天皇が九歳で即位すると祖母である皇太后・順子と同輿で内裏に入る。貞観六年（八六四）天皇が元服すると母である藤原明子《あきらけいこ》が皇太后となり、翌年内裏内で母子による同居が開始される。次の陽成天皇も母である皇太后・藤原高子《たかいこ》と内裏内で同居する。こうした母后による内裏内同居の結果、母后は後宮十二司女官内に、強い影響力を持つこととなる。

上毛野《かみつけの》滋子は、内侍司の次官である典侍《ないしのすけ》にまでのぼった女性であるが、藤原貞風・藤原近真・藤原御夏・雀部《ささべ》宜子・太《おお》平子らとともに「太皇太后（明子）侍執の人なり」（『日本三代実録』元慶三年〈八七九〉正月十三日癸卯条）とされており、明子に仕える女官だったことは明らかである。滋子については、貞観三年（八六一）二月十九日条に、皇太后・明子が太政大臣第（藤原良房《よしふさ》。明子の父）に行幸した際に褒賞として従五位下を授けられていることから、もともとは明子の生家に仕えていた女性であり、明子に仕えるために正式に女官として出仕したものと考えられる。

同様に高子についても、藤原栄子・和気徳子・安倍睦子について「皇太后（高子）宮に侍奉」（『日本三代実録』元慶六年三月二十八日庚午条）とあり、高子に仕える女官だった。栄子については、高子の同母弟・藤原清経《きよつね》の妻であり、従三位という高位にのぼっていることから典侍だったと考えられている。

こうして母后は後宮女官組織に強い支配力を発揮していく。ところが、次の光孝朝《こうこうちょう》（八八四〜八八七）では、この支配力が大きな障壁となる。

関白であった藤原基経《もとつね》と陽成天皇の間に不和が生じた結果、天皇は退位に追い込まれ、代わって即位することになったのは、五十五歳の光孝天皇だった。これまでの清和―陽成は文徳天皇の血筋であったが、光孝天皇は仁明天皇の息子であり、文徳天皇の異母弟である。清和―陽成とは血統を異にしており、母后である明子・高子とも血縁は薄い。光孝天皇が即位した当時の後宮十二司の女官たちは、前代の血統の影響を強く受け、明子や高子に仕える女官たちが現役で勤務していた。後宮十二司の女官の役職は定員が決まっており、基本的に任期がないため天皇といえども、人事は慎重に行う必要があった。その結果、光孝朝で実施されたのが「更衣《こうい》の女官化」である。更衣とは本来天皇のキサキのうちでも女御《にょうご》の下位に置かれたポストであり、平安初期に成立した。光孝天皇は高齢の即位が示す通り、本来天皇位に即く予定の人物ではなく、自身も大宰帥や式部卿などの官職を歴任した役人だった。その妻の中にも女官の経験を持つ女性がいた。光孝天皇の更衣となる藤原元子は貞観十八年（八七六）に尚膳《かしわでのかみ》（膳司の長官）に任官された藤原元子と同一人物と考えてよいだろう。この措置は、更衣を後宮十二司の外に置き、女官の職務を代行させるものであった。

次の宇多朝《うだちょう》（八八七～八九七）で天皇が譲位に際して、皇太子である後の醍醐《だいご》天皇に残した「寛平御遺誡《かんぴょうのごゆいかい》」の中で、後宮十二司とは別に女蔵人《にょくろうど》・更衣を指して「女房《にょうぼう》」と呼ぶ箇所がある。これは「女房」という用語の史料上の初見である。女蔵人とは、男性の蔵人と同時期に成立したと考えられており、弘仁年間（八一〇～八二四）には後宮十二司とは別の令外官《りょうげのかん》として、後宮十二司女官の監督などを行っていることが確認される。「寛平御遺誡」の史料から、宇多朝には、光孝朝に創設された更衣を女官化するという制度に「女房」という名称が与えられていたことが確認できるのである。

では、この「女房」という令外女官制度の成立政策を推進できたのはなぜか。これには、尚侍・藤原淑子の存在が不可欠であろう。淑子は右大臣・藤原氏宗《うじむね》の妻であり、基経・高子と同母キョウダイで、明子とも従姉妹の関係だった。そして何より宇多天皇にとっては、養母であった。淑子の重要性については、菅原道真《すがわらのみちざね》筆の「昭宣公《しょうせんこう》に奉ずる書」に下記のようにあることからもうかがえる。

尚侍殿下（淑子）は、今上（宇多）の母事たる所なり。其労の重きを為すは、中宮（班子女王。宇多天皇の実母）と雖も得ず。其労の深きを為すは、大府（基経）と雖も得ず。

明子・高子とも血縁にあり、光孝・宇多天皇の擁立に尽力した淑子こそが、明子・高子付女官を存続しつつ、光孝・宇多のためには「女房」という両血統に考慮した制度の創設を担った人物として適当であろう。

「女房」という組織

醍醐朝（八九七〜九三〇）には、本来は五位以上の女性を指す用語だった「命婦《みょうぶ》」が、女房の身分呼称に加えられる。この命婦に就いたのは、後宮十二司の長官・次官・判官クラスの女官だった。この命婦のうちでも、後宮十二司内で筆頭にあった内侍司の尚侍・典侍・掌侍《ないしのじょう》が女房内で独立した地位を築くようになると、村上朝《むらかみちょう》（九四六〜九六七）には女房の序列が定まる。

『侍中群要』巻八、所収天暦蔵人式

親王元服

（略）次いで王卿及び男女房禄を賜う。〈親王以下納言以上白褂一領加御衣、参議紅染褂一領御衣、殿上四位

五位衾一条、六位及小舎人疋絹、楽所人同じく疋絹を賜う。女房禄、尚侍白褂一領、典侍・更衣・乳母命婦紅染褂各一領、掌侍并殿上命婦衾一条、蔵人疋絹〉

すなわち女房の序列は①尚侍②典侍・更衣・乳母《めのと》命婦③掌侍・殿上命婦④女蔵人となり、女房に属さない女官たちは、このさらに下位に位置づけられるようになる。

さらにこの中でも尚侍が皇太子のキサキや摂関家の子女の名誉職化していき、更衣についても十世紀末を最後に姿が確認できなくなる。その一方で、摂関期には乳母の地位が上昇したことで、十一世紀には新たな序列が形成されていく。

『御堂関白記』寛弘三年(一〇〇六)九月二十二日条

競馬御覧

次諸司・諸衛・女官禄物を賜う。(略)女方典侍御乳母女装束・絹八疋、内侍綾褂・袴・絹五疋、命婦白袴褂一重・袴・絹四疋、女蔵人白褂一重・絹三疋、自余女官等各差有り。

以上の史料から、十一世紀の女官組織は「女房=①典侍・乳母②内侍(掌侍)③命婦④女蔵人／女官」という構造を持つこととなる。なお、典侍については天皇の乳母の役職として特権化していく。

ところで、ここまでの「女房」は、あくまで天皇に仕える女房についての話である。この天皇の女房は「内の女房」もしくは「上の女房」と呼ばれていた。では、キサキたち(本章では、皇后・皇太后・太皇太后を「后」、女御らを含めた天皇の妻を「キサキ」として区別する)に奉仕する女官はどうなるのか。少し時間を巻き戻してみていこう。

藤原明子・高子のように母后として後宮女官に影響力を持てるのであれば、後宮十二司女官が奉仕すれば事足りた。しかし、光孝朝には皇后は立てられず、宇多朝では養母である藤原淑子に権力が集中しており、実母である班子女王は後宮に影響力を持ちえなかった。さらに醍醐天皇の母である藤原胤子は、即位前の寛平八年（八九六）に死去しており、養母となる藤原温子は最後まで内裏居住しなかった。醍醐朝の延長二年（九二四）、約九十年ぶりに藤原穏子が皇后に擁立される。しかし、この立后は孫である慶頼王《よしよりおう》に皇位継承させる道筋をたてるための措置であり、穏子自身の権力によるものではなかった。このように以前のように後宮に支配力を及ぼせない妻后・母后の出現を契機として、后専属の女房集団が形成されることとなったのである（山田彩起子「平安時代中期における后の女房の存在形態について」）。天皇と后の女房は、時期を前後して実によく似た状況の中から生まれた存在ということができる。

では后の女房（皇后・皇太后・太皇太后付きの女房をこのように総称する）はどのような組織構造を持つのか。平安中期のキサキは、まず女御として天皇に入内する。このとき、生家から二十名ほどの女房を引き連れてくる。女御の中で皇后になる、もしくは生んだ子が天皇に即位し母として皇太后になった場合、彼女たちに仕える女房は「后の女房」となる。天元五年（九八二）の円融皇后《えんゆうこうごう》・藤原遵子立后時に行われた后の女房の任命を見ていこう。

『小右記』天元五年（九八二）三月十一日条

今夜令旨を奉り、藤詮子を以て宣旨と為し〈是皇太后宮大夫（源重信）の妻、中宮の姉〉、藤原済子を以て御匣殿別当〈参議佐理の妻〉、藤原近子を以て内侍と為す〈信濃守陳忠の妻〉。

ここで宣旨《せんじ》・御匣殿別当《みくしげどのべっとう》・内侍《ないじ》の任命が行われており、この三つの職名は総称して「女房三役」と呼ばれ、この三役を頂点として后の女房は組織されている。

女御付きの女房と后の女房との決定的な違い、そして后の女房と天皇の女房に一致する点として、「女房簡」の存在が挙げられる。女房簡とは、官位姓名を記して女房の出勤を管理する木札である。天皇の日常の住居である内裏の清涼殿のうち、女房の控えの間である台盤所《だいばんどころ》に置かれた。男性官人にも同様に「日給簡」が作成され、清涼殿の殿上の間に置かれている。この簡に名を記されると殿上に昇って勤務することが許されたことから、簡に記名が許された人物は殿上人《てんじょうびと》と呼ばれた。

先ほどの遵子立后の事例を見ていくと、「下官（藤原実資《さねすけ》）及び右中弁懐遠《かねとお》を以て、侍所別当と為す。大進輔成朝臣、令旨を奉る。男女房簡、今夜始めて書く」（『小右記』天元五年三月十一日条）とあり、后の女房の任命と同日に女房簡の作成がなされていた。

この女房簡に記されることにより、清涼殿上での勤務が許されることになる。高階貴子《たかしなきし》は、学者としても高名な高階成忠《しげただ》の娘で、自身も父から漢字の手ほどきを受けた才媛であり後に高内侍《こうのないし》と呼ばれた人である。しかし女官として出仕した円融朝（九六九～九八四）では、女房簡に付されなかったため、普段は台盤所ではなく、女房でない内侍らが待機する内侍所（温明殿《うんめいでん》）に侍しており、指示があれば清涼殿に参ったが、清涼殿の母屋まで入ることはできず、石灰壇の脇の東孫廂に控えることとなっていた（『続古事談』第二）。後に藤原道隆《みちたか》の妻となり、藤原道長《みちなが》と深くかかわる藤原伊周《これちか》、定子らの母となる貴子の若かりし頃のエピソードである。

以上のように、女房は天皇・后などそれぞれ個別の主君を奉じて形成された女性労働者集団である。この主君は女御や皇太子や斎院、各貴族の邸宅と多岐にわたり、それぞれ独自の女房集団が組織されていた。主君と強い結びつきを持ち、近侍することを職務として、主君と他者との取次を業務として担っていた。

もともと女官を母体として形成された天皇の女房については、一般的な取次業務だけでなく、儀式への参列など政務能力も必要となった。ただし天皇個人というより「天皇」という機関に仕えたため、代替わりを経た次代の天皇にも勤務を継続することが一般的であった。しかし応徳三年（一〇八六）に白河《しらかわ》天皇から堀河《ほりかわ》天皇に譲位が行われた際、少将内侍《しょうしょうのないし》と周防内侍《すおうのないし》のみが新帝のもとに渡り、他の女房は職を辞し、院御所に従った。以降、恒例化し天皇の代替わりでは二名の女房を除き女房組織が再編されており、天皇の女房についても天皇個人との結びつきが強まっていく（松薗斉「内侍の職務と補任」）。

また、天皇の女房と后の女房は、別の組織であるが、必ずしも完全に分かたれていたわけではない。寛弘五年（一〇〇八）の中宮・藤原彰子出産時に側に控えていた女房の一人である「弁内侍《べんのないし》」は、一条《いちじょう》天皇が彰子の滞在する土御門第《つちみかどだい》に行幸した際には「弁の内侍はしるしの御筥」として、天皇出御の際に同道される神璽の筥を捧げる役割に奉仕した（ともに『紫式部日記』）。このことから弁内侍は、中宮彰子の女房と一条天皇の女房を兼任したことがわかる。弁内侍のような天皇と后の女房を兼任し、両者の連絡役をも担っていた女房は一定数存在していたのである。

二　女房への出仕と貴族社会

それでは、紫式部も仕えた藤原彰子に仕えた女房たちについて見ていこう。彰子は藤原道長と源倫子の娘であり、長保元年（九九九）に一条天皇の女御となり、翌年には中宮（皇后は藤原定子。一人の天皇に二人の后が擁立された初例）となり、后の女房を組織している。中宮・彰子の女房三役には、宣旨に中納言・源伊陟《これただ》の娘の源陟子、御匣殿《みくしげどの》に左大弁・源扶義《すけよし》の娘で「大納言《だいなごん》」と呼ばれた源廉子、内侍には当初橘良芸子が任命されていたが、後に修理亮・藤原親明《ちかあきら》の娘で藤原惟憲《これのり》の妻である「宮内侍《みやのないし》」「近江内侍《おうみのないし》」と呼ばれた藤原美子と交替している。このうち廉子は源倫子の姪、彰子の従姉であり、美子は倫子の乳母の娘である。彰子の女房には、ほかにも倫子の姪である「小少将《こしょうしょう》」、美子の妹である「式部のおもと」、彰子の従姉妹にあたる「宰相の君」（実名は藤原豊子）ら、生家に縁深い人物がいた。

前節でみた円融皇后・藤原遵子にも身内女性が女房として仕えており、后・キサキはこうした近親女性に支えられていた。こうした女性たちは女房の中でも上位を占める存在であり、彰子の女房の場合はその下に歌人・文人としての才覚をもつ紫式部・和泉式部・赤染衛門らの受領クラスの家柄から女房として出仕している女性たちがいた。

奈良時代から平安初期の男性の高位高官貴族の妻が、女官として出仕していたのに対し、平安中期には大臣クラスに昇る階層の妻は、妻として位階授与を受けるものの女房・女官として勤務することはなくなる。女房として出仕するのは、これらの女性より下位の家柄で、三位参議以上、いわゆる公卿に昇ることがなく、国司の最高官である受領を輩出する家柄の女性たちが多数を占めていた。こうした状況に変化を加えたのは、積極的な後宮政策を行った藤原道長だった。詳細は後章にゆずるが、道長は自身の娘の女房に、本来女房として出仕しない公卿層の家柄の女性たちを採用し、女性の階層秩序に変革を及ぼした。

摂関期になると、律令官僚秩序が崩壊し、下級貴族・官人たちは朝廷の官職を持ちつつ、藤原摂関家や源氏などの上級貴族の家に仕えるようになる。こうした存在を「家司《けいし》」という。上級貴族は彼らに対し官職任官や受領任国などの力添えを行う一方で、仕える側の家司は官職の立場をもとに主家の貴族に奉仕したり、受領として得た財産を主家の建設事業などに投資したりした。

こうした人的な結合は男性だけでなく女性にも及んでいる。中宮内侍となった美子は、源倫子の乳母の娘であり、夫である藤原惟憲も道長の家司として知られる存在であり、彰子所生の敦成《あつひら》親王家の別当を務めた。また美子の妹である藤原基子も彰子の女房であり、後に敦成親王の乳母になり、中宮亮・源高雅《たかまさ》の後妻となるが、この高雅も道長の家司だった。さらに、一条天皇の乳母であった藤原繁子は、道長の姉で円融天皇の女御である皇太后・藤原詮子の女房となるが、後に道長の父である藤原兼家《かねいえ》の家司・平惟仲《これなか》と再婚している。

こうした関係は、女房が母から娘へ、家司が父から息子へ継承され、家司と女房による婚姻関係が結ばれていき、女房が主家の子の乳母となる場合、より強固な奉仕関係の構築につながっていく(吉川真司「平安時代における女房の存在形態」)。女房に限ってみていけば、藤原豊子・藤原美子・藤原基子は彰子の女房だったが、彰子の皇子・敦成親王(後の後一条《ごいちじょう》天皇)の乳母になっている。美子にいたっては、長和二年(一〇一三)に三条《さんじょう》天皇と道長の娘・藤原妍子の間に禎子内親王が産まれると、御乳つけを勤めて後、禎子内親王の乳母に移籍している。また彰子の女房である和泉式部は、再婚した藤原保昌《やすまさ》も道長の家司であるとともに、前夫橘道貞《みちさだ》との間の娘・小式部内侍《こしきぶのないし》も母と同じく彰子の女房となっている。

院政期には、鳥羽《とば》天皇皇女・上西門院《じょうさいもんいん》統子内親王の女房たちが、その死後にもともと上西門院の女房であり後白河院の寵愛を受けて高倉《たかくら》天皇を生んだ建春門院《けんしゅんもんいん》平滋子のもとに移籍している(『たまきはる』)。

このように女房組織は、貴族社会の人的関係の影響を強く受けて構成されているのである。

主要参考文献

伊集院葉子「「キサキの女房」の出現契機」『日本古代女官の研究』吉川弘文館、二〇一六年
岡島陽子「女房の成立」『日本歴史』八五三、二〇一九年
岡島陽子「女房制度の成立過程」『歴史評論』八五〇、二〇二一年
東海林亜矢子「母后の内裏居住と王権」『平安時代の后と王権』吉川弘文館、二〇一八年
角田文衞『日本の後宮』学燈社、一九七三年
野口孝子「摂関の妻と位階――従一位源倫子を中心に」『女性史学』五、一九九五年
橋本義則「「後宮」の成立――皇后の変貌と後宮の再編」『古代宮都の内裏構造』吉川弘文館、二〇一一年
増田繁夫「紫式部の女房生活」『源氏物語と紫式部――研究の軌跡』角川学芸出版、二〇〇八年
増田繁夫「紫式部と中宮彰子の女房たち」『紫式部の方法』笠間書院、二〇〇二年
松薗斉「内侍の職務と補任」『中世禁裏女房の研究』思文閣出版、二〇一八年
山田彩起子「平安時代中期における后の女房の存在形態について」『古代文化』六七－三、二〇一五年
吉川真司「律令国家の女官」『律令官僚制の研究』塙書房、一九九八年
吉川真司「平安時代における女房の存在形態」『律令官僚制の研究』塙書房、一九九八年

第三章

藤原彰子

――紫式部が教育した主

服藤早苗

一　誕生

永延二年（九八八）、左大臣源雅信《まさのぶ》（九二〇～九九三）が聟取った藤原道長（九六六～一〇二八）と娘源倫子（九六四～一〇五三）の間に姫君が誕生した。雅信に反対されながらも道長を聟取った妻の藤原穆子（九三一～一〇一六）は、この姫君を大切に育て、また、八十六歳の長寿をまっとうするまで、聟道長の衣装などの世話をした。この姫君こそ、十二歳で裳着《もぎ》を行った時に命名された彰子である。

道長が聟取られた土御門邸《つちみかどてい》は、穆子の父土御門中納言藤原朝忠《あさただ》（九一〇～九六七）邸で、雅信の同父母弟重信《しげのぶ》も聟取られていた。二人の聟は宇多天皇の孫であり、父は敦実《あつみ》親王、母は時平《ときひら》の娘で、トップクラスの貴族層だった。政略を駆使して一条天皇の摂政になったばかりの道長父兼家《かねいえ》は、先例を無視して息子たちを矢継ぎ早に昇進させ、道長は二十三歳の若さで権中納言になっていた。しかし、道長の母は、摂津守藤原中正《なかまさ》の娘時姫、どうみても二歳年上の倫子の方が家格が上であり、聟取られた当初は、生活全般にわたり、雅信と穆子が支えていた。賢く、人々に対する配慮、おもてなしの達人だった妻倫子に、道長は、生涯頭が上がらなかった。なお、穆子と紫式部父為時はイトコだった。

むまご（孫）の、をうな（女）にてう（生）まれたるをきき（聞き）て
きさき（后）がね　もししからずは　よきくにの　わかき受領の　妻がねならし（『為頼集』）

紫式部の伯父為頼が詠んだ、注釈もいらない有名な歌である。彰子は、とうぜんながら「后がね」と育てられた。じっさいに、倫子に仕え、彰子の生育を見守った赤染衛門《あかぞめえもん》が歌っている。

女院のひめぎみときこえさせしころ、いしなどりのいし召すをまいらせしとて
すべらぎの　しりへの庭の　いしぞこは　ひろふ心あり　あゆがさでとれ
（天皇の后妃方が住まわれる後宮の庭の石ですよ。拾ってほしい気持ちです。動かさないでお取り下さい）（『赤染衛門集』）

「石などり」とは、お手玉のような遊びである。

長徳元年（九九五）、一条天皇の中宮だった藤原定子の父関白道隆《みちたか》が、飲水病《いんすいびょう》、いわゆる糖尿病で亡くなった。四十三歳だった。おりしも伝染病の赤裳瘡《あかもがさ》（はしか）が流行し、多くの貴族層が亡くなった。誰が、権力を掌握するか。寵愛する中宮定子の弟伊周《これちか》を推したい一条天皇と、弟道長を推す国母東三条院《ひがしさんじょういん》詮子との熾烈な抗争のあと、ついに道長が内覧《ないらん》、右大臣の地位をえる。さらに、伊周兄弟の花山上皇への矢射事件（長徳の変）などで、道長は、期せずしてトップに躍り出た。

長保元年（九九九）、やっと数え年十二歳、満年齢なら十一歳になった姫君は、彰子と命名され、親族や親密な貴族層を招いて三日間行われた盛大な裳着《もぎ》・成人式の最後に、従三位に叙位された。もちろん入

内のためである。

二　入内

十一月一日、彰子は、倫子夫妻が選別した女房四十人・童女六人・下仕六人を従え、一条天皇に入内した。彰子の殿舎には、花山天皇や藤原公任《きんとう》などの詠歌を三蹟《さんせき》の一人藤原行成《ゆきなり》が書した屏風や、象眼《ぞうがん》の棚などの様々な調度品が運び込まれていた。付きそった倫子は、妊娠中で、十二月に威子を出産している。残念ながら彰子入内の婚姻儀礼の具体的史料は残らないが、三日間、夜だけ天皇の寝所に通い、三日目に三日夜餅を食したと思われる。

十一月七日、一条天皇は、午前中に彰子を女御《にょうご》にする宣旨を出す。じつは、この日早朝、定子は敦康《あつやす》親王を出産していた。一条天皇にとって初めての皇子、大喜びで、母詮子が用意した御剣《みはかし》を贈る。ところが、公卿層は道長に忖度《そんたく》してだれも定子邸には駆けつけない。午後、多くの公卿を従えた天皇は、彰子の殿舎に赴き、御簾の中に入る。付き添いの公卿や親族男性たちは、殿舎の簀の子敷あたりで、酒宴を始める。何とも劇的な一日だった。

翌長保二年（一〇〇〇）二月十日に彰子は立后宣旨を里第で受けるために朝廷を退出し、二十五日に立后し中宮《ちゅうぐう》となった。定子は皇后となる。一人の天皇に正式な后が二人、もちろん史上初めてである。そもそも、それまで中宮は、皇后の役所の名前だった。それを嫡妻の一人の名称に転換したのは、正暦元年（九九〇）九月、皇后・皇太后・太皇太后の三つの身位がふさがっていたため、摂政道隆が、中宮を嫡妻の名称にかえ、定子を中宮にしたのが始まりである。しかしながら、この時は、各天皇の后は一人だった。道長は、兄の戦略を利用し、ウルトラ政策を挙行したのだった。

彰子は、土御門邸で勅使《ちょくし》から立后宣旨を受け取ると、朝廷から移動して庭に列立した全公卿たちから、拝礼をうける。中宮への忠誠を誓う臣下としての儀式である。その後、酒肴《しゅこう》が出され、饗宴が夜を徹して行われた。

彰子が、退出した二日後、一条天皇は、皇后定子と脩子内親王・敦康親王を宮中に呼び入れ、敦康親王の百日儀などを行う。寵愛する定子と二人の子どもたちとの、つかの間のほほえましくも明るい団らんの日々を過ごす。この間、定子は懐妊する。三月二十七日、定子たちは、皇后にはそぐわない貧弱な門や建物規模の平生昌《なりまさ》宅に退出する。また八月八日から二十七日まで、身重の定子は、再度内裏に入り、天皇との最後の短い逢瀬を過ごす。そして、十二月十五日、媄子内親王を出産後、後産《あとざん》がおりず、十六日早朝、二十五歳の短い生涯を閉じた。定子と彰子は、もちろんのこと、清少納言と紫式部も、とうぜんながら宮中で顔を合わすことは一度も無かった。

三　紫式部の出仕と二人の皇子の誕生

翌年八月、彰子は敦康親王の養母になった。彰子はまだ十四歳、当分、出産できそうもない。唯一の皇子を、故定子の兄弟や親族に養育、後見させるわけにはいかない。一条天皇にとっても、後宮で彰子が養育していれば何時でも会える。父道長の深慮遠謀である。道長の側近、知恵者の藤原行成が、漢の明帝《めいてい》が子どものいない馬皇后《ばこうごう》に粛宗《しゅくそう》を養育させ、帝位につけた故事を一条天皇に上奏しており、それが実ったという。

馬皇后の故事には、華美を求めず質素倹約し、修養に努めて政事にあたり、私家のことを求めない賢后《けんこう》としての生き方が示されてもいた。彰子は行成や一条天皇、あるいは母倫子や父道長から、馬皇后の故事を教えられていたに違いない。賢后になるためには、修養、すなわち、知識を習得し、品性を磨き、人格を高め、自己形成に努めることが必要だと学んだと思われる。

実際に、彰子と敦康親王が同じ殿舎で生活するのは、寛弘元年（一〇〇四）正月からであるが、それまでも、真菜始儀《まなはじめ》や着袴《ちゃっこ》などの生育儀礼は、彰子の殿舎で行われ、養母であることが広く披露されていた。

紫式部が中宮彰子のもとに初めて出仕したのは、寛弘三年（一〇〇六）十二月二十九日だったとされている。紫式部は三十二歳前後、中宮彰子は十九歳、すでに出産に充分な健康な年齢なのに、いまだ妊娠の兆しはみられない。だからこそ、優秀な女房をもっと集めて格調高い女房集団を作りたい。当時、ベストセラーだった『源氏物語』の作者を彰子の女房としてリクルートしたのは道長だった。しかし、紫式部は女房出仕はあまり乗り気ではなかった。

はじめて内裏わたりを見るに、もののあはれなれば

身のうさは　心のうちに　したひきて　いま九重ぞ　思ひ乱るる

（宮仕えに出ても、我が身の嘆きは、心の中についてきて、今宮中であれこれと心が幾重にも乱れることだ）

（『紫式部集』）

出仕始め頃から「身のうさ」を嘆いている。女房出仕は、貴族層に次第に敬遠されるようになっていた。

清少納言は、「平凡な結婚をして人妻となり、将来の希望もなく、ただまじめに、夫のわずかな出世を幸福と心得て夢見ているような女性は、うっとうしくてつまらぬ人のように思いやられ、感心できない。やはり、相当な身分のある家庭の子女などは、宮中に奉公して、社会の様子も十分見聞させ、習得させてやりたい。宮仕えする女性を軽薄でよくないことのように思ったり、言ったりする男性がいるが、そんな男は誠ににくらしい」(『枕草子』「生《お》ひさきなく、まめやかに」現代語訳)、現代にも通じる女性論である。

道長は紫式部を他の女房たちと違って、彰子の家庭教師的女房として採用したから、出自の高い、古くからの女房などからねたまれたのであろう。しかし、しっかりと役割を果たしている。

宮の、御前にて文集《もんじゅう》のところどころ読ませ給ひなどして、さるさまのこと知ろしめさまほしげにおぼいたりしかば、いとしのびて、人のさぶらはぬもののひまひまに、おととしの夏頃より、楽府《がくふ》という書二巻をぞ、しどけなながら教へたて、きこえさせて侍る。

(中宮様は、御前で白氏文集のところどころを〈私に〉読ませたりなさる。中宮様は漢文方面のことを知りたげでいらっしゃると、私は拝察しましたので、ほんとうにこっそりと、他の女房がお仕えしていない合間合間に、一昨年〈寛弘五年〉の夏頃より楽府という漢詩二巻を、拙いながらご進講させていただいております)(『紫式部日記』)

紫式部が彰子に白居易《はくきょい》の『白氏文集《はくしもんじゅう》』のなかの楽府二巻を進講《しんこう》した著名な箇所である。「おととしの夏頃」、寛弘五年(一〇〇八)の夏とは、なんと、彰子がやっと懐妊し、四月十三日に土御門邸に退出した頃である。入内してからあしかけ十年、彰子は二十一歳になっていた。

九月に敦成《あつひら》親王を出産するから、妊娠中に漢籍を学んでいたことになる。まさに胎教《たいきょう》である。『白氏文集』の新楽府《しんがくふ》は、天下の治政の乱脈や世相の退廃を風刺批判して、天子を諫《いさ》め、改革を求めた諷喩《ふうゆ》詩だとされる。彰子は、当時一条天皇や貴族層に広まっていた新楽府への知的好奇心と、国母として政事を後見するために、社会へ目を向ける必要性を自覚し始めたのだろう。妊娠した安堵感により、前向きな力がわいてきたのかもしれない。

寛弘五年九月十一日、彰子は難産のすえ、敦成親王を出産した。皇子の誕生に倫子や道長始め、親族や側近貴族層は悦びにひたった。一条天皇もほっとしたことだろう。紫式部は、出産に対応した女房たちの姿を、いきいきと描いている。『紫式部日記』は、道長から依頼されたいわば公的な仮名の記録、との説が出されている。たしかに、男性の日記にはない、女房たちの装束や振る舞いは、歴史的に貴重な記録である。ただ、必ずしも整然と書かれていないので私的な記録でしかない、との説も説得的ではある。

翌年、十一月二十六日、中宮彰子は、さらに敦良《あつなが》親王を出産する。当時の妊娠出産は体力を消耗するので、立て続けの出産で産死する女性たちの史料は大変多い。彰子は、八十六歳まで生きた祖母穆子や、同じく九十歳の母倫子から健康な身体を受け継いだようである。『紫式部日記』は、寛弘七年（一〇一〇）一月十五日の敦良親王の五十日儀でおわっている。彰子二十三歳までである。

女房出仕をシニカルに斜にかまえてみている紫式部は、彰子にも結構厳しい。

宮の御心あかぬところなく、らうらうじく、心にくくおはしますものを、あまりものづつみせさせたまへる御心に

（中宮様は、御心、非の打ち所が無く、上品で奥ゆかしくいらっしゃるのに、あまりに控えめになさる御気性で）（『紫式部日記』）

彰子が控えめな性格で女房たちに口出しをしない。それで上臈女房も積極的に仕事をしない。さらに、「今は、中宮様もだんだん大人びて、後宮のあるべき姿、女房たちの気性の長所や短所、出過ぎたところも不足なところも全部見抜いていらっしゃる」が、出しゃばったり、色めかしいことも嫌いだし、失敗しないことを良いことだとするので、沈滞ムードが漂うサロンになっている。貴公子たちは、女房と気安く話し込みたいと思っているのに対応できないので、そそくさと帰ってしまう、と批難する。逆に、紫式部は、色めかしいことも、失敗しても、貴公子たちとため口をきいて噂話くらいしても、良いのではないか、そうすれば、斎院選子のサロンよりも活気が出て良いではないか、と思っていたようである。もちろん、亡くなった定子の明るく、闊達な、清少納言が『枕草子』で描いたサロンに対抗しての言説であろう。

紫式部は、彰子の女房管理力、統率力の欠如を批判しているとされるが、しかしながら、『紫式部日記』に書かれる時代の彰子は、十九歳から二十三歳頃まで、しかも、妊娠を催促され精神的に相当まいっている頃から、やっと二人の皇子を出産できた喜びの日々までであり、八十七歳まで長寿を保った彰子像のごく一部でしかない。

四　国母の政治力と紫式部

寛弘八年（一〇一一）六月十三日、病を得た一条天皇は譲位し、三条天皇が践祚する。誰を次期天皇、すなわち東宮にするのか。中宮彰子は、一条天皇と共に慈しみ育てた定子の忘れ形見敦康親王をまず東宮にし、次に息子の敦成親王が継げば良いと思っていた。その意向を察した父道長は、彰子に隠れて、例の知恵者藤原行成の理屈を利用して、重篤の一条天皇にせまり、敦成親王を東宮にする。道長も飲水病〈糖尿病〉がいつ悪化するか不明だから必死だった。結局、彰子は東宮の母になった。三条天皇が即位し、二十二日、一条院は失意のうちに亡くなった。翌年二月、彰子は皇太后に、妹妍子が三条天皇中宮になった。

長和二年（一〇一三）五月二十五日の藤原実資《さねすけ》の日記である。

資平を去ぬる夜、密々に皇太后宮に参らしめ、東宮、御悩の間、假に依りて参らざる由を啓せしむ。今朝、帰り来たりて云はく、「去ぬる夕、女房に相逢ふ〈越後守為時の女。此の女を以て、前々、雑事を啓せしむるのみ〉。彼の女、云はく、『東宮の御悩、重きに非ずと雖も、猶ほ未だ尋常に御さざる内、熱気、未だ散じ給はず。亦、左府、聊か患ふ気有り』と」てへり。（『小右記』）

実資は養子資平を皇太后彰子の殿舎に参らせて、東宮がご病気なので（お見舞いをしたいが）、仮《か》（親族の喪や改葬等のための休暇）なので参ることができないことを、彰子に申し上げさせる。今朝、資平が帰って言うことには、「昨夕、女房に会い（伝言を伝え）ました〈越後守為時の娘で、この女に前々から、いろいろなことを伝言させている〉。女房は、『東宮のご病気は、重くはないのですが、まだ治らず、熱が下がっていません。道長も少し患っているようです』」という。実資や資平の伝達役は、「越後守為時の女」、すなわち紫式部だった。東宮の病気の状態や、道長の病気のことも伝えている。実資の日記には、紫式部を介しての彰子との対応記事が結構多い。

長和五年（一〇一六）正月二十九日、目を患った三条天皇は道長に譲位をせまられ、皇子の敦明《あつあきら》親王を東宮にすることを条件に退位した。ついに、道長の孫、彰子の皇子、敦成親王が、九歳で後一条《ごいちじょう》天皇として践祚した。彰子は国母となった。翌年、三条院が五月に亡くなると、八月九日、道長たちの圧迫を受け、敦明親王は東宮を退き、小一条院《こいちじょういん》となった。誰を東宮にするか、またまた、彰子は敦康親王を推すが、またもや、道長のごり押しで、彰子の産んだ次男敦良親王が東宮に立てられる。

幼帝後一条天皇の摂政は一年間ほど道長、その後は息子の頼通《よりみち》が就任し後見した。公卿たちを集めた会議は、彰子の殿舎や近辺に設けられた摂政直廬《じきろ》で行われることが多かった。

寛仁三年（一〇一九）正月五日、実資の『小右記』の記事の概略である。

弘徽殿《こきでん》（彰子の殿舎）に行って、女房にあった。彰子様から頂いた御給爵《きゅうしゃく》の御礼を伝えさせた。彰子様は、「まだ国母になる前に枇杷殿《びわどの》に居た時は、よく来てくれたことをよく覚えていますよ。それなのに、今は、他の人に似ず、あまり来られないので、寂しい」との返事を女房が伝えた。

後一条天皇即位後の一代一度の大仁王会《だいにんのうえ》や賀茂社行幸《かもしゃ》、その上、賀茂上下社の修理料としての寄進が加わる大変困難な役割を、道長は、上臈の道綱を無視して、当代随一の博識で実務能力も高い実資に依頼したのだった。

賀茂社行幸では、彰子は幼い後一条天皇と葱花輦《そうかれん》に同輿《どうよ》し、道長は唐車《からくるま》で、頼通は騎馬で、さらに多くの公卿や、神寶《しんぽう》を運ぶ輿《こし》、神馬《しんめ》など大行列が都大路を練り歩く。賀茂社に到着すると、東遊《あずまあそび》や神楽《かぐら》、さらに馳馬《きば》などが華やかに行われた。都や近郊の大勢の人々が、見物のため徹夜で、あるいは野宿をしながら都にかけつけ、沿道を埋め尽くす。一大イベントだった。

これらを滞りなく無事終えた後、彰子は、前述のように実資に給爵、すなわち爵位《しゃくい》を売りその叙料を得る権限を与えたので、実資が御礼に伺ったのであった。取り次ぎ役の女房は紫式部であろうか。この頃まで生存していたとする説に従うと、紫式部は、地位が高くなると寄ってくる人への警戒心と、逆に実資のような配慮ができる人へのねぎらい等、人への洞察力を身につけた彰子の成長を間近で見ていたことになる。紫式部は、もう、「おさない」とか、「引っ込み思案」などと、彰子への批判はしなかったろう。

長和二年(一〇一三)頃、紫式部の娘賢子は、裳着をすませて、皇太后彰子に女房として仕えることになり、越後弁《えちごのべん》と呼ばれていた。越後弁は外祖父為時にちなんだ女房名称である。母と子が彰子に出仕した。紫式部の没年はまだ確定されていないが、母と一緒に女房奉仕したのであろう。

五　親族を見送って

彰子の父道長と一条天皇の母詮子はキョウダイだから、彰子と一条天皇は、イトコどうしである。現在ではイトコ同士の親族婚は、リスクが高いとされている。そのせいか、後一条天皇は病弱で、しかも、唯一の妻は、母彰子の妹威子、叔母と甥の結婚なので、皇子の出生は望み薄である。章子内親王と馨子内親王の二人の皇女を遺して、長元九年(一〇三六)に後一条院と中宮威子は亡くなる。二人の皇女は、彰子が引き取り育てた。

女院になっていた彰子は深い悲しみにひたっている暇はない。敦良親王が即位して後朱雀《ごすざく》天皇になる。東宮は、妹故嬉子が、まさに命をかけて産んだ親仁《ちかひと》親王で、彰子が引き取り、紫式部の娘賢子が乳母となって育てあげていた。長暦元年(一〇三七)十二月には、彰子御所で、東宮親仁親王に、故後一条天皇皇女章子内親王が入内する。同じ殿舎で育ったので、寝殿を左右に仕切り、夜に皇女が東宮に移って初夜を迎えるという、何とも珍しい入内儀礼、すなわち婚姻儀礼が行われたのであった。もちろん、彰子の沙汰で行われた。

寛徳二年（一〇四五）正月、またしても彰子の次男後朱雀天皇は病のため退位し、孫の親仁親王が即位して後冷泉《ごれいぜい》天皇になった。二人目の息子を見送った時、彰子は五十八歳になっていた。

後冷泉天皇即位により、乳母の賢子は三位典侍《ないしのすけ》になった。受領層出身の女房たちが一番望んだのは、将来天皇になる皇子の乳母だった。「うらやましきもの。（中略）内（天皇）、東宮の御乳母。上の女房の、御方々ゆるされて（どこへでも出入りを許されて）」（『枕草子』「うらやましきもの」）、内裏のどこでも自由に出入りできる。しかも、即位すれば三位の典侍になり、後宮女房たちのトップに立てた。母紫式部が生存していたら、どんなに悦んだことだろうか。

治暦四年（一〇六八）四月、孫後冷泉天皇も四十四歳で亡くなる。後朱雀天皇と禎子内親王との皇子尊仁《たかひと》親王が、後三条天皇として即位した。従来、母が藤原氏出身ではないので、後三条天皇は藤原氏と対立し、院政の成立になったとされてきた。しかし、禎子内親王は彰子の妹故妍子が母で、東宮時代の敦良親王への入侍は道長が決定し、禎子内親王の出産や邸宅などは彰子が面倒を見ており、けっして藤原氏と乖離があったわけではない。しかも、次代白河院が様々な儀礼や政事行為を行う先例、すなわち根拠は、上東門院彰子の先例であることが明らかにされている。

後三条天皇の母禎子内親王は、陽明門院《ようめいもんいん》との院号が賜与され、国母として天皇を後見しており、彰子はやっと肩の荷をおろしたのではなかろうか。この時彰子は八十一歳になっていた。

承保元年（一〇七四）二月、弟頼通が宇治平等院で亡くなる。頼通は、「本来は、めぐみ深くやわらいだ心の持ち主で、これが第一の長所だ」（『春記』長久二年〈一〇四一〉三月十四日条）と実資の養孫資房《すけふさ》が記しているが、たしかに温和な性格であったが、反対から見れば優柔不断な性格で、姉彰子に頼っている史料が多い。八十三歳だった。

同年、十月三日、彰子は、法成寺阿弥陀堂《ほうじょうじあみだどう》で八十七歳の生涯を閉じた。病気や大赦《たいしゃ》の史料がないので、老衰の大往生だったにちがいない。彰子の様々な禁中《きんちゅう》作法は、陽明門院にも先例とされ、後三条天皇の皇子の白河院《しらかわいん》、すなわち彰子の曾孫の白河院が亡くなった時も、「両院帝の曾祖母なり。今、曾祖父儀に叶う」(『中右記』大治四年〈一一二九〉七月七日条)として踏襲された。曾祖母と曾祖父は同等だったことがあきらかになる。

また、葬儀後の供養なども継承されていく。白河院の二七日供養に対し、「上東門院の例、凶事すでに吉例に候」(『中右記』大治四年七月二十日条)と、供養儀礼なども、彰子の先例が、吉例として、院政期の男院に継承されている。

摂関政治と院政期はけっして断絶ではなく、継承されており、彰子はその橋渡し役だった。

主要参考文献

新潮日本古典集成、山本利達校注『紫式部日記　紫式部集』新潮社、一九八〇年
末松剛『平安宮廷の儀礼文化』吉川弘文館、二〇一〇年
高松百香「院政期摂関家と上東門院故実」『日本史研究』五一三、二〇〇五年
樋口健太郎『中世摂関家の家と権力』校倉書房、二〇一一年
服藤早苗『平安王朝の子どもたち』吉川弘文館、二〇〇四年

服藤早苗「平安時代の天皇・貴族の婚姻儀礼」『日本歴史』七三三、二〇〇九年
服藤早苗編『平安朝の女性と政治文化』明石書店、二〇一七年
服藤早苗『藤原彰子』吉川弘文館、二〇一九年
増田繁夫『評伝　紫式部』和泉書院、二〇一四年
山本淳子訳注『紫式部日記――現代語訳付き』角川学芸出版、二〇一〇年

第四章
藤原道長
――紫式部と王朝文化のパトロン

西野悠紀子

藤原道長《みちなが》（九六六～一〇二七）は十一世紀前半、摂関政治全盛期を代表する政治家である。彼の孫三人が即位したことにより子孫は摂政関白を独占し、五摂家《ごせっけ》として幕末に至った。彼の時代、特に一条朝は宮廷文化の全盛期であるが、その代表が彼の娘中宮彰子に仕えた紫式部の『源氏物語』である。

その死から数十年を待たず、彼とその時代は『栄花物語』など歴史物語で理想化され描かれた。今日彼の時代については膨大な研究の蓄積があり、彼の政治を院政・中世王権の先駆けとみる見方も生まれてきている。ここでは道長の生涯とその政治について紹介し、改めて道長と後宮・女房について考えてみたい。

一　道長と家族

藤原道長は康保三年（九六六）、藤原兼家《かねいえ》の五男として誕生した。母藤原時姫は摂津守藤原中正《なかまさ》の女で、同母兄姉に道隆《みちたか》・道兼《みちかね》・超子・詮子がいる。姉の超子は冷泉天皇の女御となり、三条天皇以下三人の子を産むが早く亡くなった。一方詮子は円融天皇の女御として、天皇の一人子懐仁《やすひと》（一条天皇）を産む。しかし円融天皇は兼家の兄関白兼通《かねみち》女媓子、その没後は関白藤原頼忠《よりただ》女遵子を中宮とし、右大臣の女詮子は女御のままであった。しかし懐仁が即位すると、国母（天皇の母）となった詮子は皇太后、出家後は初の女院（東三条院《ひがしさんじょういん》）として権力を握った。詮子の存在は、道長の権力確立に大きく関わっている。兼家はまた藤原倫寧女《ともやす》（『蜻蛉日記』作者）とも結婚し、二男道綱《みちつな》が生まれた。

道長は十五歳で従五位下になった。当時父兼家は右大臣であり、道長自身のその後の経歴もそれほど際立ってはいない。彼が異例の昇進を遂げるのは、兼家がクーデターで花山天皇を退位させ、孫の懐仁を即位させた時からである。

道長は二人の妻を持った。第一の妻は、左大臣源雅信《まさのぶ》の女倫子である。彼の最初の子彰子の誕生が永延二年（九八八）だから、その結婚は一条朝初年と考えられる。『栄花物語』巻三「さまざまなよろこび」には、この結婚についてのエピソードが描かれている。それによると倫子の父雅信は若い道長との婚姻に難色を示したが、母穆子は道長を高く評価し雅信の反対を押し切ったとされている。しかし天皇の年齢を考えると倫子入内の可能性は低く、一方道長は急速な位階上昇を遂げているから、この話も割り引いて考える必要がある。道長はこの結婚により左大臣家を後ろ盾として妻方の邸宅土御門第《つちみかどだい》に住み、彰子をはじめ四人の娘と頼通《よりみち》ら二人の息子を得た。

彼の第二の妻は、源高明《たかあきら》の女明子である。安和の変で失脚した高明は当時すでに他界し、明子は道長の姉詮子の許にいた。道長は明子との間にも、頼通と同年の頼宗《よりむね》を頭に四人の息子と二人の娘を儲けている。結婚の経緯は分からないが、道長は二人の妻とその子どもたちの扱いをはっきり分けていた。道長の日記『御堂関白記《みどうかんぱくき》』には同居する倫子とその子どもたちの動向が頻繁に見えるが、明子関係の記載は殆どない。初めて明子関係記事が見えるのは寛弘二年（一〇〇五）八月二十日、「堀河辺で産の事あり　男子」という長家《ながいえ》誕生を記す簡単な記事で、次が寛弘六年（一〇〇九）三月二十七日寛子着裳の記事である。内容も子どもの通過儀礼の記載がほとんどで（例外は顕信《あきのぶ》の出家）、日記から明子の姿をうかがうことは出来ない。呼称も倫子が同居の妻を示す「女方」と記されているのに対して、明子はその住居で呼ばれている。それぞれの子どもの位階授与には明確な序列が設けられ、婚姻相手も倫子の娘は全て天皇・東宮であり国母になることを期待されたのに対し、明子の娘の入内はなかった。子どもと母方の繋がりが強いこの時代、同母の持つ意味は非常に大きかったから、姉妹が后である倫子の子は絶対的な優位にたった。藤原実資《さねすけ》は日記『小右記』に明子を妾妻と記している。

二　外戚と摂関政治

彼が天皇を補佐する内覧の地位に就いたのは長徳元年（九九五）六月、疫病の大流行で八人もの公卿が亡くなった時である（現存する彼の日記『御堂関白記』は三年後の長徳四年〈九九八〉から始まっている。日記の名は後に道長が「御堂関白」と呼ばれたことによるが、実際は関白にはならなかった）。

律令制の下で天皇の政策決定に関わったのは、左右大臣、大・中納言と参議からなる太政官の議政官（公卿）である。当初は十人前後であったが次第に増加し、十世紀には二十人余りになった。本来議政官は有力な氏の代表で構成されていたが、十世紀以後は大半が藤原北家（特に基経《もとつね》の子孫）と少数の源氏からなる、血縁と婚姻で何重にも結ばれた閉鎖的な集団になっていた。この時期地方の政治は受領《ずりょう》（任地に滞在した国司の最高責任者）に一任されていたから、公卿会議の最重要案件は国守を始めとする官僚人事であった。その公卿会議の上に登場してくるのが、摂政と関白である。天皇の権力を代行する摂政は、幼帝清和の代に外祖父藤原良房《よしふさ》が就任したのが律令制以後の初例であり、成人天皇を補佐する関白は良房の養子基経が光孝天皇の即位の際に事実上就任したのが最初である。いずれも九世紀、突発的な状況の中で生まれたものであり常に置かれるものではなかったが、十世紀後半には殆ど常置されるようになった。内覧はその重要な役割の一つで公卿会議の上に立ち、太政官から天皇への奏上、天皇が太政官へ下す文書を事前に見て意見を述べるなど、天皇と共に政治方針を決定するものである。道長は内覧になることで人事権を掌握し、事実上摂関と同じ権限を持った。

道長が内覧の地位に就いたのは、彼が一条天皇母后の当時唯一の同母弟であったことによる。十世紀半ばに摂関に任じられたのは、藤原氏を統率する氏長者《うじのちょうじゃ》であった。しかし氏長者と外戚が異なる例が生まれ、天皇の身内（特に外祖父＝母方祖父）が優先されるようになる。この地位をフルに利用したのが、道長の父藤原兼家である。彼は東宮（後の一条天皇）の外祖父であったが、謀略によって花山天皇を出家させ、幼い孫が即位すると同時に摂政に就任した。しかしこの時彼は右大臣に過ぎず、上位に太政大臣と左大臣がいた。そこで彼は右大臣を辞職し摂政を大臣の上位に置くことで、天皇代行として権力を振るう条件を整えた。同時に彼はその男子の位を一年の間に二回にわたって引き上げ、長男道隆は非参議従三位から従二位権大納言へ、三男道兼は正五位から従三位権中納言へと、上位の公卿を大きく飛び越えて昇進した。この時道長も従五位下から従四位上、翌年には従三位、さらに翌年には参議を経ずに権中納言に昇進した。

律令制下では官人はまず位階を得た後、位階に相当する官職に任じられる（官位相当制《かんいそうとうせい》、位階が同じ場合には先任者を優先）。位階授与の権限は天皇にあり、公卿は少なくとも四位以上から選ばれた。摂政兼家はこれをフルに利用して子どもの位階を上げ、公卿にすることで公卿会議の多数派を形成した。兼家の手法は、道長に受け継がれている。

兼家は正暦元年（九九〇）に亡くなるが、この年十一歳で元服した一条天皇の摂政（後に関白）には長男道隆が就任、入内した道隆の長女定子はすぐに中宮になった。道長が中宮大夫である。しかし長徳元年（九九五）春に道隆が死去、疫病の大流行で公卿以下庶民まで多くの人々が犠牲者となった。道隆の後の関白には弟の道兼が就いたが、彼も就任後間もなく疫病の犠牲となる。すでに摂関には天皇外戚が就任するという慣例が生まれていたから、道兼の後継者候補は道隆の子で中宮定子の同母兄・二十二歳の内大臣伊周《これちか》と、詮子の同母弟権大納言道長の二人に絞られた。この時伊周を推す天皇に対して、母后詮子は道長を推すように天皇に迫り道長を後継者にした。当時伊周を除いて道長の上位の公卿は全て亡くなっており、道長の次も中納言藤原顕光《あきみつ》と藤原公季《きんすえ》の二人だけだった。天皇は道長を右大臣とし、翌年道長を左大臣、顕光を右大臣に、さらにこの年伊周・隆家《たかいえ》兄弟が事件を起こして左遷されると、公季を内大臣とした。以後この三人の大臣による体制は、後一条天皇即位後の長和五年（一〇一六）末まで二十年の長期にわたるものとなる。

三　一条朝の道長

道長は内覧となった後も関白とならず、左大臣のまま公卿の会議を支配した。八人もの公卿が疫病などで亡くなった直後だから、天皇と彼は新たなメンバーを補充して公卿の立て直しを行う必要に迫られていた。そこで新たに加わったのが、源俊賢《としかた》、藤原斉信《ただのぶ》、藤原行成《ゆきなり》ら、先任の藤原公任《きんとう》を加え後に「一条朝の四大納言」と言われる文人公卿であり、高齢の学者菅原輔正《すけまさ》も参議に加わった。新たな参加者は長保三年（一〇〇一）に四十代半ばの源俊賢が最年長、最年少が三十歳の行成、公任・斉信は道長とほぼ同年で三十代半ばであり、同じ頃若手の官僚として一条の蔵人頭《くろうどのとう》（天皇の身の回りの世話をする蔵人の長で文官と武官の二人体制）を務めた点で共通し、道長の下で以前からの公卿とは一線を画した集団を形成し行動した。その中心に作文の会がある。一条天皇は漢詩文や音楽に強い関心を持っていたが、四人はいずれも一条の側近として天皇の許に集まり、詩作や音楽を楽しんだ。道長自身もしばしば私的に作文の会を招集、彼らは宮中での作文の会の常連であるだけでなく、道長が招集する会にも常連として出席した（道長の作文の会は、次の三条朝では激減している）。道長主導の集まりの外にいた藤原実資は、彼らを「恪勤の上達部」と揶揄している（『小右記』寛弘二年五月十四日条）。

彼らは宮中の行事や作文の会の後、集団で中宮彰子を訪問し和歌の会に参加した。これらを通じて彼らは道長と中宮を中心に結束し、公卿の中で多数派を形成した。道長はその日記で見る限り自分と妻子ファーストで小心でもあり、身内と他人、敵と味方をその時々で厳しく分けて対応した。道長の行事に誰が不参加だったかも、厳しくチェックしている。そのため彼らは道長の賀茂詣や宇治行きの随行など道長に忖度して行動することが多く、道長の対抗勢力には集団でイヤガラセを行っている。道長自身自分を別格としていたことは、寛弘二年（一〇〇五）正月の女叙位で上卿《しょうけい》（儀式や行事をとりしきる役）を命じられた道長が、下臈の仕事であるとして拒否した例などからも明らかである。但しこの時代、天皇と道長の関係は、一条の性格もあり全体として協調的であった。天皇と道長及び追従する公卿の対立がはっきり現れるのは、次の三条朝である。無論道長の権力の源が天皇にあることは、言うまでもない。また道長と個々のメンバーの関係も俊賢や斉信と、関白の子公任や一条の腹心で天皇死後も定子が産んだ敦康《あつやす》親王に近侍した行成では温度差がある。

兼家が孫の摂政として絶対的な権力を握ったように、道長も娘の立后と孫の即位による権力獲得を目指していた。その第一歩として道長は、長保元年（九九九）十二歳になった娘の彰子を入内させた。一条天皇にはすでに中宮定子が存在し、彰子女御宣旨の日には第一皇子敦康親王が誕生していた。しかしすでに長徳二年（九九六）の変で伊周・隆家は左遷されて中関白家は没落し、定子自身も髪を切るという事件を起こしている。この事件を幸いに、行成が提案した藤原氏の神事を務める后が必要だという口実のもと、道長は彰子の立后を一条に迫り、前例のない一帝二后が成立した（藤原行成『権記』長保二年正月二十八日条）。ただしこの年十二月定子は第二皇女の出産時に亡くなり二后制度は解消、敦康親王は中宮彰子が育てることになり、道長は皇太子候補を確保することになった。

寛弘五年（一〇〇八）秋、彰子は待望の皇子敦成《あつひら》を生んだ。『紫式部日記』の前半は女房の目で見たこの御産の時の記録であるが、産養《うぶやしない》や天皇行幸に伴う華やかな行事、孫の誕生で願いがかなった道長の喜びを伝えている。皇子誕生に伴う行幸は前例がなく、またこの時の行幸で家族をはじめ中宮職の官人への大規模な叙位が行われ、道長の嫡男で十七歳の頼通は従二位、妻倫子は従一位という高位に叙された。頼通は翌年参議を経ないまま権中納言に任じられ、六十六歳の藤原忠輔《ただすけ》を飛び越えて五十一歳の俊賢、三十八歳の行成と並ぶことになる。皇子誕生は道長一家の権力を飛躍的に強める結果となった。

彰子は翌年にも第三皇子敦良《あつなが》を出産するが、一条天皇は寛弘八年（一〇一一）三十二歳で亡くなってしまった。亡くなる時まで一条は敦康の立太子を模索していたが、強い後見を欠く敦康の地位の不安定さから道長の孫敦成を次期皇太子とすることを決意した（『権記』寛弘八年五月二十七日条）。道長は三条天皇の即位と共に東宮の外戚となる。

四　三条天皇との対立

三条天皇の即位で皇統が冷泉系に戻った。しかし道長にとって三条の母超子も同母姉であり、その立場は変わらなかった。道長は三条の東宮時代に二女妍子を尚侍《ないしのかみ》・東宮妃としていたが、三条が即位すると皇子誕生を期待して彼女を中宮に立てた。三条天皇は妍子の立后を受け入れたが、一方で東宮時代からの妃娍子の立后も要求した。娍子との間にはすでに数人の子があり、彼らを次の東宮とするためには母を皇后とする必要があったのである。二人の后の前例も存在していた。道長は「恪勤の上達部」とともに立后儀式の妨害に出たが、三十代半ばの天皇は道長を強引に押し切り娍子は皇后となった。しかし亡き大納言の娘に過ぎない娍子の立后は公卿たちの納得を得られず、その立場は不安定だった。一方妍子も期待に反して皇女しか産めず、三条自身も眼病で苦しむようになった。道長はそうした三条に見切りをつけ、孫の東宮敦成に譲位するようしつこく迫るようになる。目が不自由な三条は公卿集団の信頼を失い、道長のふるまいは天皇が嘆くほどになる。体調の不安に加え連年の内裏火災で追い詰められた三条は、娍子が産んだ皇子敦明《あつあきら》を東宮にすることを条件に譲位を受け入れた。

五　後一条天皇の時代――左大臣から大殿へ

長和五年（一〇一六）道長待望の後一条天皇が即位した。道長は左大臣を辞職、外祖父として摂政・太政大臣の地位に就いた。彼は翌寛仁元年（一〇一七）に摂政の地位も退き、顕光を左大臣、公季を右大臣にするとともに息子頼通を内大臣とし、後一条の摂政として左右大臣の上に置いた。この年五月三条が亡くなると、後ろ盾を失った敦明親王は東宮を辞退、東宮には後一条の弟敦良（後朱雀）が立った。こうして道長は天皇・東宮ともに自らの孫という最強の立場を得る。一方敦明は小一条院として上皇に準ずる待遇をうけることになり、明子の産んだ道長の娘寛子と結婚した。敦明は先に左大臣顕光女延子の婿となり堀河院に住んでいたが、これによって関係が解消される。老齢の顕光は怒り狂い、娘の髪を切り呪詛《じゅそ》する事件を起こした。

寛仁二年（一〇一八）天皇の叔母で道長三女の威子が入内し、十月に中宮になった。妍子は皇太后に、彰子は太皇太后にそれぞれ進み、「一家三后」の状態が生まれた。道長が欠けたることのない「望月」の歌を詠んだのはこのときである。

十世紀に入る頃から気候が大きく変動し、古代からの集落の多くは移転し消滅した。道長の時代にも飢饉と疫病の流行は頻発し、不安を持つ人々の間に死後極楽への往生を願う浄土思想が広まっていく。源信《げんしん》が『往生要集』を著すのもこの時代である。宮廷や貴族の日常生活の中には様々な仏教行事が組み込まれ、病や死に直面すると出家し、阿弥陀仏の手にすがり往生するのが理想となった。頼通が建立した宇治の平等院鳳凰堂《びょうどういんほうおうどう》は、極楽浄土の再現と言われた阿弥陀堂の姿を今に留めている。

寛仁三年（一〇一九）道長は出家し、現世の栄華と後世の極楽往生を願って、壮大な伽藍を持つ無量寿院《むりょうじゅいん》・法成寺《ほうじょうじ》の建立を始めた。道長はすでに木幡《こはた》の藤原氏埋葬地に浄明寺《じょうみょうじ》を建立し、また忠平《ただひら》以来の藤原氏の氏寺法性寺《ほっしょうじ》にも堂を建立していた。しかし法成寺建立はそれらとは異なり、諸国の受領の寄進による、道長の権力を象徴する寺院となった。とはいえ道長が出家によって権力を手放したわけではない。引退後の道長は大殿《おおとの》と呼ばれ、亡くなるまで権力の中心に居続けた。道長は天皇と東宮の外祖父として、国母彰子や摂政頼通とともに権力の中心に位置し、丁度院政期の上皇のように、臣下の枠を超えて権力を振るうことが目立つようになる。例えば道長が土御門第の寝殿を修造した時は、内裏造営に倣って一間毎に受領に配分し、造営を請け負わせた。中でも伊予守源頼光《よりみつ》の奉仕は目覚ましく、家中の道具類全てを極上の物で整えている。実資は日記にそのリストを詳細に記録しているが、道長の権力が天皇と同格であったことを示している（『小右記』寛仁二年六月二十日条）。しかし頂点に達した権勢とは裏腹に、以前からしばしば病を起していた道長の健康は次第に衰えていった。

万寿二年（一〇二五）三月小一条院の母娍子が死去、七月には妃で道長女の寛子が亡くなった。八月、道長の末娘尚侍《ないしのかみ》嬉子は東宮の子を懐妊していたが、この頃京中で大流行していた赤班瘡《あかもがさ》にかかり、男子を出産した後亡くなってしまった。男子出産の喜びに沸いていた道長は一転、近代絶えていた魂呼《たまよばい》まで行って嬉子を生き返らせようとするなど狂乱した姿を見せる。顕光と娘延子、皇后娍子の怨霊が現れたとのうわさも飛び交い、人々はもっともなことだとうわさしあった。翌年彰子は出家し、東三条院の例に倣って女院（上東門院《じょうとうもんいん》）となる。

万寿四年（一〇二七）、春から病気がちであった二女妍子が九月に亡くなった。これに先立つ六月には四大納言の一人源俊賢が亡くなっている。相次ぐ娘の死に打ちのめされた道長自身も十月末に重態となり、十二月四日六十二歳で亡くなった。『栄花物語』は無量寿院の阿弥陀仏の手に結ばれた五色の糸を握り、念仏を唱えながらの臨終の様子と人々の悲嘆を美しく描いているが、実際には背中の腫物の痛みで苦しんで亡くなったようである。同じ日、藤原行成が五十六歳で俄かに亡くなっている。

六　道長の後宮対策と女房

藤原道長の権力は、二人の孫を天皇と東宮（次期天皇）にしたことで盤石となった。その背景には兼家・道長の後宮独占と国母（姉詮子と娘彰子）の存在がある。

日本の宮廷に中国的な後宮（キサキ達の居住場所）が成立するのは、九世紀である。後宮に相当する区画が内裏に出現するのは八世紀末であるが、皇后の居住が明らかなのは九世紀初めの嵯峨天皇以後である。但し唐文化に傾倒した嵯峨・淳和二代の後は皇后自体が立てられず、後宮の第一人者は母后であった。中宮（皇后）が再び出現し、天皇のもとに「女御更衣」が「あまたさぶらう」後宮の姿が整うのは、十世紀醍醐朝になってからである。しかし「あまたの」女御・更衣の存在は村上朝頃までで、一条天皇時代には中宮定子一人が天皇を独占、伊周・隆家の左遷後に三人の女御が入内するが、彰子の立后と定子の死去後は殆ど彰子一人が天皇を独占した。当時相次ぐ内裏火災で天皇が道長の邸宅に遷る際、女御たちが別居を余儀なくされたことも、こうした傾向を強めている。後一条天皇の時代になると道長の後宮独占はより露骨になり、威子以外の女性の入内は不可能になった。道長は四女嬉子も尚侍（東宮妃）とし、東宮敦良の後宮の独占を図っている。しかし母后になることを期待されながら皇女しか産めなかった道長の娘たちは、これをどう受け止めたのだろうか。

複数の女御がいた花山天皇時代の寛和元年（九八五）一月二十八日、真夜中に会議が終わった後、左大将藤原朝光《あさてる》は娘の女御姚子が住む麗景殿《れいけいでん》に公卿たちを誘い、湯漬けを振る舞った。その前日大納言藤原為光《ためみつ》も娘の女御忯子の居所弘徽殿《こきでん》で湯漬けを振る舞っている（『小右記』同日条）。蔵人頭実資は連日のこうした行為に否定的であるが、女御の身内が娘のため公卿集団を巻き込もうとする様子がうかがえる。こうした場で女房が重要な役割を果たしたことは、『枕草子』からもうかがえ、中宮定子と才気あふれる女房集団が公卿たちをひきつけている様子が見える。一条時代の道長は、天皇を彰子の側に引き付けるためにも、これに匹敵する集団を早急に形成する必要があった。

天元五年（九八二）藤原遵子立后時の女房については、中宮亮藤原実資の『小右記』から一部をうかがうことが出来る（同年三月十一日条）。中宮職の官人に中宮の身内が就任したように、女房の中核となる女房三役（宣旨《せんじ》・御匣殿《みくしげどの》別当・内侍）にも中宮の身内が充てられた。彰子の女房にも、道長の兄道綱女の宰相の君、倫子の兄弟扶義《すけよし》女の大納言の君などの身内がいる。また道長と倫子は為光女や伊周女など、キサキにもなり得た大臣の娘に働きかけ娘の女房とした。大臣女でさえ道長一家に奉仕する時代が来たことに、公卿たちは愕然とした。しかし紫式部が日記に記しているように、彰子の女房には気位だけは高いが才気に乏しく、定子や斎院の女房に比べ見劣りがする者も多かったらしい（式部が清少納言を痛烈に批判したことはよく知られているが、同僚については髪や容姿の美しさのみが強調されている）。道長と倫子もそうした欠点を補う必要があると考えたのだろう。寛弘三、四年頃に紫式部や和泉式部《いずみしきぶ》、伊勢大輔《いせのたいふ》など才能豊かな女房を、中宮の周りに一気に集めている。しかしこうして出来上がった女房集団は、中宮の女房という優越感は共有しているものの、内部には差別意識を抱えているなど、まとまりに欠けているという印象がある。『枕草子』には中宮周辺の女房達が、「この宮の人」としてこんなことを忘れていて恥ずかしいなどと言う場面があり、「この宮の人」が中宮を中心とした文化エリート集団の一員を自認している様子がうかがえる。しかし彰子の女房の場合こうした姿をうかがうことはほとんどできない。

彰子入内の時、道長は上達部《かんだちめ》に命じて持参する屏風の和歌を献上させ、花山院にも和歌の依頼をした。女御の入内に上達部だけでなく上皇まで引っ張り出したことに憤慨した実資は、出さなかったことで俊賢から譴責されている。道長にとってこの屏風は、娘の入内に院や上達部が奉仕した証として価値があった。道長の日記には娘たちに関わる儀式の様子が詳細に記されているが、華やかな衣服や調度の記述が際立ち、年を追うごとに派手になっていく。禄の支給についても同様で、年々支給物が多くなっている。儀式に参加した天皇の乳母や典侍《ないしのすけ》など内裏女房への支給の記述は特に詳しい（中宮女房の記録はない）。華やかな儀式と膨大な禄の支給は、それ自体道長の権勢の度合いを示すものであり、新たな美意識と技術を生み出す契機の一つとなった。その一方で四大納言が活躍した一条朝の作文の会は、天皇の死後激減する。同様に道長が后の女房に期待したものも、天皇の代替わりとともに変わっていったと思われる。

紫式部は三条天皇の長和二年（一〇一三）『源氏物語』の作者としてではなく、賢后と言われた皇太后彰子と公卿の交渉を仕切る女房として、実資の日記に最後の姿を残している（『小右記』五月二十四日条）。

主要参考文献

大津透「藤原道長の歴史的意義」『むらさき』五〇、二〇一三年
神谷正昌『皇位継承と藤原氏――摂政・関白はなぜ必要だったのか』吉川弘文館、二〇二二年
北山茂夫『藤原道長』岩波書店（岩波新書）一九七〇年
倉本一宏『藤原道長の日常生活』講談社（講談社現代新書）、二〇一三年
清水好子『紫式部』岩波書店（岩波新書）、一九七三年
服藤早苗『藤原彰子』吉川弘文館、二〇一九年
服藤早苗・高松百香編『藤原道長を創った女たち――〈望月の世〉を読み直す』明石書店、二〇二〇年
山中裕『藤原道長』吉川弘文館、二〇〇八年

第五章

紫式部の生育環境

――受領・文人の娘として

野田有紀子

紫式部は「受領《ずりょう》」および「文人《ぶんじん》」の娘として生まれ育った。この生育環境が当時の政治的および学問的状況と密接に結びつき、中宮女房として採用され、女房としての職務を円滑に遂行し、さらに文学的にも貴族社会から高評価を獲得することへと繋がる。本章では、女房出仕《しゅっし》に至るまでの紫式部の生育環境と、それが女房出仕に与えた影響について考察したい。

一　紫式部の地方生活――「受領」の娘として

紫式部は、平安中期の貴族官人藤原為時《ためとき》の娘として生まれた。為時は藤原北家《ほっけ》良門《よしかど》流（冬嗣《ふゆつぐ》六男）で、祖父兼輔《かねすけ》は従三位《じゅさんみ》中納言《ちゅうなごん》に昇ったが、父雅正《まさただ》は従五位下《じゅごいのげ》止まりで周防守《すおうのかみ》・豊前《ぶぜん》守を務め、その三男為時は正五位下《しょうごいのげ》、花山《かざん》朝で六位蔵人《ろくいのくろうど》や式部丞《しきぶのじょう》に、一条《いちじょう》朝では左少弁《さしょうべん》に任じられたほか越前《えちぜん》守や越後《えちご》守として赴任した。なお紫式部の女房名「藤式部《とうのしきぶ》」は、藤原氏および父の官職「式部丞」に由来すると考えられる。

一方、母方は藤原北家長良流《ながら》（冬嗣長男）で、母の祖父文範《ふみのり》は従二位《じゅにい》中納言に至るも、父為信《ためのぶ》は従四位下《じゅしいのげ》で右馬頭《うまのかみ》のほか摂津守《せっつ》や常陸介《ひたちのすけ》を歴任した。この母は早くに亡くなったらしい。紫式部には同母の姉と弟惟規《のぶのり》がおり、ほか異母弟として安芸守《あき》惟通《のぶみち》や三井寺《みいでら》僧定暹《じょうせん》、異母妹に藤原信経《のぶつね》室が知られる。

さて、平安中期における貴族（五位以上）の身分階層は、公卿《くぎょう》・殿上人《てんじょうびと》・諸大夫《しょだいぶ》の順で構成されていた。公卿とは、摂関・大臣以下、大納言・中納言・参議《さんぎ》といった陣定《じんのさだめ》（国政会議）への出席者、および三位《さんみ》以上からなる上級貴族である。殿上人は、参議を除く四・五位のうち天皇の私的住居たる清涼殿《せいりょうでん》の殿上間《てんじょうのま》への出入り（昇殿《しょうでん》）を許された者、および六位蔵人を指す。諸大夫は、四・五位のうち昇殿を許されない者（地下人《じげにん》）で、朝廷に実務官人として勤務したほか、上級貴族の家司《けいし》や受領（任国に赴任した国守や介）を務めた。紫式部は父方・母方とも曾祖父は公卿に昇ったものの、祖父の代以降は受領層に留まっている。なお、『枕草子《まくらのそうし》』の清少納言《せいしょうなごん》・『蜻蛉日記《かげろう》』の藤原倫寧女《ともやすのむすめ》・『和泉式部日記《いずみしきぶ》』の和泉式部・『更級日記《さらしな》』の菅原孝標女《すがわらのたかすえのむすめ》といった女流文学作者の多くがこうした受領層出身であった。

紫式部の誕生した十世紀後半には、藤原北家のうち良房《よしふさ》（冬嗣次男）の子孫が嫡流《ちゃくりゅう》として栄え、摂関・大臣・公卿など要職の多くを占める状態であった。受領は官位相当が低く地方に下るため上級貴族からは軽んじられたが、「時勢に乗った受領は非常に利得がある」と言われ（『落窪物語《おちくぼ》』一）、国力の高い国（大《たい》国《こく》・上国《じょうこく》など）であれば大変な富裕となりえた。中央での栄達を望めない下級貴族にとっては垂涎《すいぜん》の職であったが、それだけ希望者も多く、摂関・大臣など有力貴族の推挙《すいきょ》が無ければなかなか回ってこなかった。

そうしたなか為時は長徳《ちょうとく》二年（九九六）正月除目《じもく》でようやく淡路守《あわじ》（下国《げこく》）に任じられたが、三日後に右大臣《うだいじん》藤原道長《みちなが》によって越前守（大国）に変更される。『続本朝往生伝《ぞくほんちょうおうじょうでん》』『古事談《こじだん》』等によれば、除目の結果を嘆いた為時が、「苦学《くがく》の寒夜《かんや》、紅涙袖《こうれいそで》を霑《うるお》し、除目の春朝《しゅんちょう》、蒼天眼《そうてんまなこ》に在《あ》り（苦学した甲斐《かい》も無く、除目が不本意な結果に終わり、茫然《ぼうぜん》としています）」との漢句を記した申文《もうしぶみ》を奏上《そうじょう》したところ、一条天皇が深く感じ入られたため、道長が側近源国盛《くにもり》に越前守を辞退させ、為時に替えたのだという。この越後国への赴任に当時二十代半ばであった娘の紫式部も同行することとなった。

紫式部は幼少期から同じ受領層の娘たちと交流するなかで、その家族（父や夫）の地方赴任同行に伴う数々の別れを経験していた。私歌集『紫式部集』には、数年ぶりに対面が叶《かな》ったのに再び遠国《おんごく》へ旅立つ幼《おさな》馴染《なじ》みとの別れの歌、筑紫《つくし》へ下向《げこう》する友と文通を約束する歌、遠国へ同行すべきか否《いな》か悩む友への同情の歌が残されているが、今回自らの越前下向についてもあれこれ思い悩んだかもしれない。地方下向は友との永遠の別れになる可能性もあり、実際に遠国へ下向した友は現地で亡くなり、また弟惟規は寛弘《かんこう》八年（一〇一一）父の任国越後に下向した先で病没している。紫式部も受領層の娘として予《あらかじ》め心構《こころがま》えはあったものの、相応の覚悟をもって京を跡《あと》にしたものであろう。

越前までの旅路は、近江《おうみ》の琵琶湖《びわこ》畔の三尾崎《みおがさき》・塩津山《しおつやま》・老津島《おいつしま》など各地名所で和歌を詠みつつ進み、やがて武生《たけふ》（福井県越前市）にあった越前国府の国司館に到着。具中暦《ぐちゅうれき》に「初雪降る」と記す日に眼前の日《ひ》野山《のさん》はすでに深く積雪している様子に驚いているように、武生は豪雪地帯である。鬱陶しい雪に心が塞《ふさ》ぎ、周囲から誘われても居室に閉じ籠《こ》もって雪を見に行く気も起こらなかった。ただし国司館で外界から完全に孤立していたわけではなく、京や地方下向中の知人と文通によって交流を続けている。紫式部は姉を亡くした後、妹を亡くした女性と姉妹として文通してきたが、今回それぞれ越前と肥前《ひぜん》に同行することとなり、双方の下向先から書状を交わし合った。また若狭《わかさ》国に漂着した宋人七十余人が越前国に移され、父為時が国守として応対に当たった際、それを聞きつけたある人物から訪問したい旨の書状が届けられたが、この人物こそが求婚者でのちの夫藤原宣孝《のぶたか》と考えられている。

二　紫式部の受けた教育――「文人」の娘として

紫式部の父為時は大学寮《だいがくりょう》で紀伝道《きでんどう》（漢文学および中国史を学ぶ学科）を専攻した学生「文章生《もんじょうしょう》」出身の「文人」（漢詩文に通じた者）であった。大学寮とは律令《りつりょう》官人養成のため、唐の学制に倣《なら》って設置された教育機関であり、卒業後は官人登用試験を経て叙位・任官される制度である。ただし高位の貴族子孫は父祖の位階に応じて付与される「蔭位《おんい》」等により叙位・任官された方が遥かに官人としての昇進に有利であり、平安中期までに大学寮はおもに中下級貴族や六位以下官人の子弟が学ぶ、紀伝道・明経道《みょうぎょうどう》（儒教）・明法道《みょうほうどう》（法律）・算道（算術）などの専門家養成機関へと変容を遂げた。そのうち最も地位が高く人気を誇ったのは紀伝道である。

当時、男性貴族共通の必須教養は漢籍・漢文学であり、朝廷の公文書をはじめ男性間の書状や男性日記は漢文で筆記され、宮中や貴族邸では詩宴や詩会が盛んに催された。そのため文人は、高位高官こそ望めないものの、大学寮の管理職（頭《かみ》・助《すけ》など）・教官職（文章博士《もんじょうはかせ》）や天皇・皇太子の教育担当者（侍読《じどく》・東宮学士《とうぐうがくし》）以外にも、漢籍・漢文学の専門知識が要求される官職に就いて実務官人として活躍し、また上級貴族の要請で仏事願文《ぶつじがんもん》や上表文《じょうひょうぶん》などさまざまな漢文書を代作し、宮中や貴族邸での詩宴・詩会に召《め》されて献詩するなど、貴族社会において公私にわたる幅広い需要があった。

なかでも為時は一条朝を代表する文人の一人に挙げられ（『続本朝往生伝』）、「凡位《ぼんい》を越えたる者（非凡な漢詩文の才能の持ち主）」として高く評価された（『江談抄《こうだんしょう》』五）。具平《ともひら》親王ら当時の名立たる漢詩人と盛んに交流し、宮中や貴族邸での儀式で漢詩を奉じて、漢詩集『本朝麗藻《ほんちょうれいそう》』等に多くの作品を残す。奏上した漢詩句に一条天皇が感嘆して越前守に任じられたと伝わるが、赴任先でも漂着宋人と漢詩を唱和するなど漢才を駆使して応対にあたった。長和《ちょうわ》五年（一〇一六）三井寺にて出家後も「為時法師」として藤原頼通《よりみち》大饗屏風《だいきょうびょうぶ》に漢詩を献じている。なお平安中期には仮名文字（おもに平仮名）による和文が発達し、男性貴族間でも『古今和歌集《こきんわかしゅう》』や『土佐《とさ》日記』など仮名文学が生み出されていたが、公的な存在として社会的・文学的に上位と見なされたのは、あくまでも漢文学であった。博学多才で知られた藤原公任《きんとう》は、大堰川《おおいがわ》での船遊びの際、和歌の船を選んで名歌を詠んだが、「漢詩の船に乗って同じぐらい見事な漢詩を作っていたなら、さらに名声が高まったのに」と悔《く》やんでいる（『大鏡《おおかがみ》』頼忠《よりただ》「三舟《さんしゅう》の才《さい》」）。

このような状況下、貴族社会における家庭教育は、男子の場合、将来朝廷に仕える官人として役立つ知識や教養を身につけることに目的が置かれ、漢籍・漢文学の習得が基本とされた。右大臣藤原師輔《もろすけ》の家訓『九条殿遺誡《くじょうどのゆいかい》』でも「男子は官人として出仕するまでは、毎朝漢籍を読み、ついで習字をせよ」と記される。まず七歳前後に「読書始《とくしょはじめ》」（博士の指導のもと『孝経《こうきょう》』『史記《しき》』等の漢籍を初めて読む、正式な初等教育開始を告げる儀式）を行ったのち、儒教経典や中国史などの漢籍を声に出して読み上げる（当初は音読、十世紀以降は訓読）。「八〜十歳ぐらいの男の子が幼げな声で漢籍を読んでいるのが可愛らしい」（『枕草子』「うつくしきもの」）と見え、『紫式部日記』にも弟惟規が幼少期に漢籍の読み上げに手間取ったり忘れたりして四苦八苦する様が描かれている。訓読が完成したのち、内容に関する講義を受けるのである。

同時に中国史上の逸話について幼学書『蒙求《もうぎゅう》』等で「孫楚漱石《そんそそうせき》、郝隆曬書《かくりゅうさいしょ》」「孫康映雪《そんこうえいせつ》、車胤聚蛍《しゃいんしゅうけい》」と音読して暗誦《あんしょう》する。また漢詩文作製のために入門手引書『作文大体《さくもんだいたい》』『童蒙頌韻《どうもうしょういん》』等に収載する平仄《ひょうそく》（声調）や押韻《おういん》といった規則・技法を訓練し、漢詩名句を『文選《もんぜん》』『白氏文集《はくしもんじゅう》』、もしくは名句集『千載佳《せんざいか》句《く》』等で覚えた。さらに貴族官人として役立つ幅広い基礎知識、例えば九九、度量衡、方位・暦、舞楽曲、律令編目、官司・宮城殿舎・門号などを幼学書『口遊《くちずさみ》』等で節を付けて読み上げ暗記する。習字については、まず「手習《てなら》う人の初め」とされた古歌「難波津《なにわづ》」「浅香山《あさかやま》」等を手本に仮名文字、ついで漢字習字の初心者用教科書『千字文《せんじもん》』「天地玄黄《てんちげんこう》、宇宙荒洪《うちゅうこうこう》」へと進んだ。

　これに対して女子の家庭教育は、官人出仕を前提としないため、男子とは基本的に異なっていた。十世紀半ば、村上《むらかみ》天皇の女御《にょうご》藤原芳子は、幼い頃父の左大臣師尹《もろただ》から、「まずは習字、次に琴《きん》（古琴《こきん》）を人よりとくに上手に弾くこと、さらに『古今和歌集』全歌を暗誦すること、これらを御学問になさいませ」との教えを受けたといい（『枕草子』「清涼殿の丑寅《うしとら》の隅《すみ》の」）、入内《じゅだい》を期されるような上流貴族女子の「学問」とは、習字・弦楽器の演奏・和歌知識の習得とされた。また『うつほ物語』でも東宮妃あて宮《みや》に仕える女房の採用条件として、四位《しい》か参議の娘で「手書き、歌詠み、琴《こと》（弦楽器の総称）、琴弾《きんひ》き」が巧《たく》みなことを挙げており、習字・弦楽器・和歌は当時の貴族女子が備えるべき共通の基礎的教養であったと考えられる。

　仮名文字が「女手《おんなで》」と呼ばれたように、女子は日常的に専ら仮名を用いたため、幼少期から和歌などを手本に仮名習字に勤しんだ。『源氏物語』では十歳前後の若紫《わかむらさき》を、のちのち妻にする前提で引き取りたいという光源氏《ひかるげんじ》からの申《もう》し出《で》に対して、祖母の尼君《あまぎみ》が「難波津の歌ですらまだ満足に書き続けられない」と断っているが、これは仮名を一文字ずつ放《はな》して書く「放ち書き」の段階から、続けて書く「連綿体《れんめんたい》」へと進んだばかりの意である。また菅原孝標女は十三歳で父の赴任先上総《かずさ》から帰京してすぐ、「さよふけてねざめざりせば」など古歌を記した藤原行成《ゆきなり》の娘の手跡《しゅせき》を父から手本として与えられた（『更級日記』）。「三《さん》跡《せき》」行成の娘も当時十五歳ながら父親譲りの能書《のうしょ》として知られていたらしく（『栄花物語《えいが》』十四）、貴族家庭の少女はこうした手本を入手し仮名を練習したのだろう。『源氏物語』若菜《わかな》上では女三宮《おんなさんのみや》の筆跡が十四、五歳のものとは思えないほど稚拙なため光源氏や紫の上《うえ》が困惑しており、筆跡は書き手の教養のみならず人格の判断材料にもなりえた。女房の職務に主人の代筆があり、字が巧《うま》く和歌を上手に詠める女房は重宝されたが（『枕草子』「うらやましげなるもの」）、高貴な女性も夫や同等身分の相手には直筆で書状を執筆しており、一条天皇の中宮藤原彰子も上《かみ》の御局《みつぼね》で和歌を手本に手習いに励んでいる（『栄花物語』八）。

さて、女子は仮名や仮名文学だけでなく、漢字や漢文学にも触れ親しむ機会はあった。勤子内親王（醍《だい》醐《ご》天皇皇女）は様々な字体の漢字に興味を抱き見事な草書《そうしょ》・隷書《れいしょ》を認《したた》め、外戚《がいせき》の源順《したごう》に和漢対訳辞書『和名類聚抄《わみょうるいじゅうしょう》』編纂を依頼している。とくに文人家庭などの女子のなかには、さらに本格的な漢籍教育を受ける環境に恵まれた者もいた。大学頭や東宮学士を勤めた高階成忠《たかしなのなりただ》の娘貴子は、円融《えんゆう》朝に宮中女房として出仕し、女ながら漢字を見事に書いたので内侍《ないし》（掌侍《ないしのじょう》）に任じられ、御前《ごぜん》詩宴に漢詩を奉《たてまつ》るほど「本物の漢詩人」として知られた。貴子は藤原道隆《みちたか》との間の息子だけでなく娘にも高度な漢籍教育を施し、長女の一条天皇中宮定子は女房清少納言との「香炉峰《こうろほう》の雪」の逸話に示されるような豊かな漢才を身に付けていた（『栄花物語』三、『大鏡』道隆、『枕草子』「雪のいと高う降りたるを」）。

同じく文人の娘であった紫式部は、弟惟規が幼少期に漢籍を読み上げる間、いつも傍《かたわ》らで聞き習い、弟がうまく読めない箇所も不思議なほど早く理解したため、父為時は常に「男子でなかったのは残念だ」

と嘆いていたという（『紫式部日記』）。為時は娘にとくに積極的に漢籍教育を施す意思はなかったようだが、少なくとも弟への漢籍教授を傍らで聞き習うことは許していた。幸運にも年の近い同母弟が自邸で文人の父から漢籍教授されていたおかげで、その姉紫式部も本格的な漢籍教育の機会を得たことになる。そしてこの場面の描写からは、大学寮で正統な漢籍教育を受けた誉れ高き文人の父から直接漢籍を伝授され、高度な漢才を培《つちか》ったのだという、紫式部の強烈な自負心が垣間《かいま》見えるのである。

ただし当時の貴族社会では女性の漢籍学習は必ずしも肯定されていたわけではなかった。むしろ貴子は「女性があまりに漢才に優れているのは良くない」と批判され（『大鏡』道隆）、紫式部も自身の女房から「女の身で漢籍など読むからご主人は薄幸なのだ」と陰口を叩かれている（『紫式部日記』）。父為時が嘆いたように、いくら高度な漢才を身に付けても女性は職務上それを十分に発揮する機会が乏しく栄達も望めないので甲斐が無いと見なされた。『源氏物語』帚木《ははきぎ》「雨夜《あまよ》の品定《しなさだ》め」で語られる「博士の娘」は、生《なま》半可《はんか》な博士も敵《かな》わないほどの漢才を誇り、書状も仮名を使わず漢文で書き、夫に漢文を教え、堅苦しい漢語を不自然に多用する奇妙な女として描かれる。

おそらく文人家庭における女子の漢籍学習環境の特殊性や世間からの批判を自虐的に綴《つづ》ったものであろう。なお当時女性は漢才を漢字や漢詩文の形で直接表現することは憚《はばか》られたものの、漢詩名句を和文化して和歌に詠み込み、漢文学の語彙や題材を仮名文学に引用することが盛んに試みられていた。紫式部も人前では漢字や漢籍を極力遠ざけていたが、詠んだ和歌や『源氏物語』には中国や日本のさまざまな漢籍を和文化・引用していることが指摘されている。

次に、弦楽器に関しては、『落窪物語』で姫君《ひめぎみ》が六、七歳頃に亡き母から箏《そう》を習い、のち異母弟の三郎《さぶろう》君《ぎみ》に教え、『うつほ物語』では四歳になった俊蔭《としかげ》娘が父から琴《きん》の秘曲を習い始め、やがて息子仲忠《なかただ》に伝授したように、当時は親子・家族間で演奏技術や楽曲を受け伝えることが多かった。藤原芳子は家庭で琴を習得し、入内後にはさらに夫村上天皇から箏を習って名手となり、その兄済時《なりとき》も長女娍子（三条天皇皇后）に箏を、次女（敦道親王妃《あつみち》）に琵琶《びわ》を教授した（『栄花物語』三十一）。勤子内親王は父醍醐天皇から箏を賜《たまわ》り楽曲を伝授されたという（『和名類聚抄』序）。また中宮定子が右近内侍《うこんのないし》（天皇の女房）に琵琶を弾かせているように、女房の職務としても弦楽器の演奏が求められた（『枕草子』「職《しき》におはしますころ」）。紫式部は知人から箏の伝授を頼まれ、自室には箏のほか和琴《わごん》や琵琶も立て掛けてあって、様々な弦楽器に親しんで育ったようである（『紫式部集』『紫式部日記』）。

和歌については、女御芳子の『古今和歌集』全歌暗誦についてかねて聞き及んでいた村上天皇は、冊子を手に芳子のもとを訪れ、「その月、その折に、誰々が詠んだ歌は何か」と勝負を挑んだが、芳子は最後まで全く間違えずに答え通したという。この故事を踏まえ中宮定子も『古今和歌集』の上句を読み上げ、下句を清少納言ら女房たちに答えさせたが、誰ひとり正答できない歌もあり、「知っているはずの歌なのに」と定子を嘆息させている。女房はこうした和歌知識を前提として、儀式等で和歌を献じ、主人の代詠を務めた。たとえば、中宮彰子御所に奈良から八重桜が献上された際には、受取役を務めた伊勢大輔《いせのたいふ》が名歌「いにしへの奈良の都の」を詠み、彰子の返歌を紫式部が代詠している（『伊勢大輔集』『紫式部集』）。

さて紫式部の家系は和歌にも深い縁があった。父方の曾祖父兼輔は三十六歌仙《さんじゅうろっかせん》の一人であり、祖父雅正・伯父為頼《ためより》、父方の曾祖父にあたる定方《さだかた》も歌壇での活躍が伝わる。さらに父為時も文人のみならず歌人としても聞こえ、『後拾遺和歌集《ごしゅういわかしゅう》』など勅撰集に四首が入り、道長邸の歌合《うたあわせ》に歌人として参加したこともあった。すなわち紫式部は漢籍・漢文学に加え、和歌にも親しい環境に生まれ育ったことで、和漢の才を兼ね備えることができたのである。なお幼少期、漢籍の読み上げに難渋《なんじゅう》していた弟惟規は、成人後は少内記《しょうないき》（詔勅《しょうちょく》起草《きそう》や位記《いき》作製を担当）など漢才を要求される官職に就いてはいるが、むしろ「和歌の上手《じょうず》」として知られた。家集『惟規集』のほか、『後拾遺和歌集』以下の勅撰集に十首入選し、斎院御所の女房に忍《しの》んで行った際に和歌を詠んで窮地を脱した逸話や、父の任国越後で病に倒れ死に臨んでもひたすら風流を追い求めた「世《よ》のすきもの（風流人）」としての最期が伝わっている（『今昔物語集』二十四・三十一、『十訓抄《じっきんしょう》』一・十）。

三　「受領」の娘としての女房出仕

紫式部は夫宣孝の没後、中宮彰子に女房として出仕した。この女房出仕については、受領および文人の娘という生育環境が大きく関係している。后妃の身辺に仕える女房は貴族の娘から採用されたが、当時の貴族社会では女房出仕を忌避する傾向が強かった。貴族の娘として実家では女房に奉仕される立場であるのに、女房として出仕すれば使用人として雑事に奉仕せねばならない。また貴族女性が家族以外の男性に姿を見せ声を聞かせることは大変端無《はしたな》いものとされていたが、女房は主人に代わり男性とも直接応対する機会が少なくなかった。そのため当時、后妃女房は家司・受領など諸大夫層から構成され、紫式部も受領の娘として出仕したが、「友人から不名誉で浅はかだと軽蔑されていよう」と恥じている（『紫式部日記』）。清少納言も「宮仕えを軽薄で良くないことと言う男が憎らしい」（『枕草子』「生《お》ひさきなく、まめやかに」）

と記し、菅原孝標女は出仕要請があっても昔気質《むかしかたぎ》の父が「宮仕《みやづか》えは大変つらいもの」と放置していたほどであった（『更級日記』）。なお女房の下位に、おおむね十五歳以下の小間使《こまづか》い「女童《めのわらわ》」、さまざまな雑用に従事する「下仕《しもづかえ》」「長女《おさめ》」「得選《とくせん》」「樋洗《ひすまし》」「御厠人《みかわやうど》」等の下級女官がおり、貴族家に従属する家人《けにん》や侍《さぶらい》の娘などから採用されている。

女房に求められた職務内容への適応力の点でも、諸大夫層出身者が適任であった。『うつほ物語』には女房の採用条件として習字などの基礎教養に続き、「人の応《いら》へ」が巧みなことを挙げる。「応へ」とは返事や受け答えの意で、女房には主人や同僚女房との的確な応答のほか、参上した男性貴族からの興趣ある問い掛けに恥ずかしくない応対をし、主人への取り次ぎを円滑にこなせる能力が要求された。男性貴族はめいめい贔屓《ひいき》にし昵懇《じっこん》となっている女房に取り次ぎを依頼することが多かったが、定子御所では清少納言の自信に溢《あふ》れた応対ぶりが殿上人の間で大評判で、清少納言目当てに連れだって参上するほどであり（『栄花物語』七）、藤原行成に至っては清少納言を実家に探し出してまで取り次ぎを頼んでいる（『枕草子』「職《しき》の御曹司《みぞうし》の西面《にしおもて》の立蔀《たてじとみ》のもとにて」）。彰子御所では、藤原実資《さねすけ》が「越後守為時女《むすめ》（紫式部）」にさまざまな事案の取り次ぎを依頼し、東宮病状等の内部情報を伝え聞くなどしており（『小右記《しょうゆうき》』長和二年五月二十五日条）、紫式部の女房としての応対能力に厚い信頼を寄せていたことがうかがえる。

ところで一条朝後半以降、道長が絶対的政治権力と別格の家格を確立し、娘を次々と入内させ、摂関・大臣など上級貴族の娘を上臈《じょうろう》女房として半強制的に召し出す。しかしこうした高貴な姫君はもともと入内を念頭に傅《かしず》かれて育てられたため、男性貴族への応対や取り次ぎといった女房の職務になかなか適応できなかった。彰子御所の上臈女房たちは、弱々しく子どもっぽい様子で、中宮大夫《だいぶ》が参上しても応対することはめったになく、応対に出ても恥ずかしさのあまり満足に受け答えができず、いつまでも姫君のままの振る舞いでいたという(『紫式部日記』)。そのため男性貴族から不満の声が上がり、女房集団内部にも一時的に混乱が生じることとなった。

四 「文人」の娘としての女房出仕

貴族の娘が后妃女房として出仕する契機はおおよそ二通りである。まず入内に先立ち、家柄・容姿・人柄・教養・年齢などの条件に適う所定人数の女房を揃える必要があった。后妃の父親などによって集められ、『うつほ物語』あて宮には「女房は四十名、四位か参議の娘で、髪が長く身長もほどよく、書道・和歌・琴に巧みで、応答もしっかりしている、二十歳過ぎまでの者」を備えたとする。実際、長保《ちょうほう》元年(九九九)彰子の女御入内に際しては、女房四十名について「容姿や人柄はもちろん、四位・五位でも世間づきあいが悪く育ちの良くない者は避け、気品があり育ちの良い者だけ」を厳選した(『栄花物語』六)。寛弘七年(一〇一〇)その妹妍子の東宮参入時には、長年、道長家に仕えてきた者の妻や娘が参集して「大人四十人・童女六人・下仕四人」が備えられたとあり(『栄花物語』八)、家司などももと長年の従属関係にある家の女性が選ばれている。

これに対して清少納言や紫式部は、定子および彰子の中宮冊立《さくりつ》後、追加採用された女房であった。こうした女房の多くは、出仕前から何らかの才能の評判が貴族社会に広まっており、中宮女房としての職務上その才能の発揮を期待されて召し加えられたと考えられる。清少納言は出仕後まもなく定子の兄伊周《これちか》から出仕前の評判の真偽について尋ねられており（『枕草子』「宮《みや》にはじめてまゐりたるころ」）、紫式部は『源氏物語』が知られていたほか、夫宣孝と交わした書状が周囲に回覧されていた（『紫式部集』）。女御と異なり中宮は「公人」の身分とされ、中宮職が設置されて大夫以下の男性職員が任命される。女房も三役（宣旨《せんじ》・御匣殿《みくしげどの》・内侍）が置かれ、女房装束《しょうぞく》も身分別の規定どおりに厳格化された。こうしたなか中宮のもとに持ち込まれ決裁処理が必要な公的案件も増加したため、それらを主人に円滑に取り次ぎ、仰せ言《おおごと》を間違いなく口頭や書状で伝達し、記録文などの執筆業務も的確にこなせる優秀な高度人材が新たに求められたと推測される。

平安貴族社会において男性貴族共通の必須教養は漢籍・漢文学であり、朝廷の公文書も漢文で記される。高階貴子は女ながら漢字を見事に書いて天皇の内侍に任じられ、清少納言も『白氏文集』の漢詩句を和歌に詠み込み即答したことで公卿の間で内侍に推薦しようという話が持ち上がったという（『枕草子』「二月つごもりごろに」）。『源氏物語』についても一条天皇が「この作者は日本紀《にほんぎ》（『日本書紀』以下の六国史《りっこくし》）を読んでいるようだ。本当に漢才があるらしい」と賞賛したように、漢籍・漢文学の知識と教養こそが大きな評価点《ポイント》であった（『紫式部日記』）。すなわち公人たる中宮が扱う重要公務案件の文言を、正しく理解して伝達する能力を有し、書状や記録文などで的確な文章が執筆できる高度人材が新たに求められたが、それには優れた漢才が必須条件であった。当時、文人家庭では女子にもある程度本格的な漢籍・漢文学教育が施されることで知られ、しかも紫式部は一条朝を代表する名高い文人為時の娘である。さらに本人の資質も出仕前に『源氏物語』や書状が貴族社会に回覧されており、漢才およびそれを踏まえた和文執筆能力や和歌の才が貴族社会に確認・評価され、おそらく道長の耳にまで達していたことであろう。その結果、紫式部に白羽の矢が立ち、道長の意向で中宮彰子の女房として新たに召し加えられたのではないだろうか。

出仕後の紫式部は、男性貴族との取り次ぎ業務のほか、彰子出産時には男性の手による漢文記録とは別に身辺に近寄れる女房として詳細な和文記録の執筆を担当した（『紫式部日記』）。また彰子の代詠など和歌の才を活かした職務も任され、さらには彰子から『白氏文集』進講を依頼されてもいる。紫式部は期待された能力を十全に発揮し、女房としての職務を円滑に遂行したのである。

以上のように、紫式部は受領および文人である為時の娘として生まれ育ったことで、中宮彰子女房として追加採用され、漢才を要求される高難度な職務を円滑に遂行し、さらには文学的評価をも獲得した。なお当時は女房集団の過渡期にあたり、やがて公卿層など出身の上臈女房が増員され職責を果たすようになると、受領層等からなる中臈《ちゅうろう》以下の女房は主人と同じ空間から排除され、職務上も制限されていく。紫式部の生育環境が政治的・学問的状況に適ったことは、実に時宜《じぎ》を得た幸運であったと言えるだろう。

主要参考文献

田中新一『紫式部集新注』青簡舎、二〇〇八年
増田繁夫『評伝　紫式部――世俗執着と出家願望』和泉書院、二〇一四年
野田有紀子「平安貴族社会における女性の漢才評価と書状」『お茶の水史学』六三号、二〇二〇年
同「平安貴族社会における女性の階層意識――女房集団秩序の不安定化と再構築」古瀬奈津子編『古代日本の政治と制度――律令制・史料・儀式』同成社、二〇二一年

藤原惟規——紫式部のキョウダイたち

服藤早苗

この式部の丞と申します者が、童で漢文の素読をしていました時、それを聞いていては、式部の丞は忘れるところをも、不思議なほどすらすらと覚えましたので、漢籍に熱心な父親は、「くやしいなあ。お前が男子でなかったのが、運の悪さだよ」と、何時も嘆かれていました。(『紫式部日記』)

「くやしいなあ、お前が男子だったらよかったのに!」、紫式部の頃から最近まで、千年にわたりよく聞かされた親や女性たちの嘆きである。

この式部丞惟規《のぶのり》は、紫式部の同母兄弟(兄か弟か、両説あり)で、さらに「あねなりし人なくなり」(『紫式部集』)とあり、姉がいた。母、藤原為信女は、早く亡くなったようである。

他に異母兄弟として、母が不明な惟通《のぶみち》(同母弟との説も)と定暹がいる。『尊卑分脈』等から長久元年(一〇四〇)正月二十五日の「安芸、惟道《ママ》(女院の分。)」(『春記』)が、惟通の最後の史料らしい。女院とは、紫式部が仕えた上東門院藤原彰子で、彰子の年給で安芸国守に任命されている。姉のおかげで、彰子に仕えていたのであろう。定暹は、一条天皇の国母東三条院詮子の八講や一条天皇の葬送に御前僧を勤めるなどと出てくる三井寺の僧侶である。他に異母妹がいたようで、父為時が越後守の任期を一年残して辞任した時、後任に藤原信経《のぶつね》が任じられた。「信経は前司、又姪なり。又聟也」(『小右記』長和三年六月十七日条)とあり、伯父為長《ためなが》の息子信経を聟にした娘がいたことがうかがえる。

さて、漢籍の苦手な惟規は、朝廷の仕事では、どうも失敗が多い。寛弘五年（一〇〇八）七月十七日のことである。一条天皇中宮彰子がやっと懐妊して、前日に土御門邸に退出していた。蔵人惟規が勅使となって、中宮に天皇の手紙を届けた。惟規は、寝殿に通され、歓待される。天皇の勅使とはいえ、身分の低い惟規が、トップクラスの公卿四、五人から、酒のおもてなしを受けて、酔ってしまった。彰子から天皇へのお返事と、豪華な禄を頂いた惟規は、立って礼拝するところを、座ったまま礼拝してしまったので大恥をかいている（『御産部類記、不知記』）。十二月二十五日には、御仏名に奉仕した僧侶たちに配る綿を一人に渡してしまって、僧侶たちが奪い取り合った。「蔵人、故実を失するに似る」（『小右記』）と嘆かれている。

　五日後の「つごもりの夜」、追儺も終わって、中宮彰子付きも内裏も警備が皆帰ってしまった頃、なんと中宮殿舎あたりに盗賊が入り、二人の女房の衣装をはぎ取って、裸にして逃げ去った。紫式部は、思わず「殿上に兵部の丞という蔵人、呼べ呼べ」と恥も忘れて大声で下っ端の女官に命じてしまう。間の悪いことに惟規はいなかった（『紫式部日記』）。

　ただ、惟規は、和歌にはすぐれており、『惟規集』もあり、多くの歌集にも収録されており、説話も遺されている。『今昔物語集』二十四―五十七である。

　賀茂斎院選子内親王の女房に夜な夜な、秘かに通っていた。斎院の侍が怪しんで、誰だ、と尋ねたのに、局に入ったばかりだったので答えなかったら、門を閉ざしてしまって、出られなくなった。女房は斎院に頼んで門を開けて、惟規を出した。惟規は、

神垣は　木の丸殿に　あらねども　名乗り

をせねば　人とがめけり

（この斎院の神垣は、あの木の丸殿ではありませんが、名乗りをしなかったので、やはり人にとがめられてしまいましたよ）

女房は斎院中将といわれている。『俊頼髄脳』『十訓抄』にもとられている。

惟規は、寛弘八年（一〇一一）正月六位蔵人を去り従五位下に叙爵された後、越後守に任じられた父為時と同行し、越後に下った。途中で重く患い、越後国につくと危篤の状態になった。やんごとなき僧侶を招くと、惟規の耳元で、「人は死後、次の生が定まるまでの間は中有という鳥獣さえもいない広野で一人いる心細さ、この世の人の恋しさはたとえようもない」と語る。惟規は息絶え絶えに、「中有の旅の空には嵐にさそわれて散り舞う紅葉、風に従う尾花などのもとに、松虫の音など聞こえないのだろうか」と聞いたので、僧侶は、「なぜそんなことを聞く」と答えると、「そうならば、それを見て慰めよう」ときれぎれに言う。僧侶は「常軌を逸している」と言って逃げ去った。しかたがないので父が見守り、最後に、筆を与えると、

都にも　わびしき人の　あまたあれば　なをこのたびは　いかむとぞおもふ

（都にも心細く待ってくれる人が多くいるので、やはりこの度の旅は生きて都に帰っていこう）

と書いたが、最後の「ふ」を書けないで息を引き取ったので、為時が「ふ」を書いた（『今昔物語集』三十一―二十八、『俊頼髄脳』）。

最後に僧が出家剃髪をすすめたのに応じなかったという説話であろう。風物を愛する歌人としての最後の姿をのこした風流人だった。

主要参考文献
増田繁夫『評伝　紫式部』和泉書院、二〇一四年

第六章

夫藤原宣孝

――異彩を放つ夫

服藤早苗

一　宣孝像

どんな身分の高い人でも、御嶽詣《みたけもう》では、粗末な白色で無文の浄衣《じょうえ》で参詣すると聞いていたのに、右衛門《うえもん》の佐《すけ》の宣孝《のぶたか》は、

「粗末な服装でお参りするなんてつまらないことだ。清浄な衣を着てお参りするなら、なんのさわりがあろうか。御嶽のご本尊は、粗末な服装で参詣せよなどとけっしておっしゃるまい」

と言って、三月の末に、紫色の濃い指貫《さしぬき》をはき、白い狩衣《かりぎぬ》、山吹襲《やまぶきかさね》の派手でぎょうぎょうしい目立つ衣装を着て、長男の主殿亮《とのものすけ》の隆光《たかみつ》には、青色の狩衣、紅の内衣、模様を摺り乱れ染めにした長い水干《すいかん》袴《ばかま》を着せて、二人で参詣した。参詣の往復で出逢った人々は、「まったく今まで見たことはない」と驚きあきれた。

清少納言の『枕草子』「あはれなるもの」の段に載るエピソードの現代語訳である。濃い紫色のズボンに、

白い上着の下に、山吹色グラデーションの衣を着て、息子隆光には、青色の上着の下に赤い衣、模様を乱れ染めに刷り上げた長い水干袴というズボンを着せて、吉野の金峯山《きんぷせん》に参詣したという。何ともカラフルで派手な格好ではある。「あはれなるもの（しみじみと感動をおぼえ胸をうたれるもの）」の中になんでこのエピソードが？と疑問だが、清少納言は、「これはあはれなることにはあらねども、御嶽のついでなり」と記しており、当時、都の貴族社会に膾炙《かいしゃ》した話らしい。

戦国時代末の派手で異形な服装をした傾奇者《かぶきもの》を連想させるが、世間の常識や権力や秩序を否定したり反発したりする気だった様子はない。ただ、宣孝は、結構大胆で、目立ちたがりやだったことは間違いない。

四月つごもりに帰りて、六月十余日のほどに、筑前の守失せにしかはりになりにしこそ、げにいひけむにたがはずともきこえしか。（『枕草子』「あはれなるもの」）

四月末に御嶽参詣から帰京した宣孝は、六月中旬に筑前守になったとするが、実際は、筑前守に着任したのは正暦元年（九九〇）八月三十日のこと。藤原知章《ともあき》が、着任後、子息や郎等・従類たち三十余人の病死のために辞退した代わりだった。ただ、藤原実資《さねすけ》は、「未だ検非違使《けびいし》の巡《じゅん》に及ばず。何の故有りて、任ぜらるる所や」（『小右記』同年八月三十日条）と批判しているが、清少納言は、「いかにも宣孝の言った言葉に違いはなかった」と、人々に評判だった、と記している。宣孝は、「御利益があった！」と得意満面だったに違いない。

後年、紫式部が夫にした藤原宣孝は、筑前守になった時は三十六歳頃、隆光は、長男で、天延元年（九七三）に下総守藤原顕猷《あきみち》女《むすめ》を母として誕生しており、十八歳である。ただ、史料的には、隆光が主殿権亮の役職についている初見は、長保二年（一〇〇〇）正月二十二日（『権記』）なので、混乱があるのかもしれない。

二　紫式部への求婚

文の上に、朱といふものをつぶつぶと注ぎて、「涙の色を」と書きたる人の返りごと

くれなゐの　涙ぞいとど　うとまるる　移る心の　色にみゆれば

（あなたの涙だと聞くと一層うとましく思われます。移ろいやすい貴方の心がこの色ではっきりわかります）

もとより人のむすめを得たるひとなりけり（『紫式部集』）

手紙に朱をぼとぼと垂らして、これはあなたを思って流した涙です！と書いてよこす相手こそ、奇抜な思いつきを行動にあらわす藤原宣孝。紫式部が歌集にのこしているのだから、この文を気にいっていたに違いない。しかし、紫式部は、「ずっと以前から、しっかりした親の娘を妻に得ている人だから（移る心が、見えるのです）」と返歌に注を書いている。宣孝がもっと若く、まだ妻がいなかったら、結婚を即決したのかもしれない。

宣孝が紫式部にラブレターを送った頃、紫式部の父藤原為時には、道長父兼家一族に誑《そその》かされて花山天皇が退位したため、せっかく得ていた蔵人の職も辞すことになってから十年余、職にありつけなかった厳しい境遇にチャンスが到来していた。長徳二年（九九六）正月二十五日には叙爵し淡路守に任じられるが、すぐに越前国に変更された。いろいろ説話があるが、実際は、ちょうど越前に貿易商人の宋人一行が滞在しており、筆談で交渉できたからだとされている。たしかに、「觀謁《きんえつ》の後、詩を以て大宋客の羌世昌に贈

る。藤為時」との七言律詩がのこされている（『本朝麗藻《ほんちょうれいそう》』下）。
紫式部は父の越前国への赴任に同行した。国守の妻にも様々な役割があり、すでに亡くなっている母に代わり妻代行として娘の紫式部が同行したのである。雪深い越前の冬を過ごした紫式部に、宣孝からのラブレターは次々と届いたようである。

年かへりて、「唐人見《からびと》にゆかむ」といひたりける人の、「春は解くるものといかで知らせたてまつらむ」といひたるに

春なれど　白嶺《しらね》のみゆき　いやつもり　解くべきほどの　いつとなきかな

（春にはなりましたが、こちらの白山の雪はいよいよ積もって、おっしゃるように解けることなんか何時のことかしれません）（『紫式部集』）

紫式部は、長徳四年頃に帰京し、すぐ、宣孝と結婚したようである。

三　宣孝と妻たち

藤原宣孝は、父権中納言為輔《ためすけ》（九二〇〜九八六）、母参議藤原守義《もりよし》女として、天暦三年（九四九）頃生まれたらしい。正確な生年は不明である。祖父は朝頼《あさより》、曾祖父は右大臣定方《さだかた》（八七三〜九三二）で、定方妹胤子は宇多天皇に入内し、醍醐天皇他四人の皇子皇女を産んでおり、朝頼は醍醐天皇のイトコである。
宣孝は、長徳四年には、四十四歳頃だった。子どもたちのうち、前述の長男隆光は、すでに二十六歳、頼宣《よりのぶ》の生年は不明だが、母は若狭守などを歴任した平季明《すえあき》女、儀明《よしあき》は母も生没年も不明、寛和元年（九八

五）誕生の隆佐《たかすけ》と明懐《めいかい》の母は中納言藤原朝成《あさひら》女である（『尊卑分脈』『勧修寺家一門系図』等）。

この三人の宣孝妻の中で、もっとも父の身分が高いのは、中納言朝成女である。朝成（九一七〜九七四）の父は、右大臣定方だから、父方大叔父の娘との結婚だが、朝成はなかなか話題の多い人物だったようで、大変肥満で大食漢だったとされ（『今昔物語集』）、また中納言昇進を石清水八幡宮に祈願した際、強盗百人の頸を斬ったことをあげたところ希望がかなって中納言になった説話（『十訓抄』）、さらに道長の父兼家の長兄伊尹《これまさ》（九二四〜九七二）と蔵人頭を争って負けたため、伊尹の子孫に祟る怨霊となった話（『大鏡』）などがあり、なかなか個性的な貴族だったらしい。

寛和元年（九八五）に隆佐を出産した時、すでに朝成は亡くなっており、朝成女は少なくとも二十歳前後で、その翌年、八月二十七日、宣孝父為輔は、正三位権中納言大宰権帥で亡くなる。家格的には同程度だから、宣孝は朝成女邸に婿取られ、同居していたと思われる。

紫式部の父は藤原為時（九四九〜一〇二九）、祖父は雅正（?〜九六一）、祖母は定方女であるから、宣孝父為輔と紫式部父為時は、イトコにあたる。定方女と代明親王との間に生まれた庄子女王は為時のイトコ、その庄子女王と村上天皇との皇子具平親王は、為時のイトコの子どもである。紫式部は、以前、具平親王家に女房出仕していたとの説もあり、可能性は高い。

紫式部の母は藤原為信《ためのぶ》女で、姉、紫式部、惟規《のぶのり》等を出産した後、早く亡くなったようである。では幼少の紫式部たち子どもは、何処で誰に育てられたのか。紫式部の曾祖父中納言兼輔《かねすけ》（八七七〜九三三）は、住んでいた堤邸から「京極中納言」とか、「堤中納言」とか呼ばれていたが、その邸宅を紫式部の伯父為頼《ためより》が相続し、そこに紫式部の父為時も住んでいて、紫式部の育った邸宅であった、とする角田文衞説が出され通説化し、研究者を含めた多くの人が踏襲している。そのため、現在、その跡地とされる廬山寺《ろざんじ》の門前には、紫式部旧跡と大きな標識が掲げられている。しかし、増田繁夫氏は、史料を詳細に検討し、角田説は成り立たないことを実証されており、筆者も増田説に賛同する。そもそも、当時の婚姻形態からして、男兄弟の世帯が同居することはまずない。

四　平安中期の結婚実態

当時は婿取婚で、結婚儀式が上層貴族層から始まっていたが、儀式をあげない場合も多かった。上層貴族層では、親族や女房あるいは僧侶などから情報を得たり、いい女だとうわさを聞きつけたりすると、男性は、消息文、すなわち和歌をしたためたラブレターを女性に送る。女性は三度目に返事を書く。何度かの文通の過程で女性の両親が承諾すると、結婚が決まる。吉日を選び、新郎は正式な消息文を送って、夜に行列で新婦邸に赴く。新婦邸では、新婦の母などが衾覆《ふすまおおい》、すなわち新郎新婦が寝具に並んで横たわる上に衾＝夜具をかける。初夜の承認である。翌朝、暗い内に新郎は家に帰り、昨夜の余韻を歌にして新婦に送る。後朝使《きぬぎぬのつかい》である。夜になるとまた新郎は新婦宅に行き泊まり、翌朝帰宅する。三日目に、新婦方で餅を用意して、二人で食べる。三日夜餅《みかよのもち》である。碁石《ごいし》くらいの大きさの餅であるが、今上天皇夫妻も上皇夫妻も結婚式当日の夜ではあるが食しており、現在でも皇族方に継承されている伝統的で重要な婚姻儀礼である。

その後、新婦方の親族と新郎が顔を合わせ、饗宴を行う、露顕《ところあらわし》が行われる。新郎の行列に付き従った従者たちにも、ご馳走が振る舞われ、禄と呼ばれるお土産も渡される。ただし、新郎方の父母も親族も参加しない。そもそも、平安中期頃には、妻は夫の両親に会うことはほとんどない。嫁姑の確執はなかった！　この日から、新郎は新婦邸で同居したり、まだ少し通い、その後同居する場合もある。また、姉妹が多い場合は、妻方で用意した邸宅で同居する場合もある。紫式部の時代は、ちょうど結婚儀式が浸透しつつある頃であった。

　妻方で同居すると、邸宅は妻の父母から妻に譲られることが多い。貴族の日記では、夫妻で住んでいる邸宅を、夫名で記していることが多いが、所有権は妻が持っていた。いっぽう、妻方同居を一定期間経ると、夫が父母からもらったり、独自に入手したりした邸宅に夫婦で移ることもある。しかしけっして夫の両親と同居することはない。

　紫式部の両親の為時と為信女とは、最初の結婚だったようである。『尊卑分脈』などには、惟規・惟《のぶ》通《みち》・定暹《じょうせん》・紫式部の四人が記載されており、惟規と紫式部に「母摂津守為信女」「母右馬頭藤原為信女」とある。他に、早く亡くなった姉がいた（『紫式部集』）。

　前述の婚姻実態からして、為時は、当初は舅為信邸で同居していたことはほぼ間違いない。為信の妻の父（紫式部の外曾祖父）は宮道忠用《みやじのただもち》で、天慶四年（九四一）二月九日、「讃岐国飛駅来り云ふ、兵庫允《ひょうごじょう》宮道忠用、藤原恒利《つねとし》等、伊予に向ひ賊類を頗る撃つ」（『日本紀略』）とあり、西国で起こった純友《すみとも》の乱で、追捕《ついぶ》山陽南海両道凶賊《きょうぞく》使として伊予国に赴任し、海賊を撃つ活躍をしている。なお同行の藤原恒利は、朝廷側に寝返った純友の次将である。また、天暦二年（九四八）正月五日、師輔《もろすけ》大饗に、「左大臣（実頼《さねより》）、右衛門尉宮道忠用を差し、引出物料馬一匹を□、則ち悚悦《そうえつ》の由を答え、白大掛《しろおおうちき》一領を被《かづ》く」（『九暦』）と左大臣藤原実頼の家人だったことがわかる。藤原実頼は、実資の祖父であり、養父である。

宮道氏は醍醐天皇の母藤原胤子や定方の母方氏であり、宮道忠用も左衛門尉《さえもんのじょう》に任じられており、醍醐天皇の時代には宮道氏は重用されている。その後の史料は残っていないが、宮道忠用は娘聟為信に邸宅を提供し、孫たちを養育する経済力はあったと思われる。なお、宮道義行《よしゆき》は実資の家司を長く勤め、その後は息子の式光《しきみつ》が父の後を継ぎ家司になっている。宮道氏は実頼―実資と小野宮家に家司として仕えており、義行と忠用は親族関係にありそうである。

さらに、外祖父為信は、文章生、蔵人所雑色、右少将、常陸介などを歴任し、永延元年（九八七）正月十三日従四位下で出家しており、亡き娘が遺した子どもたちに、援助を惜しまなかったと思われる。為信の兄為雅は、『蜻蛉日記』作者の同母姉と結婚して、妻方に通った後同居していたが、作者と兼家が結婚し、兼家が通うようになると、身分が高い兼家と同宿するのは気が引けるといって、邸宅を用意して姉を連れて出て行っている。

また、外祖父為信の父文範は、中納言までのぼり、山荘には円融院が行幸したり、実資たちが集まったりしていた。長徳二年（九九六）三月二十八日、八十八歳で亡くなる長寿だった。その時、紫式部は二十歳前後だったから、それまで援助を惜しまなかったのではなかろうか。

そのうえ、母方のみならず、父為時の両親も母亡き子どもたちを見守っていた。

　人のとほきところへゆく、はは（母）にかはりて
ひととなる　ほどはいのちぞ　をしかりし　けふはわかれぞ　かなしかりける
（あなたが一人前の大人に成長するまでの間は、私は命が惜しくて、ただただ長生きがしたかったことでした。

今日は別れがこんなに悲しいものだとつくづく思い知らされました）（『為頼集』）

この歌を詠んだ為頼の母は、為時と同じく右大臣定方女で、天慶二年（九三九）頃に為頼を産んだとされるから、その時二十歳だとすると、長徳二年は七十八歳である。

いずれにしても、紫式部同母兄弟姉妹は、父為時と外祖父為信と外祖母たちの親族に基本的には援助されて生育したと考えて間違いない。『蜻蛉日記』の作者が夫兼家に見切りをつけ、父邸に帰り、父の経済力に頼ったように、娘たちの生活の面倒を最後まで見ている史料は多く、受領層は経済的に豊かだった。

五　短い結婚生活

宣孝父と為時は従兄弟で、宣孝と紫式部はマタイトコである。花山天皇時代には、宣孝と為時は、共に六位蔵人だった。一緒に行事に参加していることも多い（『小右記』寛和元年正月十八日条等）。寛和元年（九八五）には、為時三十七歳、宣孝三十一歳ほどである。

長徳四年（九九八）頃、越前から一人で都に帰った紫式部は、父の年齢に近い、すでに正妻がいる四十四歳頃の宣孝と結婚したのだった。父の薦めによったのであろう。

紫式部と宣孝は、儀式をあげて結婚したかどうかは不明であるが、三日間通い、三日目に三日夜餅を食した可能性はある。光源氏が若紫の寝床に潜り込み、三日目に惟光《これみつ》に餅を用意させて差し入れさせたところ、若紫の女房達が感涙した場面が想起される（『源氏物語』葵）。前述のように、三日夜餅を二人で食することは、正式な結婚であった。父が帰京していなくとも、三日夜餅なら親族や女房たちが用意できたであろう。
結婚した年、宣孝は、三月二十日の石清水臨時祭では舞人、十一月三十日の賀茂臨時祭では一舞を仰せられており、翌長保元年（九九九）十一月十一日の調楽では、「右衛門権佐（宣孝）の人長、甚だ妙なり」と舞人の長を勤めて賞賛されている（『権記』）。当時、四十歳から長寿祝いの算賀が行われるから、老人の域に入っていた宣孝は堂々とした舞を披露したのであろう。紫式部にとっては、自慢の夫だったに違いない。

片つ方に書《ふみ》どもわざと置き重ねし人も侍らずなりにしのち、手触るる人もことになし（『紫式部日記』）

宣孝が亡くなった後も紫式部の部屋の厨子の漢籍の上に、宣孝の書物が整然と重ねておいてあった。宣孝と漢籍について話し合っていたのであろうか。

入るかたは　さやかなりける　月影を　うはのそらにも　待ちし宵かな
（入って行く方角は、はっきりわかっていた月〈宣孝〉の姿を、昨夜は上のそらで待ったことでした）（『紫式部集』）

しかし、多妻の一人としての紫式部は、夫の来訪を待つことしかできなかった。どこのツマを訪れたのだろう、との疑心暗鬼は、必ず我が家に帰ってくるとおおらかな気持ちで待っている正妻との違いである。
夫婦の痴話げんかも多かった。

文散らしけりと聞きて、「ありし文どもとり集めておこせずば、返り事書かじ」と、言葉にてのみいひやりたれば、皆おこすとていみじく怨じたりければ、正月十日ばかりのことなりけり
閉じたりし　上の薄氷《うすらひ》　解けながら　さは絶えねとや　山の下水

（氷に閉ざされていた谷川の薄氷が春になって解けるように、せっかくうち解けましたのに、これでは、山川の流れも絶えるように貴方との仲が切れればよいとお考えなのですか）

すかされて、いと暗うなりたるに、おこせたる

東風《こちかぜ》に　解くるばかりを　底見ゆる　石間の水は　絶えば絶えなむ

（春の東風によって氷が解けたくらいの仲なのに、底の見える石間の浅い流れのように、浅い心のお前との仲は切れるなら切れるといいんだよ）

送った手紙を、宣孝が他の人に見せていると聞いた紫式部は、「お送りした文を全部集めて送り返して下さらなければ、今後は一切返事は書きません」と口上だけ述べさせたら、早速全部送り返してきたが、宣孝も、売り言葉に買い言葉、「絶えば絶えなむ」と結構過激な歌が返ってくる。宣孝が、式部の文を他の人に自慢げに見せびらかしたのだから、文章や和歌が、卓越していたのであろう。習作の物語、との説もむべなるかな、である。

「いまは物も聞こえじ」と、腹立ちければ、わらひて、返し

いひ絶えば　さこそは絶えめ　何かその　みはらの池を　つつしみしもせむ

（お言葉のように、もう手紙も出さないとおっしゃるなら、そのように二人の仲を絶ってしまうおつもりなら、それもいいでしょう。あなたのお腹立ちを怖がってなんかいるもんですか）

夜中ばかりに、また

たけからぬ　人かずなみは　わきかへり　みならの池に　立てどかひなし

（立派でもなく人数の身分でもないので、腹を立ててみても仕方がない。お前には勝てないよ）（以上『紫式部

集』）
結局、宣孝が「立てどかひなし」と降参している。紫式部も、なかなかしたたかである。

長保二年（一〇〇〇）に娘が誕生した。後の親仁《ちかひと》親王乳母で、親王が後冷泉天皇として即位すると典侍《ないしのすけ》従三位になり、当時の夫高階成章《たかしなのなりあき》が大宰大弐《だざいだいに》になると、大弐三位《だいにのさんみ》と呼ばれた賢子である。系図類では、宣孝の女子は賢子一人である。不思議なのは、宣孝の場合だけではなく、『尊卑分脈』などの系図類には、女性が大変少ない。式部の伯父為頼も為長にも娘は一人も記載されていない。姉がいたことが『紫式部集』から判明するのに系図類には紫式部しか記載されていない。この三兄弟に紫式部以外の女児が生まれなかったはずはない。

宣孝には男子を産んだ妻以外に、多くの女性と性関係をもったことが、指摘されている。とするなら、紫式部にも宣孝以外の男性がいたはずである。歌集に宣孝らしき男性が主なのは、賢子の父だからであろう。当時の貴族女性に、結婚適齢期などの社会的秩序あるいは規律、つまりはプレッシャーなどはなかった。また、子どもを産まなかったり、あるいは女児しか産まなかった場合、記録類に残らなかっただけである。

貴族層は、たしかに妻が何人かおり、一夫多妻だから男女不平等社会だったことは間違いない。しかしながら、妻も夫が嫌になれば別れて、他の夫を娶った。例えば、祖父村上天皇・祖母皇后藤原安子、父為平《ためひら》親王・母源高明《たかあきら》女、外祖父高明・外祖母藤原師輔《もろすけ》女、美しかったという婉子女王（九七二〜九九八）は、十四歳で花山天皇に入内し女御になるが、例の花山天皇退位で、離婚し、正暦五年（九九四）頃三十八歳のやもめだった藤原実資を婿取り、染殿《そめどの》で同居する。実資は女児誕生を切望していたが、残念ながら、長徳四年（九九八）七月、婉子女王は二十七歳で亡くなってしまう（『日本紀略』）。四年間の短い結婚生活だった。まさにトップクラスの女性で、しかも天皇のキサキでも、花山院が出家したこともあるが離婚し、再婚していた。ましてや中下級貴族層は結婚式も定着していなかった時期である。紫式部も何度も男性との逢瀬と別れがあったはずである。多くの男性と関係をもった賢子と同様だったろう。

六　宣孝との別れ

長保三年（一〇〇一）二月五日も、「痔病《じびょう》、発動」（『権記』）と記されていた宣孝は、四月二十五日亡くなった（『尊卑分脈』）。山城守正五位下、四十七歳頃だった。前年の冬から流行っていた疫病によるものとされている。朝成女が産んだ隆佐は、蔵人・式部丞、伯耆守、越後守、左衛門権輔、上東門院（彰子）別当、筑前守、近江守、播磨守、伊予守、大蔵卿等を歴任し、非参議従二位で九十歳で亡くなっており長寿だった。また、娘の賢子も、永保二年（一〇八二）、八十三歳頃に亡くなったとされるから長寿だった。健康的身体をもっていたと思われる宣孝も、疫病には勝てなかったのであろう。

紫式部は、二歳、満年齢では一歳前後の幼児を抱え、寡婦になった。二十八歳前後だった。しかし、婿取婚の当時、母方で子どもが養育されたから、けっして、現代の「ひとり親家庭」のような経済的貧困におちいることはなかった。前述の通り、受領層はけっこう豊かだった。

年かへりて、「門はあきぬや」といひたるに

たが里の　春のたよりに　鶯の　霞に閉づる　宿を訪ふらむ

（鶯は、どなたの春の里を訪れたついでに、霞の中に閉じこもっているこの喪中の家を訪ねて来るのでしょうか）（『紫式部集』）

夫が亡くなった翌年の長保四年の正月、はやくも喪中の紫式部に言いよった男に、拒否した歌である。夫を亡くした妻は半年後には元気になる、との言葉どおり、歌の応酬も楽しんでいる。名作『源氏物語』執筆に没頭する準備はできていた。

主要参考文献

新潮日本古典集成、山本利達校注『紫式部日記　紫式部集』新潮社、一九八〇年
田中重太郎『枕冊子全注釈』一〜五、角川書店、一九七二〜一九九五年
筑紫平安文学会編『為頼集全釈』風間書房、一九九四年
根本隆一「九〜十二世紀における宮道氏の動向」『駒沢史学』九三、二〇一九年
寺内浩『藤原純友』ミネルヴァ書房、二〇二二年
服藤早苗『平安王朝社会のジェンダー』校倉書房、二〇〇五年
服藤早苗『藤原彰子』吉川弘文館、二〇一九年
服藤早苗「実資とキサキ——養母能子・妻婉子女王・賢后彰子たち」倉本一宏・加藤友康・小倉慈司編『『小右記』と王朝時代』吉川弘文館、二〇二三年
増田繁夫『評伝　紫式部』和泉書院、二〇一四年

第七章
一条天皇
――王朝文化全盛期をきずいた天皇

西野悠紀子

一条天皇（九八〇～一〇一一）は藤原道長《みちなが》の時代、摂関政治全盛期の天皇で、彼の在位中に日本古典文学の代表『枕草子』と『源氏物語』が誕生した。作者の清少納言と紫式部はともに、彼の二人の中宮藤原定子と藤原彰子に仕えた中宮女房である。女房だけではなく文人貴族の活躍など、この時代は平安貴族文化を代表する時代として、後世長くあこがれの的となった。

一　一条天皇の誕生

一条天皇（懐仁《やすひと》）は天元三年（九八〇）六月、時の円融天皇の一人子として誕生した。母は藤原兼家《かねいえ》（九二九～九九〇）の娘、女御詮子である。父円融天皇（九五九～九九一）は村上天皇と中宮安子の第六子であったが、康保四年（九六七）兄冷泉天皇の即位と共に、九歳で皇太弟となった。冷泉は安子の長子で生後間もなく皇太子となったが、精神疾患を抱えていた。冷泉と円融の間には同母兄弟為平《ためひら》親王が存在し、東宮の有力候補であった。しかし為平は醍醐天皇皇子で左大臣の源高明《たかあきら》の娘婿であったから、為平即位で高明が外戚となるのを嫌った藤原氏は、為平を飛び越えて円融を東宮につけた。安和二年（九六九）冷泉の退位が避けられなくなった頃、為平擁立の計画があるという密告があり、高明は大宰権帥に左遷された。安和の変である。高明を排除した藤原氏は、冷泉の退位と円融の即位を実行し、東宮には生まれて一年に満たない冷泉の長子師貞《もろさだ》（花山天皇）が立てられた。この結果皇統は二つに分裂し、円融の即位は一時的な中継にすぎず冷泉の系統が正統であるという意識は、十一世紀に入っても残る。

円融の時代、摂政・関白としてその政治を支えたのは、亡母安子の兄弟伊尹《これまさ》、その没後は弟の兼通《かねみち》、兼通死後は従兄弟の頼忠《よりただ》であり、詮子の父兼家は兼通と対立し排除されていた。死の直前の兼通が、後を狙った兼家を排除するために、最後の除目《じもく》で頼忠を関白にしたのは有名な話である。従って円融天皇の在位中中宮に立ったのは兼通の娘媓子、その死後は頼忠の娘遵子であり、皇子を産んだ詮子は女御のまま据え置かれていた。兼家はこれに不満を持ち、朝廷に出仕しないという態度に出る、懐仁はその中で育った。

永観二年（九八四）円融は師貞に皇位を譲り、花山天皇が誕生した。円融は譲位と引き換えに五歳の息子懐仁を皇太子とし、自らは上皇となった。花山天皇の母は伊尹の娘懐子であったが、伊尹・懐子ともすでに亡くなっており、十代の天皇を支えたのは若い叔父義懐《よしちか》と権左中弁で天皇侍読の藤原惟成《これなり》であった。義懐は花山の即位後に従二位権中納言となり、惟成とともに政治の改革を進めようとした。しかし孫の即位を待ちきれない兼家は息子たちと謀って、寵愛した女御忯子の死を悲しむ花山をだまし、寛和二年（九八六）六月山科に連れ出して出家させた。兼家は花山が内裏を出た途端、天皇のシンボルである剣璽《けんじ》を懐仁の許に運んでいる。このクーデターにより、義懐と惟成は出家し改革は挫折、一条天皇の時代が始まった。『枕草子』「小白河といふところは」（岩波新日本古典文学大系本　以下同じ）には、花山出家の直前に藤原済時《なりとき》が主催した法華八講《ほっけはっこう》に集まった諸卿たちののどかな姿、中でも義懐中納言の際立った様子が、その直後の出家の情報と対比して描かれている。

二　摂政兼家の時代

即位の時一条天皇は七歳にすぎず、内裏に入れない上皇に代わり、直ちに外祖父兼家が摂政（幼年天皇の権限を代行）となった。また一条の母詮子は中宮（皇后）を経ないまま、直接皇太后となった。皇太后は天皇の「家族」である三后（妻皇后・母皇太后・祖母太皇太后）の一つで、皇后以外の生母はまず皇太夫人となり、その後皇太后となるのが九世紀以来の例であった。しかし詮子が皇太后となったため、時の皇太后昌子内親王（冷泉皇后）は太皇太后に、中宮遵子は中宮のままとなった。また東宮には兼家の娘で亡くなった超子が産んだ冷泉の皇子、居貞《おきさだ》（三条天皇）が据えられた。

この時兼家の序列は、前関白で太政大臣従一位の頼忠と左大臣源雅信《まさのぶ》につぐ三番目、正二位右大臣であった。全権を手中にした兼家は右大臣を辞任、従一位摂政として二人の上に立ち、藤原氏の氏長者にもなった。さらに兼家は長子道隆《みちたか》を詮子の皇太后大夫とするとともに、五人を飛び越して一気に従二位権大納言に、またクーデターの実行役であった道兼《みちかね》を従三位参議とした。翌年にも詮子の東三条院滞在の賞として五男の道長を従三位としている。兼家子弟の異例の昇進は、詮子滞在の賞によるものも大きい。兼家は自らの家司藤原有国《ありくに》と平惟仲《これなか》の昇進も図り、彼らは数年後公卿になっている。こうして一条即位から二年と経たないうちに、兼家一家の地位は他の公卿から超越したものになる。

兼家の権力が拡大するにつれ、兼家を頼み官位の上昇を願う動きも生まれた。藤原実資《さねすけ》は永延二年（九八八）の除目で、藤原誠信《さねのぶ》が実資自身を越えて参議となったことについて、父の右大臣為光《ためみつ》が兼家に働きかけた結果だと日記『小右記《しょうゆうき》』で不満をあらわにしている（二月二十八日条）。この年兼家は六十歳を迎え、内裏常寧殿《じょうねいでん》で盛大な六十賀が催された。翌永祚元年（九八九）には道隆が内大臣に、また太政大臣頼忠の死をうけて、兼家自身が摂政太政大臣となる。しかし幼い一条はこうした人事に関わりなく、育っていった。

三　一条天皇の元服と定子入内

正暦元年（九九〇）正月、一条天皇は十一歳（満九歳半）で元服した。当時貴族の元服年齢は一般に十五〜六歳であり、天皇の場合冷泉と円融は十四歳、花山は十五歳で元服している。但し十三歳で元服し即従五位下になった実資のような例もあり、年齢が早まる傾向も見られる。これらに比べても、一条の元服年齢は極端に早い。しかし以後天皇の元服年齢は、これを先例とした。

元服により成人と見なされた天皇は、この月四歳年上の道隆の長女定子（九七六〜一〇〇〇）を女御とした。元服と入内がこのようにあわただしく行われたのは、健康に不安を抱えた兼家の焦りが一因ではないかと思われる。兼家は五月にはすべての職を辞して出家、一条元服後にもかかわらず、摂政の職はそのまま長男の内大臣道隆に引き継がれた。兼家自身は二条京極第を寺とし法興院《ほこいん》と名付けたが、二か月も経たない七月二日に亡くなった。

兼家の死からわずか三か月後、女御定子が中宮に冊立された。すでに三后の地位は埋まっていたから皇后と中宮を分離し、それまでの中宮遵子を皇后、定子を中宮とするという苦肉の策がとられ、前例のない四后が併存することになった。本来中宮という名称は三后の総称とも考えられ、家政機関である中宮職は主に天皇の母に付されていた。しかし十世紀前半、醍醐天皇女御で亡き東宮の母藤原穏子が立后し中宮と呼ばれるようになると、中宮は皇后の別称になる。しかし定子の中宮冊立により中宮と皇后は再び分離し、後の一帝二后を生み出す先駆けとなった。この時定子の中宮大夫になったのが叔父の道長であり、権大夫には同じく叔父の道綱《みちつな》が任じられた。

平安宮内裏中央部には、儀式の場である紫宸殿《ししいでん》から北に、天皇のための仁寿殿《じじゅうでん》、皇后のための常寧殿が並んでいた。しかし九世紀半ばの仁明天皇以後、天皇は西側の清涼殿《せいりょうでん》で暮らすようになり、穏子もその北にある弘徽殿《こきでん》を居所とした。以後不便な常寧殿に代わって弘徽殿が后の居住地となったが、定子が入内した時弘徽殿には詮子がいた。そのため四人目の后定子の居所は、北西の登花殿《とうかでん》となる。

定子の母高階《たかしな》貴子は学者である高階成忠《なりただ》の娘で漢詩文に造詣が深く、高内侍と呼ばれて宮中に仕えていた。彼女は道隆との結婚で定子の他、東宮妃原子、敦道《あつみち》親王室、御匣殿《みくしげどの》、伊周《これちか》、隆家《たかいえ》、隆円《りゅうえん》など七人の子を産む。彼らは母の才能を受け継ぎ、例えば伊周が漢詩文に優れていたことは、記録からもうかがえる。

一条天皇はそうした定子一家に囲まれて育ち、文学や音楽を愛する帝王に育った。『枕草子』「大納言殿まいり給ひて」には、天皇が定子の所で伊周から漢詩文の講義を受けている最中に居眠りしてしまったところ、犬に追いかけられた鶏のけたたましい鳴き声にびっくりして目を覚ますというエピソードが紹介されている。このエピソードの落ちは伊周が都良香《みやこのよしか》の詩を引いた「声　明王の眠りをおどろかす」だが、定子の周りの人々の機知にあふれたやり取りを一条も共有し、楽しんでいる姿がうかがえる。時には天皇が笛を吹き、定子は琵琶を奏でている。いたずら好きでもあり、中宮と二人で女房をかついで嬉々としている（『枕草子』「円融院の御はてのとし」）。また猫好きで飼い猫を五位にし、子猫の産養《うぶやしない》には女院や大臣までかりだされ、馬命婦という乳母までつけられた。実資は前代未聞と憤慨している（『小右記』長保元年九月十九日条）。『枕草子』にもこの猫「命婦のおもと」と犬の翁丸《おきなまる》のエピソードが紹介されている（「うへにさむらふ御ねこは」）。

正暦二年（九九一）二月、父円融院が三十三歳で亡くなった。一条は父よりも母詮子と強く結びついていたが、詮子はこの頃から体調を崩し、九月十八日出家した。出家により皇太后位は停止されたが、代わって上皇に準じる扱いを受けることになる。初の女院、東三条院《ひがしさんじょういん》である。詮子の封戸その他の収入は皇太后時代と同じ、皇太后宮職に代わる家政機関も、役職の名称は変化したが実質は変わらなかった。

四　疫病大流行と道長政権の開始

正暦四年（九九三）夏咳病が流行し、次いで疱瘡の大流行が始まった。流行は九州から全国に広がり、京の街路は病人であふれた。放火の噂や源満仲《みつなか》らによる盗賊捜索など、社会不安が高まっていく。この頃左京三条油小路の西にある小さな井戸の水を飲めば疫病を免れるという噂が広まり、人々が殺到する騒ぎになった。朝廷は菅原道真《すがわらのみちざね》の祟りを恐れて左大臣正一位を贈り北野で御霊会《ごりょうえ》を実施したが、正暦五年四月から七月の三か月で「京師の死者半ばを過」ぎ、五位以上だけでも六十七人が亡くなるという悲惨な結果になった（『日本紀略』同年七月）。翌年二月には「疾病天災」を理由に長徳に改元、しかしこの年被害はさらに拡大した。

長徳元年関白道隆は病に倒れ、四月十一日に亡くなった。道隆は関白を息子の伊周に譲ろうとしたが天皇はそれを認めず、弟の右大臣道兼を関白とした。この前後から疫病は公卿をも襲うようになり、大納言朝光《あさてる》を皮切りに、大納言道頼《みちより》まで納言以上八人が亡くなった。『日本紀略』によると、四位七人、五位五十四人、六位以下僧侶など数え切れずと記されている（同年七月条）。『日本紀略』は「下人には及ばす」と書くが、すでに罹患した人が多かったのか。公卿の死者の中には、関白に就任したばかりの右大臣道兼も含まれていた。左大臣源重信《しげのぶ》も道兼と同日に亡くなったから、左右大臣が一度にいなくなるという結果となり、若い一条は早急に体制を立て直す必要に迫られた。

この年六月、生き残った公卿は内大臣伊周二十二歳と権大納言道長三十歳、中納言が藤原顕光《あきみつ》五十二歳、同公季《きんすえ》三十九歳の二人、権中納言が十七歳の隆家を含め三人、参議が数人だった。上位の公卿が全滅に近い中でトップを誰にするか、候補は中宮の兄伊周と、天皇の叔父道長の二人に絞られた。この時天皇自身は、伊周を第一候補に考えていたらしい。しかし母后詮子は年長の道長を推し、天皇の袖をつかんで強引に迫ったという。その結果道長が伊周を越えて右大臣に就任、藤原氏長者として天皇を補佐する内覧になった。道長時代の始まりである。翌年花山上皇襲撃事件に加え東三条院を呪詛した罪で伊周・隆家兄弟が左遷されると道長は左大臣に昇進、右大臣には顕光が、伊周に代わる内大臣には公季がそれぞれ昇進した。前年参議から権中納言に昇った実資は中納言に任じられている。以後後一条天皇の即位まで二十年間、大臣の席は三人により独占された。

伊周・隆家の左遷の時、二人をさがして中宮の二条宮に検非違使《けびいし》が踏み込む騒ぎになり、定子が自らの手で髪を切る事件が起こった。一方定子不在の内裏では、定子が独占していた一条天皇のキサキの座をめぐる公卿たちの争いが本格化した。道長の子どもはまだ幼いためすぐ入内するのは無理であったが、長徳二年公季が女義子、顕光が女元子をそれぞれ入内させ、先任の義子は弘徽殿、元子は麗景殿《れいけいでん》を居所とする女御となる。翌々年故関白道兼女尊子も入内し、ここに三人の女御が誕生した。一条は一時元子を寵愛し、元子は懐妊するが流産してしまう。一方懐妊していた定子は長徳二年十二月、最初の子脩子内親王を産んだ。

五　一条院と二人の后――定子と彰子

定子は伊周・隆家の事件後内裏を出て二条宮（東三条南院）に遷るが、六月二条宮は火災で焼失し高階明順《あきのぶ》の宅に遷った。この後定子は亡くなるまで主に内裏の外で陽明門に近い職御曹司《しきのみぞうし》と、京内の宅を行き来して暮らすことになる。『枕草子』が描く定子を中心とした女房達の姿、天皇側近の殿上人との交流は晴れやかで明るいが、主にこの頃のものである。

赤疱瘡《あかもがさ》の流行は長徳四年（九九八）にも発生し、三年前の大流行を生き延びた参議源扶義《すけよし》や三蹟の一人藤原佐理《すけまさ》も亡くなった。翌年一月またも改元があり長保元年（九九九）となるが、六月には内裏が火災で焼失、天皇は一条院に遷りここを内裏とした。

一条天皇の名の由来である一条院は、一条大路南、東西を大宮大路と堀河大路で区切られた二町の大邸宅である。この邸宅はもと摂政伊尹の屋敷で、娘婿の太政大臣藤原為光《ためみつ》が受け継ぎ、正暦三年（九九二）為光の死によりその娘の「寝殿の上」が相続した。その後佐伯公行《さえきのきみゆき》が米八千石でこの邸宅を買い取り詮子に献上、詮子は長徳四年十月にここに移っている（『権記』同年十月二十九日条）。詮子はこの邸宅を息子一条天皇のために整備し、内裏を焼け出された天皇はここに移った。定子も一時ここに滞在している。翌長保二年（一〇〇〇）十月天皇は新造内裏に還るが、一年後再び内裏が炎上、寛弘二年（一〇〇五）十一月にも内侍所の神鏡まで焼ける大火災が起こるなど、内裏は立て続けに火災に見舞われた。以後天皇はその死までほぼ一条院で暮らす。すでに指摘があるように、紫式部が見た宮中は一条院である。

公卿たちが娘を入内させる中、長保元年（九九九）十一月左大臣道長も十二歳の長女彰子を入内させた。彰子が豪華な調度とともに女御になった同じ日、定子は一条の長子敦康《あつやす》親王を出産した。定子の最初の中宮大夫は道長であるが右大臣就任後の後任は不明であり、定子の世話はもっぱら亮の高階明順が行っている。長保元年一月には平惟仲が中宮大夫に任じられるが、七月には辞職してしまった。長保二年（一〇〇〇）懐妊した定子は八月職御曹司から前大進平生昌《なりまさ》宅に移るが、道長はイヤガラセをして昵懇の公卿を引き連れて宇治に出かけ、危うく行啓を仕切る公卿が不在という事態となった。清少納言はこの時の様子を、門の狭さから生昌とのやり取りまで、能天気な上から目線で描いているが（『枕草子』「大進生昌が家に」）、実際は天皇の強い意志を背景に蔵人頭《くろうどのとう》（天皇に近侍する蔵人の長で武官と文官の二人体制）の藤原行成《ゆきなり》が走り回り、行啓にこぎつけたのである。道長の妨害はその後も起き、敦康親王の産養その他の行事も、天皇の命令で行成が奔走して整え実施された。

道長は外戚への第一歩として、彰子の立后を試みた。しかし天皇には既に中宮が存在する。そこで考え出されたのが二人の后の併存だった。行成は『権記』長保二年一月二十九日条に、なぜ新たな后が必要かという理由を記している。その理由は、ひとえに藤原氏の神事を務める后が必要であるという点に尽きる。この時期藤原氏出身の后は東三条院と皇后遵子、中宮定子の三人であるが、定子を含めすべて出家していて神事に関われず、氏長者とともに氏神祭祀を行える后が存在しない、従って新たな后が必要であるという論理である。ここでは近い過去に（安子の死から媓子立后まで）、藤原氏の后不在の時代があったことは忘れられている。皇后は天皇の配偶者であり氏は絶対条件でないという事実が、藤原氏の公卿の頭からは抜け落ちていた。しかし詮子や道長に配慮した一条天皇は、この論理を受け入れ彰子の立后を認めた。ここで遵子は皇太后に、定子が皇后に、皇后から独立した中宮には彰子がなった。彰子の中宮大夫には倫子の兄弟源時中《ときなか》が、また権大夫には道長昵懇の公卿藤原斉信《ただのぶ》が就任、遵子の皇太后大夫は兄弟の公任《きんとう》がそのまま横滑りしているが、皇后宮大夫が誰であったかはわからない。とはいえ十二歳の彰子では天皇の配偶者として無理がある。その後も一条は子どもに会うためとして定子の参内を促し、定子は敦康親王を伴って入内と退出を繰り返した結果懐妊し、十二月に生昌宅で第二皇女媄子の出産後二十五歳で亡くなった。天皇の側近行成は「皇后宮すでに頓滅、甚だ悲」という、知らせを聞いた天皇の悲痛な言葉を記している（『権記』長保二年十二月十六日）。行成は、定子は出家した後還俗したと伝に記している。翌年秋敦康親王は、一条の意向で彰子のもとで育てられることになった。行成は漢馬后（後漢明帝の皇后）の例に倣うとしている。

六　一条朝の公卿と文化

長徳元年（九九五）、大臣以下八人もの公卿の死を受けて発足した政権は、新メンバーを加え早急に体制の立て直しが図られた。伊周の失脚と疫病の流行が一旦終息した長保三年（一〇〇一）頃、三条朝まで続く公卿集団の顔ぶれがほぼ出そろい、固定化する。そこに新たなメンバーとして登場してくるのが、先任公卿の公任を加えて後に「一条朝の四大納言」と呼ばれた源俊賢《としかた》、斉信、行成の三人である。彼らは四十代半ばの俊賢を除き、公任が道長と同年、斉信が一つ下で三十代半ば、それまで一条の蔵人頭を勤め長保三年三十歳で参議に昇進した行成が最年少というほぼ同世代の集団で、『枕草子』に頭中将《とうのちゅうじょう》斉信や頭弁《とうのべん》行成がしばしば登場するように、全員が一条の下で蔵人頭を勤めていた。俊賢と同世代の実資が円融・花山から一条の初年まで頭中将として歴代の天皇に仕えたキャリアを持つように、疫病を生き延び一条以前を知る公卿と、一条朝の中で育った彼らの間にはギャップが存在したらしい。彼らは一条と道長を中心に集団を形成し、実資から「恪勤の上達部」と揶揄されている。彼らは道長に追従し、しばしば「いじめ」にも加担した。

一条天皇は詩文や音楽を愛し、同好の側近公卿集団と協調して、後世理想化される文化の全盛期を作り上げた。こうした後世の評価の例に、例えば『古事談』（一の二十六）が伝える長徳二年（九九六）藤原為《ため》時《とき》（紫式部の父）の越前守任官の話がある。不遇な学者為時は久しぶりの任官が小国淡路であったことを嘆いて詩で天皇に訴え、それに感動した天皇が道長に諮り、道長乳母子の源国盛《くにもり》を交替させ越前守としたという話である。この逸話は文を重んじる一条朝の美談として伝えられた。天皇はしばしば宮中で作文の会を催し、道長も自邸で作文の会を催した。その常連メンバーも「恪勤の上達部」たちであり、長徳二年には学界の長老、七十二歳の菅原輔正《すけまさ》も参議となる。一条に近侍した彼らの存在が、道長と一条の関係をスムースにする要因の一つであったと思われる。この時代の文化の雰囲気が天皇個人の資質と深く関わっていたことは、作文と音楽を通じての集まりが（メンバーがほぼ同じにもかかわらず）、次の三条朝では記録の上で激減することからも明らかである。

一条を取り巻く集団は中宮定子の女房集団と交流を持ち、両者の機知にとんだやり取りの中で『枕草子』は誕生した。一方道長と倫子は彰子の女房に和泉式部や紫式部など名高い女性を集め、公卿を率いて中宮で和歌の会を催したりしている。女房文学の全盛期は、こうした環境の中から生まれた。

一条天皇は道長を立てて政治を行ったが、全く言いなりになっていたわけではない。可能な限り柔軟に自己の立場を貫いた。例えば寛弘四年（一〇〇七）春の女叙位で上卿を命じられた道長が、下﨟の仕事であるとして拒否した出来事がある。二度にわたる拒否により道長は言い分を通したが、天皇も女叙位の実施そのものを中止した。定子の子どもたちの扱いも同じで、この年長女の脩子内親王を一品准三后とし加封千戸ほか最高の経済的補償を与えている（『御堂関白記』寛弘四年一月二十日条記載勅）。

七　敦成親王の誕生から一条の死まで

寛弘五年（一〇〇八）中宮彰子は懐妊し、九月道長待望の皇子敦成《あつひら》を出産した。後の後一条天皇である。出産から産養までの儀式の様子や道長一家の喜び、公卿・女房の姿については、『紫式部日記』など同時代の記録に詳しい。そして十月十六日、天皇は道長の土御門第に行幸し、母子と対面した。内裏に居住する后であっても、出産は内裏を出て行う。また幼児死亡率が高いこの時代、生まれた子どもと父天皇の正式な対面は、服藤早苗も指摘するように七歳を待って行われた。実際には一条の子どもたち脩子や敦康の場合も、彼らが乳児の時に会っている。しかし出産後の母子を天皇が訪ねるのは、前例がなかった。道長は天皇行幸の実施によって、人々に皇子が特別な存在だという印象を植え付けることを狙ったのだろう。華やかな催しが繰り広げられる中で叙位が行われ、后の母倫子は従一位、弟頼通《よりみち》は十七歳で従二位となり、さらに中宮大夫権中納言斉信は正二位となって大納言懐忠《やすただ》を越え、権大夫俊賢も従二位となった。頼通は翌年、参議を経ずに権中納言になる。彰子は翌年にも、第三皇子敦良《あつなが》を産む。道長の権力基盤は安泰となり、他の公卿は誰も道長を越えられなくなった。この年六月一条院が火災で焼失した。天皇は内裏ではなく道長の邸宅枇杷第に移り、翌年一条院を再建して再びここを皇居とした。

寛弘八年（一〇一一）五月、一条天皇は突然病に倒れた。二十七日参内した行成は、天皇から譲位の意思と次期東宮を誰にするかを相談される。天皇は心の内で長子敦康親王を東宮に就けたいと考えていた。これに対して行成は清和天皇の例をあげ、敦康に道長と対抗できるだけの後見がいないこと、敦康を東宮にすることで権力闘争が起こる可能性があること、さらに定子の母方高階氏と伊勢神宮の不和をあげ、道長の孫敦成を次期東宮とし、敦康には十分な生活の安定を保障することが得策だと進言した。一条は結局その案を受け入れ、敦康を一品准三后とし、次期東宮には敦成を立てることを決める。彰子は手元で育てた敦康を東宮にすることに未練を残すが、東宮居貞《いやさだ》に敦康のことを依頼した天皇は六月十三日に譲位、二十二日に亡くなった。天皇は定子と同じ土葬を望んだが、北山で火葬された。

すでに長徳四年（九九八）、彼は父円融院の円融寺にならって、御願寺円教寺を造営。彼の周忌法要はここで行われている。

一条朝に開花した宮廷文化は、天皇自身の文化への姿勢と大きく関わっていた。その姿勢の背景には、中宮定子を中心とする一条朝前半の後宮がある。恐らく道長は定子をライバルとし、側近公卿たちの作文の会や、紫式部を始めとする女房の活動を庇護することで対抗しようとしたのであろう、一条の時代に生まれた文化的営みはその後も受け継がれていくが、中に込められたエネルギーは薄れ、彰子は王家の女家長として政治の中心に立った。

主要参考文献

神谷正昌『皇位継承と藤原氏――摂政・関白はなぜ必要だったのか』吉川弘文館、二〇二二年
倉本一宏『一条天皇』吉川弘文館、二〇〇三年
服藤早苗『藤原彰子』吉川弘文館、二〇一九年
服藤早苗・高松百香編『藤原道長を創った女たち――〈望月の世〉を読み直す』明石書店、二〇二〇年

第八章

藤原定子・清少納言
――一条天皇の忘れ得ぬ人々

伴瀬明美

本章では、紫式部が仕えた一条天皇中宮藤原彰子とは光と影として対置される存在である皇后藤原定子と、彼女に仕えた清少納言を取り上げる。紫式部に対応させるとすれば同じく女房であった清少納言であるが、あえて定子に重点をおきたい。清少納言の活躍や『枕草子』の成立に欠かすことができないのが定子であり、定子の足跡は中宮彰子と紫式部の登場を準備するものでもあったためである。

一　入内まで

藤原定子が生まれたのは、後述する没年から逆算すると貞元元年（九七六）。後に夫となる一条天皇の父円融天皇の治世である。定子の父は藤原兼家《かねいえ》の嫡男で当時正五位下左近衛少将であった道隆《みちたか》、母は円融天皇に内侍《ないし》として仕えていた高階貴子であり、同母兄弟として伊周《これちか》、隆家《たかいえ》、原子（三条天皇の東宮時代の女御）などがいる。

定子が生まれた頃、祖父兼家はその兄兼通との政治的対立によって前途が不穏な状況にあったが、定子が誕生した翌年の十一月に兼通が没すると復権し、天元元年（九七八）に右大臣に昇った。その年に円融天皇に入内《じゅだい》した兼家の娘・詮子は天元三年に円融天皇の唯一の子である皇子懐仁（後の一条天皇）を生む。その後、円融天皇の譲位、花山天皇の短い治世を経て寛和二年（九八六）に一条天皇が践祚すると、外祖父である兼家は摂政となって朝廷のトップに立った。兼家の嫡男である道隆もその年のうちに権大納言まで昇任、位階も従三位から正二位に昇り、三年後には内大臣となった（巻末系図参照）。

そして永祚二年（九九〇）正月五日、一条天皇が十一歳で元服すると、同月二十五日、定子は十五歳で入内した。現任摂政である兼家の孫女であり、母后詮子（即位礼に先んじて皇太后に冊立《さくりつ》されていた）の姪である定子が最初の婚姻相手として入内するのは、当時のキサキ候補の選ばれ方にかんがみても自然な成り行きであった。

定子の入内については残念なことに貴族の日記が残っておらず、詳細がわからないが、定子の内裏における最初の居所は登花殿《とうかでん》であったと考えられる（巻末内裏図参照）。誰はばかることなく後宮を独占することになった定子が藤壺《ふじつぼ》や弘徽殿《こきでん》といった清涼殿《せいりょうでん》に近い殿舎に入らなかったのは、母后である詮子がそれらを用いていたためという見解もある（増田繁夫「源氏物語の後宮」）が、そもそも後宮殿舎の使われ方はまだ定まっていなかったとする見方もある（東海林亜矢子「摂関最盛期における王権構成員居住法の考察」）。

定子は入内の翌月十一日に女御の宣旨を受け、従四位下に叙された。一条朝に先行する冷泉・円融・花山各天皇の女御で位階が判明する事例をみてみると、この頃の女御の初叙は主に従四位であったらしい。

二　立后——四后の始まり

定子が入内して半年も経たない五月に祖父兼家が病により出家し、七月二日には没してしまったが、定子は十月五日に立后《りっこう》し、中宮《ちゅうぐう》になった。父兼家の後を継いで関白になった道隆《みちたか》が喪中でありながら娘の立后を急いだことについて、世人は「何もこんな折でなくとも」(『栄花物語』巻三さまざまのよろこび、なお『栄花物語』では兼家が病で重篤である間に立后したとされる)と噂したという。

定子の立后儀式については、藤原実資《さねすけ》の日記『小右記《しょうゆうき》』に簡潔に記されるのみだが、紫宸殿南庭《ししんでんなんてい》における諸臣に対する立后宣命《せんみょう》の読み上げ、中宮職官人《ちゅうぐうしき》の選任、定子の里邸東三条南院での拝礼や饗宴・賜禄《しろく》など、先規にのっとった立后次第であったことがわかる。ただし、東三条南院は故兼家が没した場所であること、中宮大夫《だいぶ》(中宮職長官)になった藤原道長《みちなが》、権大夫になった道綱《みちつな》はいずれも兼家の息子なので服喪中であり、大夫道長は饗宴の座に加わらなかったことも記され、この立后に対して実資は快く思っていなかったことが読み取れる。

定子の立后に批判的な眼差しが注がれることになったのは、祖父の喪中という理由だけではない。定子が入内した時点で、太皇太后は昌子内親王(冷泉后)、皇太后は藤原詮子(一条母后)、皇后は藤原遵子(円融后)であり、「三后」と総称される后位はすべて埋まっていた。ちなみにこの頃の「中宮」とは皇后の別称というべきもので、皇后に仕える官司として「中宮職」が付されたための名称である。こうした状況で定子が立后できたのは、遵子に付されていた中宮職を皇后宮職《こうごうぐうしき》と呼称を変え、新たに立后された定子に中宮職を付することによって、「皇后」と呼ばれる皇后と「中宮」と呼ばれる皇后を並立させるという手段がとられたためである。「皇后」遵子も「中宮」定子も后位としては皇后なので、夫君は異なるとはいえ皇后が二人いることになる。また「三后」が「四后」になったともいえる。故実を重んじる藤原実資は、定子の立后について「非常に驚きあやしんだ」「后が四人など聞いたことがない」と日記に記した。このとき皇后と中宮とが分離されたことは、後に定子が皇后、藤原彰子が中宮という一帝二后並立を導くことになる。

このように、定子の立后は負の印象を伴うものであった。もっとも立后当時は、そうしたことなどその後の栄耀によってかき消えると考えられていたであろう。

三　定子と清少納言

定子が一条天皇のもとに入内して二年が過ぎた頃のエピソードが『枕草子』(「円融院の御はてのとしの」)にみえる。天皇自ら老法師をまねた筆跡で和歌をしたため、巻数《かんず》(依頼によって祈禱を行った内容を記した目録)が入っているかのように仕立てて天皇の乳母《めのと》である藤三位《とうさんみ》に送った。手を洗って伏し拝んで包紙を開けた藤三位は、思ってもみない中身に腹を立てるやらいぶかしむやら。いそぎ参内して天皇と定子に報告したところ、他ならぬ天皇のいたずらだと知らされ、定子を引き揺るがして大いに悔しがる姿に天皇と定子は大笑いしたという。このエピソードは清少納言が定子に出仕する前のこととされているが、まだ子どものような天皇と少し年長の定子との間柄、天皇の乳母も含めた気取らない親密な関係性をうかがわせる章段である。清少納言が出仕したのは、天皇と定子がこのように無邪気な間柄であった正暦四年

（九九三）の冬であったとみられている。

清少納言の父は勅撰集『後撰和歌集《ごせんわかしゅう》』の撰者の一人であり「梨壺《なしつぼ》の五人」として著名な歌人清原元輔《きよはらのもとすけ》、曾祖父は『古今和歌集』歌人清原深養父《ふかやぶ》である。歌詠みの家系であるが、官人としての元輔は晩年にようやく受領に任じられた中下級官人であった。清少納言は女房名であって、本名は伝わっていない。生没年も不明だが、後述のように出仕した時にそれなりの年齢になっていたと自ら述べていること、婚姻相手や所生子の年齢などから、村上天皇治世の末年、康保三年（九六六）頃に生まれたのではないかと推測されている。

定子に出仕する前の清少納言の動静をうかがえる材料は極めて少ない。清少納言といえば、『枕草子』に記される定子や廷臣たちとの漢籍の知識をふまえた機知に富むやりとりであるが、女性のために学校があったわけではないこの頃、少納言はそうした知識を家庭において学んだと考えられる。清少納言には紫式部のように大学者の父がいたわけではないけれども、作文と詠歌とが共に重んじられ、漢詩と和歌を取り合わせたアンソロジー『和漢朗詠集《わかんろうえいしゅう》』が編まれた時代にあって、和歌を詠むことの下地には漢籍の知識が求められたと思われるから、和歌読みの家に育った清少納言も基本的な知識を教えられていたのではないだろうか。

清少納言は、十六、七歳の時に橘則光《たちばなののりみつ》と結婚したと考えられている。これは、彼女の子とされる橘則《のり》長《なが》の生年からの推測である。もっとも、少納言が定子に仕えるようになった頃にはすでに二人の間柄は夫婦ではなかったらしい。そして「いとさだ過ぎ、ふるぶるしき人」（『枕草子』「返る年の二月廿余日」）になった頃、少納言は定子のもとに出仕した。出仕時期を正暦四年冬とするのは、初出仕の翌朝に雪をみながら局に帰っていること（「宮にはじめてまゐりたるころ」）、中宮定子が五節舞姫《ごせちのまいひめ》を献じた時（正暦四年十一月とされる）には定子の女房であった（「宮の五節いださせ給に」）こと、正暦五年二月に積善寺供養のために定子が里邸に退出した時には新参女房であったとみられる（「関白殿、二月廿一日に」）ことなどによる。

定子は「まことしき文者（本格的な漢詩作者）」（『大鏡』内大臣道隆）で優れた歌人でもあった母高階貴子のもとで幼少から和漢の教養を身につけたと思われ、一条天皇や父・兄弟と共に漢詩・漢籍や古歌の知識をふまえた会話を楽しむのみならず、折に触れて女房たちの才知と機転を試し、女房が廷臣たちとウィットに富んだやりとりを交わすことを好んだ。こうした定子のもと、また定子の志向をよく汲む女房集団のなかで、清少納言はのびのびと自分の才能を輝かせたのである。

四　短い栄耀と長い憂愁

しかし、父や兄弟たちに守られた定子の栄耀は五年ほどで終わった。長徳元年（九九五）四月に関白道隆が持病により没すると、その弟道兼《みちかね》が関白となり、道兼も疫病《えきびょう》大流行のなかで五月八日に没すると、その下の弟で大納言であった道長に内覧宣旨が下り、翌月に道長は伊周を飛び越えて右大臣に上ったのである。

この後、中関白家《なかのかんぱくけ》（道隆の家筋）は急激に傾く。七月に陣座《じんのざ》で道長と伊周が乱闘まがいの口論に及んだうえ伊周の従者が道長の従者とトラブルになり、翌月には隆家の従者が道長の随身《ずいじん》（儀仗兵）を殺害し、隆家は参内を禁じられた（『小右記』）。史書『百練抄《ひゃくれんしょう》』によれば、同月、伊周・定子らの外祖父高階成忠《たかしなのなりただ》が陰陽師に道長を呪詛させたという。この頃内裏にいた定子は気が気ではなかっただろう。

そして翌長徳二年正月、花山法皇からの訴えによって、兵を隠し置いている廉《かど》で伊周の家司や従者の家が捜索された（『小右記』）。事の発端は、法皇と伊周・隆家らが女の屋敷で鉢合わせし、闘乱におよんだことらしい（『日本紀略』『小右記』など）。二月十一日、天皇は公卿達に対し、伊周と隆家の罪名を定めるよう命じた。定子はこのときも内裏にいたが、二十五日に内裏から職御曹司《しきのみぞうし》へ、翌三月に職御曹司から伊周邸である二条北宮に退出した。中宮行啓に付き従うべき公卿は都合が悪いと称してほとんど集まらず、乗り物も中宮が乗るべき輦輿《れんよ》ではなく、簡便に手配できる牛車であった（『小右記』）。職御曹司とは、内裏のすぐ東隣にあり、后が内裏外に一時退去する際や摂関の宿所などに用いられた場所である（巻末大内裏図参照）。

三月下旬には天皇の母・詮子が呪詛されたとの噂がたち、四月に入ると、私に修することが許されない大元帥法《だいげんのほう》を伊周が修しているとの訴えが寄せられ、ついに同月二十四日、伊周を大宰権帥《だざいごんのそち》、隆家を出雲《いずも》権守《ごんのかみ》とし、配流《はいる》を命じる勅命が下った。即日、中宮御所でもある伊周の屋敷に検非違使《けびいし》等が向かって刑を執行しようとしたが、伊周が定子と手を取り合って離れない状況に手を付けかね、その様子を見物しようとする群衆が御所内に乱入する騒ぎとなった。そして五月一日に至って、天皇の命のもと、定子を牛車に移した後にその寝所の部屋の扉が打ち壊され、隆家は配流先に送られ、伊周もいったん逃亡したものの、母貴子と共に出家した姿で発見されて九州に赴くことになった（『小右記』）。

天皇としては、事を長引かせることは定子にとってマイナスにしかならないと判断し、室内の捜索を命じたのだろう。しかし、折しも懐妊中でもあった定子は、検非違使らが寝所の板敷きまで剝がして捜索し、兄が連行される事態に、はさみで自ら髪を切った（『栄花物語』巻五浦々の別れ、『小右記』）。

不幸はこれにとどまらず、翌六月には定子の御所が火災で焼失し、十月には母・貴子が失意のうちに病没した（『栄花物語』同前）。その一方で、七月に大納言藤原公季《きんすえ》の娘義子が、十一月に右大臣藤原顕光《あきみつ》の娘元子が入内し、一条天皇の女御となった。

五　再参内と「出家」

どん底ともいうべき状況であったが、定子は十二月十六日に無事に皇女（脩子内親王）を出産した。この出産については、『日本紀略』が「出家の後という。懐妊十二ヶ月に及ぶとのことだ」という穏やかでない記事を残すのみで、貴族の日記などは残っていないが、吉報は東三条院《ひがしさんじょういん》詮子（后位を下り、院号を宣下されていた）から天皇に伝えられ、皇女の産湯に奉仕するために天皇の乳母が遣わされたとされる（『栄花物語』同前）。翌長徳三年四月には東三条院の病に伴う恩赦によって伊周・隆家の帰京が決まったが、二人が政治の表舞台に復帰することはなかった。

六月、定子は脩子をつれて職御曹司に入った。天皇や東三条院、周囲から懇切に参内を促されたためであるという（『栄花物語』同前）。この参内について、藤原実資は「万人が納得していない」「中宮の人々は『（宮は）出家はしていない』と言っているそうだ」と記し、参内に随行しなかった。実資は後に定子について「世間の人々は『横川の皮仙《かわひじり》』と呼んでいる」という記述も残している。僧侶でありながら皮を身にまとった異形にたとえて「出家にあるまじき姿」と皮肉ったものだとされる。このように、伊周・隆家の配流に伴う騒動の折に定子は「出家」したとされている。しかし筆者は定子が真の意味で出家していたとする見方に懐疑的である。

出家の要点は髪を落として落飾すると共に戒師から戒を受けることにある。死に臨んでの出家で意識がおぼつかないような状態でも受戒が行われていることは貴族の日記などにもみえる。しかし、定子が受戒したか、誰が戒を授けたか等については貴族たちの日記にもみえず、『栄花物語』も語っていない。そもそも髪を切るといっても、自分で髪を切ればいいわけではなく、しかるべき次第に従って僧侶が剃髪するのである。

つまり定子の「出家」は、目前で起こった耐えがたい出来事に、衝撃のあまり自らの髪を切ってしまったというもので、真の出家とは言えないものだったのではないだろうか。正式な手続きのもとに出家を遂げたなら、賢帝として知られる一条天皇が後に再び参内を促すことはなかったと考えられるし、天皇の母・詮子が容認するとも考えがたい。

むろん、長い髪が佳人の条件であった時代に自ら髪を切るなど尋常ではなく、髪を切ることは出家に通じるものであり、夫が現存している皇后の行為としては許容されがたいものであろう。また、すでに天皇には新しい女御達が入内し、天下の趨勢が定まったところで定子が再び参内するのは、大いに物議をかもすことであった。定子の「出家」がことさらに持ち出された理由はその辺にあったのではないだろうか。天皇はみずから職御曹司の定子のもとに出向き、暁方に清涼殿に戻っていたと『栄花物語』（同前）は記す。

六　再びの懐妊と彰子の登場

その後の定子の動向については一年以上にわたり史料が無く、詳しいことがわからないが、長保元年(九九九)八月、定子は再度の懐妊により、職御曹司から中宮大進《だいじん》(中宮職の三等官)平生昌《なりまさ》の三条宅に退出した。生昌宅の門は板葺きであり、「板門の家を御輿(中宮が乗る輦輿、大勢の駕輿丁の肩に担がれる)が出入りするのは聞いたことがない」と評された(『小右記』)。この退出は輦輿を用いた正式な行啓であったが、懐妊した中宮が出産のため退出するという割には寂しいものとなった。行啓にあたっては関連官司の召集が行われる。天皇はそれを担当する上卿《しょうけい》(責任者)を指名しておくよう蔵人頭《くろうどのとう》藤原行成《ゆきなり》に指示していたが、上卿を引き受ける者がいないことを案じた定子は、中納言藤原実資に直接依頼した。しかし、実資は病気がまだ治らないと言って断っている(『小右記』)。行啓当日になっても上卿の引き受け手が現れなかったため、行成が重ねて公卿たちを促したことで実資が参内し、さらに中納言藤原時光《ときみつ》があれこれと言い訳しながら参内したことで行啓は無事に行われたが、実資は時光が参内してきたのを見ると、行啓の供をせずに帰ってしまった。

ここまで公卿たちが及び腰になったのは、この日、公卿第一位である左大臣道長が親しい公卿をつれて宇治の別荘に遊びに出かけ、この行啓に関与しない姿勢を明確にしたためだろう。これまであからさまには定子に対する敵意を見せていなかった道長がここにきて露骨な行動に出た背景には、この年二月に娘彰子が裳着《もぎ》(成人式)を行うとともに従三位に叙せられ、入内が具体化していたためかと思われる。自分が関わる行事をぶつけることで気に入らない行事に人を集めさせないというやり方は、道長の常套手段となっていく。

清少納言は定子の職御曹司滞在中に殿上人がひきもよらず訪れていた様子を記し（『枕草子』「職の御曹司におはしますころ」）、平生昌宅への退出についても、問題の門に関して清少納言が家主生昌をやり込めた話などを面白おかしく記している（「大進生昌が家に」）が、笑うどころではない状況であったのである。同じ出来事を扱っているにもかかわらず、『小右記』や『権記《ごんき》』（藤原行成の日記）といった男性官人の記録と『枕草子』との雰囲気の違いはまるでパラレルワールドを見るようだ。

十一月一日、ついに道長の娘・彰子が十二歳で華々しく入内し、それから間もない七日の早朝、定子は第一皇子（敦康《あつやす》親王）を生んだ。現任の皇后が第一皇子を生むのは史上初のことであった。蔵人頭である行成が参内すると「天気快然（天皇のご機嫌は上々）」であり、天皇はさっそく七日産養《うぶやしない》（誕生後、生母やその近親者を主催として三日、五日、七日に催される祝宴、七日は赤子の父の主催）の準備を命じ、先例にならい皇子に御剣を贈った（『権記』）。

その一方で、この日の午後には彰子を女御とする宣旨が下され、さらに天皇が初めて新女御の居所を訪れ、公卿が勢揃いして饗宴が催された。彰子をめぐるこれらのイベントは、彰子を全貴族社会が推している雰囲気を作り彰子の優位を示そうとした道長によって、あえて皇子誕生にぶつけて行われた可能性があるという（東海林亜矢子「後宮から見た摂関政治」）。この日の道長の日記『御堂関白記《みどうかんぱくき》』には、皇子誕生のことは全く記されていない。

七　中宮から皇后へ

長保二年（一〇〇〇）正月二十八日、女御彰子を立后する旨の宣旨が下り、二月十日に彰子は立后儀をひかえて内裏を退出した。その翌日、定子は生後三か月の皇子と脩子をつれて再び入内した。前年の内裏火災によって里内裏一条院であった頃でもあり、十八日に中宮の居所で天皇臨席のもとに百日の祝いが行われていることから、このときは定子も天皇の近くに滞在したと思われる。

同月二十五日、中宮定子を皇后宮とし、新たに彰子を中宮とする立后儀が行われ、一条天皇の皇后は二人になった。このとき定子は内裏にいたと思われる。新后立后の賑わいをどのように感じていただろうか。『枕草子』「職の御曹司の西面の立蔀のもとにて」の段後半には、この頃の定子と天皇の様子が記されている。早朝、清少納言が同僚と寝ている局に天皇と定子が入ってきて、局から密かに外を見物したり、二人がいるとも知らずに殿上人たちが女房達に話しかけてくるのを笑い合ったりしていたという。二人の間には以前と変わらず心を通わせる時間があったことがうかがえる。

三月下旬、皇后定子が内裏から再び平生昌宅に退出すると、四月七日、中宮になった彰子が立后後初めての入内を行った。すでに指摘されているように、定子と彰子は入れ替わるように内裏に入っており、二人の「皇后」が同時に内裏に居たことはない。その後、定子は八月八日に入内し、二十七日にまた生昌宅に戻った。そして、これが定子と一条天皇との別れになった。十二月十六日、定子は皇女（媄子内親王）を産み、その日のうちに没した。二十五歳であったとされる（『日本紀略』による。『権記』は二十四歳とする）。

清少納言は定子が没するまで仕え、その後ほどなく宮仕えを辞し、その頃摂津守であった夫藤原棟世《むねよ》の任国に下向したと考えられる（丸山裕美子『清少納言と紫式部』）。棟世との間に生まれた娘は、のちに上東門院（彰子）に仕え、小馬の命婦と呼ばれた。清少納言の晩年については、紫式部が「そのあだになりぬる人のはて、いかでかはよくはべらむ（浮薄なたちになってしまった人の行く末がどうしていいことがありましょう）」（『紫式部日記』）と決めつけた言葉に重ねるかのような零落譚が伝わるが（『古事談《こじだん》』『無名草子《むみょうそうし》』など）、兄弟が健在で子どもたちが官人・女房として地位を得ていたことからは晩年の安定がうかがえ、赤染衛門や和泉式部との交流もあり、往事の華やかさはなくとも零落とはいえないものだったのではないかとみられている（丸山裕美子『清少納言と紫式部』）。

八　忘れ得ぬ人々

皇后定子、中宮彰子と並べられるが、一帝二后の状態になったのは十ヶ月ほどのことであり、長期にわたって二人の后が並び立ったわけではない。また、彰子が入内する前から定子の立場は凋落しており、定子は彰子に比肩すべくもなかった。しかし、一条天皇にとって定子は最初の妻であり、最初の子を産んだ女性であり、なにより十一歳から二十二歳という最も多感な時期を共に過ごした女性であった。定子の存在の大きさを、彰子は天皇の傍らで年を重ねるに従い実感することになったのではないだろうか。

『枕草子』は定子の凋落の様を描かないが、第一皇子の出産という大慶も描いていない。これについては、『枕草子』の執筆には政治的な配慮がなされていたという注目すべき指摘があるが（丸山裕美子『清少納言と紫式部』)、『枕草子』が一貫して定子を才気と心ばえを備えた女性として描いていることから思いを巡らすならば、少納言が描きたかったのは、政治的にどのような立場にいようと皇子女を生もうと生むまいと変わることがない定子その人自身——そして彼女がつくりあげた女房集団——の輝きだったとも考えられないだろうか。

主要参考文献

岸上慎二『清少納言』吉川弘文館、一九六二年
倉本一宏『一条天皇』吉川弘文館、二〇〇三年
倉本一宏『藤原伊周・隆家——禍福は糾へる纏のごとし』ミネルヴァ書房、二〇一七年
増田繁夫「源氏物語の後宮——桐壺・藤壺・弘徽殿」至文堂編『国文学　解釈と鑑賞』別冊六三、一九九八年
東海林亜矢子「摂関最盛期における王権構成員居住法の考察——道長の後宮政策とその限界」『平安時代の后と王権』吉川弘文館、二〇一八年
東海林亜矢子「後宮から見た摂関政治」古瀬奈津子・東海林亜矢子著『日記から読む摂関政治』臨川書店、二〇二〇年
丸山裕美子『清少納言と紫式部——和漢混淆の時代の宮の女房』山川出版社、二〇一五年

第九章

大斎院選子内親王とそのサロン

――紫式部と同時代を生きた内親王の人生

池田節子

一　大斎院選子内親王について

大斎院《おおさいいん》選子内親王《ないしんのう》（以前は「だいさいいん」）は、康保元年（九六四）四月、村上《むらかみ》天皇（九二六〜九六七）の第十皇女として誕生した。村上天皇は天皇親政を行い、その治世は、後に延喜《えんぎ》・天暦《てんりゃく》の治《ち》（延喜は醍醐《だいご》天皇）と呼ばれ、聖代視された。母は、藤原師輔《もろすけ》（九〇八〜九六〇）の娘中宮安子（九二七〜九六四）で、安子は選子を出産して五日後に亡くなった。祖父師輔は藤原氏北家九条流の祖であり、藤原道長《みちなが》（九六六〜一〇二七）とは従姉弟にあたる。康保四年、選子四歳のときに、父村上天皇が崩御した。天延三年（九七五）六月に十二歳で賀茂《かも》斎院に卜定（亀卜によって神意を察し決定すること。ただし形式的）され、円融《えんゆう》・花《か》山《ざん》・一条《いちじょう》・三条《さんじょう》・後一条《ごいちじょう》の五代の天皇五十七年間の長期にわたって奉仕し、大斎院と称された。伊勢神宮の斎宮は天皇の代替りごとに交替したが、斎院は必ずしも交替せず、父母の服喪を理由に退下することが多かった。選子は、長元四年（一〇三一）九月に老病を理由として退下し、その六日後に出家した。長元八年六月、七十二歳で没した。歌人としてすぐれ、勅撰集に三十七首入首。家集に、『大斎院前の御集《おおさいいんさきのぎょしゅう》』『大斎院御集《おおさいいんぎょしゅう》』『発心和歌集《ほっしんわかしゅう》』がある。『大斎院前の御集』『大斎院御集』は、選子個人の家集ではなく、選子と斎院女房たちの日常の贈答・唱和歌を集めたものである。斎院女房が編纂したものと推測され、女主人と女房たちの生活が垣間見られる。『発心和歌集』は、我が国最初の釈教《しゃっきょう》歌集であり、『法華経《ほけきょう》』『般若心経《はんにゃしんぎょう》』などの経典の一節を題として詠んだ和歌五十五首からなる。

選子と彼女を取り巻く女房たち（以下選子サロンとする）の文化レベルは同時代から高く評価されていた。『枕草子《まくらのそうし》』には、卯槌《うづち》と歌が選子から届けられ、就寝中の藤原定子（九七六〜一〇〇〇）のもとに、清少納言《せいしょうなごん》が急いで持参する記事がある。選子に対して定子も格別に気を遣い、書き直しを繰り返したとある（選子三十六歳、「職の御曹司におはしますころ、西の廂に」）。紫式部《むらさきしきぶ》も、自らの仕える藤原彰子（九八八〜一〇七四）のサロンよりも選子サロンの方が優雅であるという評判に反駁を試みるが、認めざるを得ないところもあると結論する（第三節で詳述）。『栄花物語《えいがものがたり》』『大鏡《おおかがみ》』『古本説話集《こほんせつわしゅう》』『無名草子《むみょうぞうし》』『今昔物語集《こんじゃくものがたりしゅう》』など、多くの文献に選子についての記事がある。また、『源氏物語《げんじものがたり》』の朝顔斎院、『狭衣物語《さごろもものがたり》』のヒロイン源氏宮には、選子の姿が投影されているとも言われる。

二　斎院について

「斎院」は、一般には賀茂斎王《さいおう・いつきのみこ》を指すが、本来はその居所（紫野院《むらさきのいん》）の名称である。紫野院は、雲林院《うりんいん》の南隣のあたり、有栖川《ありすがわ》のほとりと推定されている。賀茂斎王とは、平安京を鎮護する賀茂大神に奉仕し、ひいては神の加護による御代の平安を祈念する未婚の内親王〈適任者がいない場合は女王《にょおう》〈皇族の女性〉〉のことである。斎王には、伊勢大神宮に奉仕する斎宮も存在する。斎院は内親王が選ばれることがほとんどであるが、斎宮は女王のことも多い。斎宮は歴史が古いが、伊勢に下向しなくてはならず、斎院優位になったようだ。

斎院に卜定されると、賀茂川で禊《みそぎ》を行い、大内裏内に居所〈初斎院〉を定める。二年間潔斎し、三年目の四月上旬に再び賀茂川で禊を行い、斎院に参入した。斎院は、神に奉仕する立場なので、忌詞〈死・病・血など穢れに対する言い換えの詞〉を用い、仏事・不浄を避け、賀茂祭《かものまつり》や院内での祭儀に奉仕した。

賀茂祭とは、四月中の酉《とり》の日に行われる賀茂別雷神社《かもわけいかずちじんじゃ》〈上社〉・賀茂御祖神社《かもみおやじんじゃ》〈下社〉の例祭のことで、古代には単に「祭」といえば賀茂祭を意味した。祭の前の午《うま》または未《ひつじ》の日、斎王の御禊《ごけい》が賀茂川で行われる。葵の葉を、勅使〈天皇が派遣する祭の使い〉・斎王をはじめ祭の参加者が身につけ、賀茂社の御簾、牛車・家々を飾ったので、葵祭とも呼ばれた。葵〈旧仮名遣いでは「あふひ」〉は「逢ふ日」と掛詞になり歌に詠まれたが、旧暦四月中旬は季節もよく、男女の出会いが期待される恋の季節でもあった。『堤中納言物語《つつみちゅうなごんものがたり》』の「ほどほどの懸想」はその様子を描く。

斎院は神に仕える斎王の居所であるが、男子禁制ではなく、男性官人が出入りしていたことが、『大斎院前の御集』『大斎院御集』から知られる。両歌集には男性官人と詠み交わした歌も多い。

『枕草子』には、「斎院、罪深かなれど、をかし〈斎院は仏教を忌むところだから罪深いようだけれど、すてきだ〉」〈「宮仕へ所は」〉とあり、魅力的な出仕先の一つと考えられていたようだ。文化レベルの高いサロンが形成され、文学の享受や創造の場ともなった。選子より三代後の斎院で、六条斎院と呼ばれた禖子内親王（後朱雀《ごすざく》天皇の皇女、一〇三九～一〇九六）の御所は、藤原頼通《よりみち》（九九二～一〇七四）が後見し、歌合が頻繁に開催された。百人一首歌人の式子内親王（後白河《ごしらかわ》天皇の皇女、?～一二〇一）も斎院を務めた。

『源氏物語』では、光源氏の父桐壺帝の譲位後、新斎院として、弘徽殿大后腹の女三の宮が立つ。「筋異になりたまふをいと苦しう思したれど」（斎院は神事に奉仕し独身でいる定めなので、桐壺院と大后はとてもつらく思ったが）、ほかに適格者がいないので就任したとある。御禊の行列に光源氏が特別に加わり、その見物の場で正妻の葵の上方が六条御息所の車を蹴散らす車争いが起きる（「葵」）。

桐壺院が崩御すると、光源氏が心を寄せていた、式部卿宮の娘の朝顔姫君が斎院に就く。斎院退下後、光源氏は接近するが拒否し、晩年に出家する。

三　『紫式部日記』における選子サロン

『紫式部日記』は、一条天皇の中宮藤原彰子に仕えた紫式部の日記で、彰子初の皇子出産の記事を中心とした宮仕え生活の記録である。敦成《あつひら》親王（後の後一条天皇）誕生をめぐる記録である寛弘五年（一〇〇八）秋から六年正月三日までの記事が約三分の二を占め、残りの約三分の一のうちの三分の二強が手紙の形式で書かれた消息文的部分である。『紫式部日記』の写本は江戸時代初中期のものしか残っておらず、断片的な記事や誤写・脱落などもあるが、『源氏物語』の作者の肉声を聞くことができる貴重な作品である。

さて、消息文的部分の中で、選子サロンと彰子サロンが比較検討されている。発端は、紫式部が、中将の君という斎院に仕える女房の手紙を目にしたことである。彼女は、紫式部の兄弟惟規《のぶのり》（九七四?～一〇一二）の恋人である。父は斎院司の長官源為理《ためまさ》、母は大江雅致《まさむね》女で和泉式部《いずみしきぶ》の姉妹。中将の君は妹も斎院女房で、斎院と関係が深い女房である。「とても気取っていて、自分だけが物事の情趣がわかり、思慮が深いと思っている」と憤慨する。「選子だけが歌などの鑑識眼があると手紙にあるが、斎院方からはたいした歌が出ていない」とし、「ただいとをかしう、よしよしうはおはすべかめるところのやうなり」（ただとても風情があり、教養豊かではある生活をなさっていらっしゃるらしい所のようである）と記す。傍点部分には皮肉が籠められているように思われる。岩佐美代子氏によれば、女房は主君に対して「恋にも匹敵する純愛」で仕えるものとのことなので（「女房の眼――私のお宮仕え」『宮廷に生きる』一二三頁）、中将の君が選子を賛美するのは女房として正しいあり方である。

紫式部は、「お仕えしている女房を比較して優劣を争うなら、斎院の女房が彰子の女房に必ずしもまさっていない」とも記す。彰子の女房は、道長が権力に物を言わせて集めた女房たちだから、一人一人を比べたら、彰子の女房たちの方が優れているのは当然のことである。そのように言うのは、サロンとしての魅力は負けていると認めていることにもなるであろう。

負けている理由として、紫式部は、斎院は人の出入りが少なく、月を見、花を愛で、ほととぎすの声を聞きに行く所としてふさわしいこと、選子はとてもお心が風流で、御所の様子は「いと世はなれかんさびたり」（俗界から離れていて神々しい）ことをあげる。一方、自分たちは、彰子が清涼殿に参上するとか、道長が彰子のもとに来るとか、何かと忙しいので風流事に集中していられない、とする。

紫式部は、自分も斎院にお仕えしていたら、「人の、奥なき名をいひおほすべきならずなど、心ゆるがして」（軽薄だと非難されないだろうと元気を出して）、男性とも優雅に歌を詠み交わしたりするだろう、まして若く美しい女房ならば、斎院の女房にそんなには負けていないとも記す。

しかし、紫式部は彰子の女房たちの欠点についても分析する。彰子サロンに沈滞ムードが漂ってしまった原因として、彰子と張り合う妃がいないので気の緩みがあること、彰子が、「色めかしき」（男性との交流を好む）ことを軽薄だと思い、出しゃばった女房の失敗を嫌い、それでいて女房に注意しないことをあげる。斎院サロンならば、男性とコミュニケーションを取っても、軽薄だとはされないから自由に振る舞えるのに、彰子サロンではそれがかなわないのである。

彰子の女房たちは良家の娘が多いので、彰子の意向に添って引き込んでいて、その結果、彰子サロンは風流に欠けると言われるようになってしまった。成長した彰子が、もっと積極的に振る舞うように要請しても、長年の習慣が直らないのは、女房たちに意欲に欠けるところもあるのであろう。

彰子サロンは管理が厳しく、選子サロンは自由であると、紫式部は考えていたようだ。確かに、『大斎院前の御集』からは、女房たちが選子に対して遠慮しておらず、自由な雰囲気が感じられる。一例をあげると、碁を選子と打って勝ったのに、負け物（勝負に負けた方が勝った方に贈る品物）の扇をもらえず、不満を言う女房の歌がある（『前の御集』275〈『新編国歌大観』歌番号、以下同じ〉）。選子は、「引き分けよ」と返歌する（276）。紫式部は、リーダーのありようで、一人一人が力を発揮することも発揮できないこともあり、サロンの性質が決定してくると主張しているように思われる。

『紫式部日記』における選子サロンと自分たちとの比較記事は繰り返しも多く、論点が彰子の上・中﨟女房の改めるべき点にずれていくなど整理されていない。反駁の最後に、「自分たちはすばらしい、ほかの人はだめと軽蔑するのは間違っている。人を批判するのは簡単。自分を賢いと思って人を非難するなんて、人間の程度が知れるわね」と罵倒するが、これでは中将の君に反駁したことにならないであろう。なお、『俊頼髄脳《としよりずいのう》』『今昔物語集』には、斎院女房に忍び通いをしていた惟規が、ある夜、門を閉められてしまったが、「歌詠む者」と選子が聞いていたので許され、その際に惟規が詠んだ歌に、選子が感嘆したという記事がある。

四 『大斎院前の御集』『大斎院御集』からうかがわれる選子内親王の生活

紫式部は、斎院御所の生活を、緊張することが少なく風流に専念していられる恵まれた環境だと見ていたようだ。実際にはどのような生活だったのであろうか。消息文的部分が書かれたのを寛弘七年(一〇一〇)とすると、選子は四十七歳である。斎院に卜定されてから三十五年の月日が過ぎている。『大斎院前の御集』『大斎院御集』から浮かび上がる選子サロンについて考察したい。

『大斎院前の御集』(以下『前の御集』とする)は、年次の判明する歌は永観元年(九八三)から寛和元年(九八五)、『大斎院御集』(以下『御集』とする)は長和四年(一〇一五)前後である。『前の御集』は選子二十歳の頃、『御集』は五十歳代前半の家集となる。歌数は、『前の御集』三百九十四首、『御集』百三十五首である。両集とも、錯簡・脱落などで、本文はかなり乱れている。また、これら以外にも家集があったと推測されている。本稿の引用は、参考文献に掲出した注釈書に拠った。

『前の御集』では、季節の風物や年中行事、日常生活などを題材に、掛詞や縁語などを多用して和歌を詠み合っている。言葉遊びを楽しみ、機知に富んだ温かいコミュニケーションが繰り広げられている。選子が女房たちに歌を詠むようにと促すこともしばしばある。また、仏教に関係する歌も、それほど多くはないが、選子と女房たちの双方にある。『御集』は、『紫式部日記』とほぼ同時代の歌を集めた家集で、斎院を訪問する男性官人と選子の女房たちの歌の贈答も多い。

『前の御集』九十二～九十五番歌からは、斎院内に「和歌司」と「物語司」があり（「司」とは役所の意）、「頭（長官）」と「助（次官）」が存在したことが知られる。そのことは、選子サロンの風流で遊戯的な性格を物語っているようにも見える。『無名草子』などに紹介される、『源氏物語』が創作されたのは選子の所望によるという説も、こうしたところから生じたものであろう。しかし、九十六番歌の詞書に「選子が物語の清書をおさせなさって、古いものは司の人にお配りなさった」とあるよりほかは、『前の御集』『御集』において、物語が言及されることはほとんどない。特に『前の御集』では、選子と女房たちが和気あいあいと歌を詠み合う場面がかなりあるにもかかわらず、あの物語が面白いとか、登場人物の誰が好きといった話題がなく、物語に取り分け関心があるようには見えない。『枕草子』には、清少納言が、『宇津保《うつほ》物語《ものがたり》』の藤原仲忠《なかただ》をひいきにしていることが記されている（「返る年の二月二十余日」）。

親と遠く離れているのを嘆く女房に対して、選子は、自分は親の生前の姿を知らず悲しいと言い、「離れていても、親の手紙を読むことができれば頼もしいことでしょう」（310）と詠む。自らの根源的な寂しさを率直に吐露して女房を励ます選子の姿からは、誠実で温厚な人柄がうかがわれる。中将の君の心酔ももっともなことだと思われる。

さて、『前の御集』に、「正月三日まで年賀に誰も来ない」と嘆く女房の声を聞いて、「霞を深み訪《と》ふ人もなし」（霞が深いので訪れる人もいない）という題で選子が歌を詠ませ、自らも詠んだとある（23～25）。一方、『御集』には、「正月の二日の日、人々あまた参りて」（正月二日の日に人々が大勢斎院の御所に参上して。〔一二〕）とある。選子の才覚によって、人里離れた斎院の地が、男性官人が風流を求めて出入りする地になったといえよう。『源氏物語』に、六条御息所が斎宮と暮らす野宮では、「をかしういまめきたること多くしなして」（風情のある目新しい趣向を多く取り入れて）、風流好みの殿上人たちが出入りしているとあるのは、選子の斎院御所をイメージしているのであろう（「葵」）。

『小右記《しょうゆうき》』（藤原実資《さねすけ》の日記）に、斎院殿舎の破損が著しいが（長和四年〈一〇一五〉四月九日）、修理の費用がない（同十四日）という記事がある。『前の御集』には、雨がひどく降った日に雨漏りがして、女房たちが古い湯槽《ゆぶね》で雨を受けているのを見て、選子が「かづきわびなげなの浦に身を捨てしあまぶねとこそ言ふべかりけれ」（この湯槽は、海に潜るのが嫌で、なげなの浦〈不詳〉に身を投げた海人《あま》が乗っていた海人舟――雨を受ける舟――と言うのがふさわしいでしょう。１５８）と詠じたとある。女房たちにも、「あまぶねとこそ言ふべかりけれ」を下の句にして歌を詠むように促した。中周子氏は、古い湯槽から「海人舟《あまぶね》」を連想し、「雨舟」と掛詞にすることを思いつくのは、「類まれなる発想」であると述べる（「大斎院選子内親王」『王朝文学と斎宮・斎院』四八七頁）。

冬の夜に炭の備えが切れて、代わりに板を燃やそうとするが、火がつかないという不如意な事態を、掛詞を駆使して面白く詠み合うこともある（３０２〜３０５）。また、選子が眠ろうとしたら枕元で虫の音が聞こえた。選子が「枕虫の鳴く」と言い、その虫を「枕虫」と名付け、選子と女房たちが「枕虫」を歌題にして歌を詠み合う（１８１〜１８５）。そもそも高貴な女性が虫の音が聞こえるところで起居していることはまれであろう。

盗賊が斎院内に侵入した事件も複数回あり、斎院内部のもめ事などもあった。斎院司も存在したが、選子自身も対処していたらしいことが、『小右記』『御堂関白記《みどうかんぱくき》』（道長の日記）などからうかがわれる。選子たちの生活は、紫式部が記すほど風流三昧の気楽な日々ではなかったと思われる。

若宮を抱いて祭見物をする道長に、御輿の下簾の間から扇を差し出して「見た」という合図を送ったという有名なエピソード（『栄花物語』『大鏡』『古本説話集』など）も、機転がきくということだけではなく、権力者に気を遣っていることを物語るものであろう。それは、組織のトップとしての才覚の現れともいえよう。『大鏡』が、藤原隆家《たかいえ》（皇后定子の弟、九七九～一〇四四）が、「追従《ついしょう》ぶかき老狐《おい》かな。あな愛敬な」（おべっか遣いの古狐だなあ。なんと優美でないこと）と言ったと伝えること（「師輔」）からは、『大鏡』作者の選子への批評を読み取ることができよう。

五　選子内親王の仏教信仰

『発心和歌集』は、わが国初の釈教歌集であり、真名序《まなじょ》（漢文による序文）と釈教歌（仏教に関する和歌）が五十五首記載されている。真名序に寛弘九年（一〇一二）とあり、選子が斎院在任中に、仏教信仰の家集を編んだことになる。神に仕えながらも、和歌によって仏に結縁しようとしたとされる。ところで、『発心和歌集』が選子の作とされるのは、冷泉家時雨亭文庫《れいぜいけしぐれていぶんこ》蔵の伝本に藤原定家《さだいえ・ていか》（一一六二～一二四一）と思われる筆で「大斎院御哥《うた》」とあるからである。一方、宮内庁書陵部蔵の伝本の奥書には、「此発心和哥集、現在書目録之発心集赤染法文哥有序匡衡作云々」（この「発心和歌集」は、「現在書目録」の「発心集」のことである。赤染《あかぞめ》衛門《えもん》の法文歌で、序文がある。夫の大江匡衡《おおえのまさひら》執筆とのことである）とある。久保木秀夫氏は、定家の注記には「根拠や由来が不明であること」、斎院の立場上、仏教信仰を公的に表明するのは憚られたのではないか、ということなどから、作者は「赤染衛門だった可能性の方が高い」とする（「『発心和歌集』選子内親王作者説存疑」）。

『発心和歌集』では、冒頭四首は「四弘誓願《しぐぜいがん》」（すべての仏や菩薩が共通して持っている四つの誓願）を題とする歌で、五番以下は、次のように歌が記載されている。

般若心経

色即是空　空即是色　受想行識　亦復如是

世々を経て説きくる法《のり》は多かれどこれぞまことの心なりける

（多くの世を経て仏が説き続けてきた法は多くあるけれど、この般若心経こそは、仏の教えの心髄を説いた法なのであった。5。『新勅撰集』に選子内親王作として入集。586）

このように、経典名とその章句、そして歌が並ぶ。「選子内親王や赤染衛門が活動した平安中期は、仏教に関連する題材を和歌に詠む営みが盛んになり始めた初発期」（『発心和歌集　極楽願往生和歌　新注』二〇五頁）であり、『発心和歌集』を編むことは、漢文の序を有する新しいスタイルの家集の創造でもあった。

『発心和歌集』を選子作とすることを大前提として、神に仕え、仏教を忌む立場でありながら、仏教を信仰したのはなぜなのかということが問題とされてきた。先行研究では、両親をはじめとする多くの近親者や知己の死や出家が、その理由としてあげられている。所京子氏は、斎院は、斎宮に比べて禁忌が厳しくなく、また神仏習合《しんぶつしゅうごう》の思想もあり、「私的な生活面では仏典を読み仏を信じても差し支えなかったものと思われる」と述べる（『斎王和歌文学の史的研究』五六五頁）。

『大鏡』には、選子が毎朝の念仏を欠かさず、雲林院の菩提講《ぼだいこう》には布施を贈ったという記事がある。また、賀茂祭の日、「一条の大路に、そこら集まりたる人、さながらともに仏とならむ」（一条大路に大勢集まった人々と、そのまま一緒に成仏しよう）と誓ったのはいくらなんでも驚くべきことだ、ともある（『師輔』。『古本説話集』にもほぼ同じ記事）。禁忌により念仏できないことを嘆く選子の歌も残されており（『詞花集《しかしゅう》』410）、『大鏡』の記事は真実とは思われないが、このような説話が生じたことは重要であろう。神に仕えながら仏教を信仰し、民を思いやる偉大な内親王像が好まれたのであろう。

選子は、藤原頼通や藤原実資などの慰留を振り切って退下し、六日後に出家した。選子の信仰が常識の範囲内のものだったのか、『発心和歌集』を編むほどに深かったのかが問題になる。『前の御集』『御集』の歌からは仏教への関心があまりうかがわれない。特に、『御集』は、『発心和歌集』の成立と時期がほぼ重なるのに、仏教に関係する歌はわずかである。『前の御集』も、仏教から遠いことを罪深いと嘆く歌がほとんどである。『発心和歌集』との隔たりは大きいように思われる。また、選子生存中に成立したであろう『栄花物語』正編に、選子の仏教信仰について一言も言及がない。『無名草子』にも言及がなく、『今昔物語集』も斎院退下後について記すばかりである。稿者は、赤染衛門説に心惹かれるのであるが、『発心和歌集』を選子作と定家が断定するのにも理由があるはずで、今後の研究が待たれる。

六　おわりに

『源氏物語』では、弘徽殿大后腹の皇女が新斎院に立ち、桐壺院と大后が苦しく思う。『栄花物語』には、後一条天皇の皇女馨子内親王（母は道長女威子）が斎院に卜定されて、帝と后がたいへん嘆いたとある（「殿上の花見」）。これらのことから、斎王に卜定されることは不運なことと思われていたと、稿者は漠然と考えていた。しかし、そもそも皇女は高貴であるがために結婚相手も限られ、不自由な生を強いられる存在であった。『源氏物語』の朱雀院は、「皇女が結婚するのは、見苦しくあさはかな感じがするけれども、女三の宮は頼りない性質なので保護者が必要だ」と考え、光源氏と結婚させる（「若菜上」）。

賀茂の斎王は、神聖で尊崇される存在である。居住地は、都外とはいえ内裏に近い。制約も重圧もあるが、心確かな内親王にとっては生きがいのある立場だったのではなかろうか。『栄花物語』には、禎子内親王（三条天皇の皇女、母は道長女妍子）の処遇を考慮する場面で、斎院就任も候補にあがっている（「楚王のゆめ」）。

皇女たちは、母の身分によって処遇が異なっていた。選子は、后腹の皇女という最高に高貴な生まれでありながら、早くに両親と死別するという不幸を背負っていた。斎王という聖性を帯びる存在ではあるが、制約の多い立場を突出して長い期間務めた。選子の特異な人生が、彼女の聡明で温厚な人柄と相まって、人々の関心を集め、説話化されることにもなったのであろう。

九月十日頃の月の明るい夜、雲林院の仏事の帰りに、殿上人四、五人が斎院を覗くと、庭の植え込みが荒れ放題で、箏の琴が聞こえてきたが、それは殿上人たちと合奏を楽しんだ昔を懐かしんで、選子が弾いていたのであったという話が、ほぼ同文で『古本説話集』『今昔物語集』に、簡略化されたものが『無名草子』にある。『古本説話集』と『今昔物語集』は、選子が高齢になって注目されなくなり、斎院御所も荒れてしまったことを強調しているのに対して、『無名草子』は、后たちが、「華やかに今めかしくも、また心にくくも」（華やかで当世風でもあり、また奥ゆかしくも）あるのは当然のことだが、選子が、人目もまれな住まいで気を許すことなく過ごしていたというのは、このうえなくすばらしく思われる、とする。『紫式部日記』を読んでいた『無名草子』の作者が、選子サロンの人々は風流事に専念できるから男性官人との応対も上手になるという紫式部の主張に同調せず、選子を高く評価したもののように思われる。

主要参考文献

所京子『斎王和歌文学の史的研究』国書刊行会、一九八九年
岩佐美代子『宮廷に生きる——天皇と女房と』笠間書院、一九九七年
石井文夫・杉谷寿郎『大斎院御集全注釈』新典社、二〇〇六年
後藤祥子編『王朝文学と斎宮・斎院』竹林舎、二〇〇九年
天野紀代子・園明美・山崎和子『大斎院前の御集全釈』風間書房、二〇〇九年
斎宮歴史博物館編『賀茂斎院と伊勢斎宮』斎宮歴史博物館出版、二〇一〇年
原槇子『神に仕える皇女たち——斎王への誘い』新典社、二〇一五年
久保木秀夫「『発心和歌集』選子内親王作者説存疑」『中古文学』九七号、二〇一六年
所京子『斎王研究の史的展開——伊勢斎宮と賀茂斎院の世界』勉誠出版、二〇一七年
池田節子『紫式部日記を読み解く——源氏物語の作者が見た宮廷社会』臨川書店、二〇一七年

岡崎真紀子『発心和歌集　極楽願往生和歌　新注』青簡舎、二〇一七年
久保木哲夫「選子内親王と釈教歌――古今和歌六帖成立時期の問題にも関連して」『国語と国文学』九五号、二〇一八年
滝川幸司「発心和歌集序試読――選子内親王作者説をめぐって」『中古文学』一〇九号、二〇二二年

第十章 年上女性たちとの交流
――源倫子と赤染衛門

東海林亜矢子

一 源倫子

正妻VS愛人？

菊の着綿《きせわた》――九月九日、菊の節供の日の朝、前夜から菊花にかぶせて香りと露を含ませた真綿で身をぬぐって不老長寿を祈るという、王朝の雅びな風習がある。『紫式部日記』によると、寛弘五年（一〇〇八）のその日、まもなく出産を迎える中宮彰子に従って土御門殿《つちみかどどの》にいた紫式部のもとに、菊の着綿が届けられた。送り主は左大臣藤原道長《みちなが》の正室源倫子、彰子の母である。「奥様が特別にあなたへ贈物ですって。よくよく老いを拭い捨てなさいね、とおっしゃっていましたよ」とお使いの女房が言うので、

菊の露　わかゆばかりに　袖ふれて　花のあるじに　千代はゆづらむ

（この菊の露に、私はほんの少し若返る程度だけ袖を触れることにして、延びるという千年の寿命は、花の持ち主である倫子様にお譲り申し上げましょう）

と歌を作り倫子に伝えてもらおうとしたが、女房はもう帰ってしまい渡せなかったという。

実はこれには二通りの解釈がある。一つは話題の『源氏物語』作者として娘の宮の価値を高めてくれる大切な女房紫式部に倫子が特別な気遣いをし、式部は恐縮しつつも光栄に受け取ったというもの、もう一つは、倫子が夫の愛人である式部に「もう三十過ぎて大して若くもないくせに」と嫌味で菊の綿を贈り、式部は式部で「若返りが必要なのは四十五歳にもなっているあなたでしょ」と皮肉で返したというものである。

おわかりのとおり、後者は〝紫式部は藤原道長の愛人であった〟という説に基づく。十四世紀末の『尊卑分脈《そんぴぶんみゃく》』に式部が「道長妾云々」と書かれているように、噂話としては古くからあったものである。とはいえここで取り上げたいのは愛人説の是非ではなく、道長正妻倫子が夫の愛人に嫌味を言ってよこすような人物であったかというところである。

倫子の出自と結婚

藤原道長の正妻である源倫子は超名家の姫君であった。父源雅信《まさのぶ》は宇多天皇の孫にあたる賜姓源氏《しせいげんじ》で、従一位左大臣として重きをなした人物、母は中納言藤原朝忠《あさただ》娘穆子である。道長は言わずと知れた摂関期最大の権力者であるが、『栄花物語』によればすんなり結婚できたわけではない。というのも倫子に求婚した時、道長は摂政兼家の子とはいえ後継者になれそうもない五男（正妻の三男）で、官位も従三位左京大夫にすぎず、雅信は「口わき黄ばみたるぬし（そんな青二才！）」と取り合わなかった。しかし、道長を以前から見どころがあると目にとめていた母穆子が強く推し、また天皇・皇太子ともに十歳以上年下で入内が厳しいこともあり、結局、雅信が折れた。道長は左大臣家に婿取られ、父兼家が恐縮するほど丁重にもてなされたという。永延元年（九八七）、倫子二十四歳、道長二十二歳のことであった。

この話の真偽はさておき、道長は結婚によって経済的支援や政治的後ろ盾、さらには尊貴な血統を手に入れた。冒頭に登場した土御門殿ももともと雅信の邸でここに住む倫子のもとに道長が通っていたが、やがて倫子に譲られ道長も同居するようになったわけで、道長の方が「逆玉の輿」だったのである。

倫子は二男四女を生む。頼通《よりみち》・教通《のりみち》は共に関白に就任し、彰子・妍子・威子・嬉子の四人の娘は全員が天皇の妻となった。倫子が生んだ子たち、中でも二人の天皇を生んだ彰子のおかげで道長は権力者であり続けられたわけで、母としての倫子は夫の大きな力になったと言える。しかし倫子の価値はそれだけではなく、夫の政治活動を支える仕事上のパートナーでもあった。

有能なパートナー

現存する道長の日記『御堂関白記《みどうかんぱくき》』への倫子の登場回数は実に三百回以上、「女方《にょうぼう》」と現代にも通じる呼び方で、一緒に内裏に行った、一人で娘の所に泊まり翌日は別の娘の所に行った、など細かく倫子の行動が記されるが、もちろんそれは道長がストーカー気質だったからではない。当時の日記は子孫が貴族社会を生き抜くための参考となることを想定した公的色彩を持つ記録であるから、政治的な意味があるために記されたものと考えられよう。

『大鏡』に「天皇・東宮・后の宮々と孫や子が別々の宮にご立派にいらっしゃるが、倫子はどこにでもお出ましになる」とあるが、倫子は遊びに行っていたのではない。娘の入内に付き添い、孫の東宮や皇子皇女と同車し、饗宴などの催しを含め宮の経営や行事をサポートするために頻繁に参上していたのである。三条朝の内裏火災時には天皇の側で官人を指揮しなければならない夫とは別に、いち早く娘の中宮や孫の東宮のところに牛車で駆けつけるという行動力を見せている。『紫式部日記』にも、皇子敦成《あつひら》誕生時に加持僧や医師らに褒美を与え、生後五十日の敦成に餅を含ませる儀式では皇子を抱き、内裏還御の際には敦成と同車するといった倫子の行動が描かれる。倫子は娘たち孫たちを手厚く後見することで、夫の権力獲得や維持、次代の発展に向けてサポートする役を果たしていたのである。

道長の女性関係

当時の貴族の常として、道長の妻は倫子一人ではない。次妻といわれる源明子は安和《あんな》の変（安和二年〈九六九〉）で失脚した醍醐天皇皇子源高明《たかあきら》の娘で、倫子同様、六人の子を生んでいる。ただし昇進スピードにしても結婚相手にしても、他ならぬ道長によって倫子の子とは明確な差が設けられていたし、道長が同居した女性は生涯倫子ただ一人であった。

他にも道長と関係があった女性には、僧長信《ちょうしん》を生んだ権大納言源重光《しげみつ》娘、出産時に亡くなった藤原儼子（太政大臣為光《だじょうだいじんためみつ》娘）やその妹穠子、倫子の兄の娘源廉子などがいる。後の三人は娘の女房で、中でも廉子は大納言の君と呼ばれ彰子に仕えた紫式部の仲良しで、倫子は自身の姪と夫の関係をそのまま許していたという。二女妍子に仕えた穠子も妍子や所生の禎子内親王とたびたび同車するほど重んじられていた。たびたび娘の宮に行きマネジメントをしていた倫子であるから、そこも倫子は許していたのであろう。

こうしてみると倫子は夫の女性関係には寛大で、少なくともそのように見せる配慮をする女性であったと考えられる。倫子はその出自も背景も現実的な影響力も、他の妻妾たちとは大きく一線を画しており、夫にとって何者にも代えがたいパートナーであるという自負もあったものと思われる。夫が明子に通うことに対して「ただならましよりはと思せど、おほかたの御心ざまいと心のどかに、おほどかに、もの若うて、わざと何かとも思されずなん（そうでなければ良かったのにと辛く思っても、ご気性がまことに温和でおっとりと若々しくて、とりたてて何かが起きたとも思ってはいらっしゃらない）」（『栄花物語』巻三）と描かれるような性格的なこともあったであろうし、何より道長が常に倫子を大切にしていたためであろう。

倫子と道長

道長と倫子は夫婦としてもずっと仲睦まじい関係であった。倫子は結婚の翌年に彰子を生んだのを皮切りに十九年にわたって子を六人生んでいる。最後の子である嬉子を生んだのは寛弘四年（一〇〇七）の四十四歳の時で、なんと長女彰子が第一子敦成を生む前年のことであった。

敦成五十日《いか》の祝宴終了後、酔っぱらった道長が中宮彰子を前に「中宮様も母上（倫子）も私が父や夫であったおかげで幸せなのですよ」などと自慢げにいうという一幕が『紫式部日記』や『栄花物語』巻八に描かれる。酔っ払いの冗談にしても聞きづらいと倫子がその場から退出してしまったところ、道長が「お送りしないと母君に恨まれてしまう」と彰子の御帳台《みちょうだい》をつっきるほど慌てて追いかけたという。ご機嫌な赤ら顔からさーっと青ざめて妻を追いかける道長の姿を想像すると大権力者も可愛らしいものである。もともと年も身分も財力も上で様々な形で支えてくれた妻に頭が上がらないという面もあるのかもしれないし、前の年に子が生まれているほど愛する妻であったからかもしれない。「私のおかげであなたが幸せなんでしょ」という倫子の心の声が聞こえたのかもしれないが。

『栄花物語』巻八には同じ年の話として「娘である姫君たちの素晴らしいご様子に劣らないほど若々しくていらっしゃる。特に御髪がすばらしいね」と「いと思はしげに（満足そうに）うち笑み」四十五歳の年上妻を自慢する道長の様子も描かれている。リップサービスにせよ賛辞や愛情表現を惜しまない夫の姿が少しでも真実を反映しているならば、倫子は確かに満足していたのではないか。

倫子は自他ともに認める道長のただ一人の人生のパートナーであり、はっきりいってしまえば、他に妻妾がいたにしても倫子の敵にはなり得なかったということであろう。夫の愛も、子や孫の栄達も、権力も、健康長寿も、遡って両親からの愛情にも恵まれた倫子は「御幸ひ極めさせたまひにたる」（『大鏡』）女性であったことは間違いない。

倫子と紫式部、赤染衛門

冒頭の「菊の着綿」は、他に倫子の意地悪エピソードが出てこないことからすると、やはり、娘に仕える女房への気遣いと素直にとってよいのではないか。たとえ紫式部が夫の愛人であっても、倫子は嫉妬や嫌がらせをあからさまにぶつけるような人物ではなさそうであるし、必要もなかったであろう。他にも式部は、華やかな宮仕えへの気鬱もあり里に下がっていた時に、わざわざ倫子から「早く戻ると言っていたのは嘘だったの？」と帰参を促す文が届いた話を日記に記している。式部もありがたいことだと恐縮してすぐに彰子のもとへ戻ったという。

たびたび紫式部を気遣ったように、倫子は娘たち、特に彰子の宮には細やかに気配りをしていたはずである。そもそもの女房の人選からして倫子は道長と共に大きく関わっていたと考えられ、自分の親族や信頼のおけるなじみの女房も配していた。その一人と考えられるのが赤染衛門《あかぞめえもん》である。

一般に赤染衛門は、紫式部と共に中宮彰子に仕え、一条天皇期の後宮を彩った才女の一人として知られる。もちろんそれは正しいのだが、赤染衛門の本来の主人は彰子の母源倫子であり、年齢も紫式部や和泉式部たちより十〜二十歳ほど上で同僚というより大先輩というべき存在であった。そこで次に、和歌の名手であり、『栄花物語』正編作者の有力候補に挙がるほどの教養でも知られる、紫式部の先輩、赤染衛門を取り上げたい。

二　赤染衛門

赤染衛門の生まれ

やすらはで　寝なましものを　さ夜ふけて　かたぶくまでの　月を見しかな

（ためらわず寝てしまえば良かったのに、来ないあなたをずっと待ち続けていたら夜がふけて、とうとう夜明け近くに西の空に沈んでいく月まで見てしまいましたよ）

小倉百人一首に採られた赤染衛門の歌である。歌人赤染衛門の評価は高く、『袋草子《ふくろぞうし》』『俊頼髄脳《としよりずいのう》』『無名抄《むみょうしょう》』といった院政期や鎌倉時代の歌論書に赤染衛門と和泉式部、どちらがこの時代を代表する優れた女性歌人か、という議論が載っているほどである。

赤染衛門はその名のごとく赤染《あかぞめ》氏の出身で、衛門府《えもんふ》や検非違使《けびいし》庁に仕えた時用《ときもち》が父であったといわれる。

しかし、実は血のつながった父は別にいるとの説がすでに当時から有力であった。実の父と言われるのは平兼盛《かねもり》、あの、天徳内裏歌合《てんとくだいりうたあわせ》で「恋すてふ」（壬生忠見《みぶのただみ》作）に勝利した「しのぶれど 色にいでにけり わが恋は 物や思ふと 人の問ふまで（隠していたけれど態度にでてしまった、私の恋は。思い悩んでいるのかと人に問われるほどに）」の作者である。

赤染衛門は母が平兼盛と別れた後に生まれたのだが、兼盛は自分の子だから引き取りたいと検非違使庁に訴えたところ、娘を渡したくない赤染衛門の母は、この訴えを担当する時用に相談するうちに深い仲になったことから時用が父であると主張し、結局、兼盛の訴えは認めてもらえなかったという。この話は『袋草紙』に載っているのだが、元ネタは赤染衛門の曾孫大江匡房《おおえのまさふさ》が著した『江記』であるため信憑性がある上、「その才能を考えると平兼盛の娘なのではないか」（『中古歌仙三十六人伝』）という想像も加味され、兼盛の娘であったと考えられていたようで、赤染衛門本人も知っていたのではとの説もある。

出仕生活

赤染衛門が出仕した先が娘時代の源倫子であった。左大臣となる源雅信とその正室藤原穆子が住む邸に仕え、二人の長女である倫子付き女房になったのである。赤染衛門より七歳ほど年下であった。先述のように、倫子は二十四歳の時に藤原道長を婿取るが、赤染衛門はそのまま土御門殿で倫子に仕えた。

『赤染衛門集』（以下、『家集』と省略、数字は榊原本の歌番号）によれば、倫子は赤染衛門が宿下がりをしている時には桜を一緒に見たいものね、と言ってよこしたり、実家の桜を見に行くのに同行できなかった赤染衛門に倫子が花びらを集めてお土産にしたり、逆に、倫子の部屋の前の桜が満開なのに物忌《ものいみ》で別の場所に籠っていた時には赤染衛門が桜の枝を差し入れしたりと、主従の仲の良さがうかがえる（一二八〜一三〇）。倫子に仕える中で、もちろん夫君である道長と接する機会も多く、その子たちの世話にも関わったであろう。特に彰子に関しては次のような和歌が残っている。

すべらぎの　しりへの庭の　石ぞこは　ひろふ心あり　あゆがさでとれ

（天皇のお妃さまが住む後宮の庭の石ですよ、これは。そのままお取りください。私は姫君が後宮に住むことを期待しているのですから）

（『家集』一四一）

「女院（彰子）の姫君と聞こえさせしころ」に石で行うお手玉遊びのため、赤染衛門が石を献上した時のものである。彰子が八歳の時には道長は政界トップに上り詰め入内が既定路線となっていたから、あるいはもっと幼い頃の出来事であろうか、入内を願う想いが伝わってくる。実際に彰子の入内や立后を目の当たりにした時、赤染衛門はさぞ感慨深かったことであろう。

おそらく倫子や道長の依頼により、赤染衛門は彰子の入内に同行したものと思われる。倫子はたびたび彰子の元に参上したから倫子の意を受けて若い女房たちをまとめる年配女房としての役割を任せられたのではないか。もちろん歌人としての才能も期待されていたはずで、『家集』には一条天皇付きの女房たちと親しく和歌で交流する様子もみえ、彰子の宮の女房として、歌人として、活躍したのである。

結婚生活

さて、赤染衛門の夫は五歳ほど年上の大江匡衡《まさひら》で、二十歳頃に結ばれたと考えられる。匡衡は「見苦しかりける」いかり肩の大男だが風雅を解する人物であったそうで（『今昔物語集』巻二十四ノ五十二）、文章《もんじょう》博士《はかせ》や天皇の侍読《じどく》、東宮学士などを歴任、年号や皇子の名前の勘申を任せられるなど当代随一の学者であった。漢詩はもちろん和歌の名手でもあり、赤染衛門と夫婦で中古三十六歌仙に撰ばれてもいる。『家集』には「おもひかけたる人（私に懸想した人）」との呼び名で登場しており、歌の内容からしても匡衡が熱心に赤染衛門にアプローチし結婚にこぎつけたようである。当時、赤染衛門はすでに出仕し倫子宅にある局で生活していたため別居結婚だったらしい。匡衡が局《つぼね》に泊まった時の歌もあるが、「おほやけどころにてはえまゐらじ（勤め先へは行きづらい）」「つねに会うことも難《かた》ければ」となかなか会いにくかったらしい。そんな中、妻が心変わりしていないか案じたり、他の男性との噂に嫉妬したり、イチゴや息子に食べさせようとタケノコを贈る歌なども残っており微笑ましい。

二人が一緒に住むようになったのは、匡衡が受領《ずりょう》に任命されてからであろう。長保三年（一〇〇一）正月、尾張守に任命されると、七月に赤染衛門も共に下っている。寛弘六年（一〇〇九）の再度の尾張守、翌年、丹波守に遷った時も同行している。

三条朝長和元年（一〇一二）七月、匡衡は六十一歳で亡くなった。その前月、死期を悟ったのか、親しかった大納言藤原実資《さねすけ》に「挙周《たかちか》及びその母（赤染衛門）、必ず相顧みるべし」と息子と妻のことを頼む文を送っている。二人の夫婦仲はずっと良かったようで、後に触れる『紫式部日記』の赤染衛門評でも、「匡衡衛門」という二人が一心同体であるかのようなあだ名がまず最初に紹介されているほどであった。

子への愛情

赤染衛門の子は一男二女が知られる。女子の一人は歌人としても活躍した江侍従《ごうのじじゅう》で、母と共に道長家に勤め、のちに彰子が生んだ後一条天皇やその中宮で倫子の三女威子に仕えたという。

男子の挙周は父同様、一流の文人であった。敦成（後一条）誕生時の御湯殿《おゆどの》儀の読書を務め、その家司となり（紫式部は弟が選ばれず「嫉《ねた》きこと」と記したほど羨望の職であった）、立太子後には東宮学士、即位後は侍読に任じられた。ここには母の人間関係の影響もあったに違いない。

赤染衛門の挙周への愛情はかなりのもので、その昇進にも心を砕き、一条朝で蔵人を望みながらなれなかった時には、母の嘆きの歌を天皇に奏上してほしいと上の女房に頼み（二〇五）、後一条朝で和泉守を望んだ時には、雪をものともせず母后彰子のもとに任官の口利きを頼みに行った。母后の政治力のおかげか、無事、和泉守に任命されると、彰子からは雪の中、やってきた甲斐がありましたね、と和歌を送られている（三二七・三二八）。他にも挙周が昇殿《しょうでん》を聴《ゆる》されて嬉し涙、祭の使を務めても嬉し涙、念願の蔵人になった時もまた嬉し涙がとまらないと詠んだかと思えば、蔵人は激務で会えなくて寂しいと愚痴る歌も残っている。

有名なのは挙周が病気になった時の話で、『今昔物語集』（巻二十四ノ五十一）によれば、住吉明神の祟りと言われたため、赤染衛門は住吉明神に「かはらむと　いのる命は　惜しからで　別るとおもはん程ぞ悲しき（私が代わりますので息子の命はお助け下さい。私の命は惜しくありません。ただ死ぬと二度と息子に会えないことが悲しい）」と和歌を奉って祈ったところ、たちまち挙周は助かったという。

少々過剰なきらいはあるものの、歴史上、このような息子への母の深い愛情の話はそれほど珍しくない。ところが最近の研究では、挙周の生母は中将尼という女性で赤染衛門ではないという説が有力になってきているのである。もしそれが本当だとすれば、赤ん坊の頃から育てたとはいえ、夫と別の女性との間に生まれた子にここまで一喜一憂できる赤染衛門という人は愛情あふれる非常に懐の広い女性だと驚かされる。さらに『家集』(五七四)には挙周の孫にあたる匡房が誕生した際の、千年の寿命と出世を願った和歌が残っている。詞書《ことばがき》によれば自ら縫った産着を送っており、血はつながっていないかもしれないが、八十代のひいおばあちゃんの心温まる姿であった。

彰子との絆

さて、赤染衛門は夫の任国についていった後も宮仕えから引退したわけではなく、夫の任期が終わり京に戻った時には再び彰子や倫子に出仕したようである。例えば寛弘七年(一〇一〇)、仏事を行う道長邸の自分の局にいたようであるし(二四八)、長和四年(一〇一五)にはある人が彰子の宮か道長邸のどちらかに赴任挨拶に参上した時にもその場にいたらしい(五一七)。赤染衛門は六十を過ぎた頃なので、常時ではなく時々参向していたのかもしれない。さらに万寿三年(一〇二六)、彰子が出家した時には「嘆くまいと前から心に決めていたのに、ご出家当日になると悲しくてたまりません」という歌を詠んでいて(五八五)、すでに出家していた赤染衛門もあるいはその場にいたのかもしれない。

また、たまたま赤染衛門が御前に参上した時、彰子が亡くなった夫一条のことを話し出して「いみじく泣かせ給ひ」たことが『家集』に見える(三二五・三二六)。あまり感情をあらわにしない彰子が大層泣くほど、生まれた時から側にいる赤染衛門は心許せる存在だったと言えるのではないか。

紫式部が見た先輩女房赤染衛門

ところで『紫式部日記』には、和泉式部・赤染衛門・清少納言についてかなり辛辣にコメントをする、俗にいう三才女批評がある。

丹波守の北の方（赤染衛門）のことを、中宮様や道長様の周囲では「匡衡衛門」と言ってますよ。格別に優れた歌というほどでなくても実に風格があって、私は歌人よとあれもこれもと詠んだりはしないけれど、ちょっとした時の歌もこちらが恥ずかしくなるほど立派な詠みぶりですね。（以下略）

〝趣深い歌詠みだけど実は大して和歌に精通していない〟和泉式部、〝利口ぶって得意顔だけど上っ面だけ〟の清少納言という人物評と比べると、なかなかの高評価である。年下の和泉式部とは異なり、『紫式部日記』が書き始められた頃には五十歳を過ぎている古参の赤染衛門には強く言えなかったのかもしれないが、それを考慮しても赤染衛門が当代一流の正統派歌人で、敵を作らない思慮深い性格に主人からの信頼も厚い上、家庭も円満とあっては、文句の付けようがなかったということなのかもしれない。

主要参考文献

上村悦子『王朝の秀歌人　赤染衛門』新典社、一九八四年
加藤静子『王朝歴史物語の方法と享受』竹林舎、二〇一一年
斎藤熙子『赤染衛門とその周辺』笠間書院、一九九九年
東海林亜矢子「摂関期の后母――源倫子を中心に」服藤早苗編『平安朝の女性と政治文化――宮廷・生活・ジェンダー』明石書店、二〇一七年

関根慶子・阿部俊子・林マリヤ・北村杏子・田中恭子『赤染衛門集全釈』風間書房、一九八六年
服藤早苗・高松百香編『藤原道長を創った女たち――〈望月の世〉を読み直す』明石書店、二〇二〇年
諸井彩子『摂関期女房と文学』青簡舎、二〇一八年

第十一章
同僚女房たちとの交流
――宰相の君・大納言の君・小少将の君・伊勢大輔など

諸井彩子

紫式部は、藤原彰子に仕える同僚女房たちとどのような交流をしていたのだろうか。寛弘元年（一〇〇四）から翌秋までと寛弘七年（一〇一〇）から翌年半ばまでの、彰子付き女房による記録とみられるのが『御堂関白集《みどうかんぱくしゅう》』であるが、この家集に紫式部は登場しない。ここでは、『紫式部日記』（以下『日記』）を中心に、紫式部との交流が目立つ同僚女房たちを取り上げていきたい。

一　彰子に仕える女房集団

まずは、この頃の中宮に仕える女房集団が、どのくらいの人数であったかを考えたい。『日記』には、寛弘五年（一〇〇八）九月十一日の敦成《あつひら》親王誕生時に控えていた女房が「四十余人」と記されている。ただしこれは道長家に仕える女房（彰子の妹たちに仕える女房を含む）が出向してきての数であるし、彰子の妹妍子の入内時には、八人出向してきた彰子付き女房と合わせて合計二十八人だったとあり（『御堂関白記』寛弘七年〈一〇一〇〉二月二十日条）、中宮に仕える女房は二十人程度と考えられる。

それだけの人数がいれば、派閥やグループといったものができても不思議ではない。たとえば、寛弘五年（一〇〇八）十一月十七日の内裏還啓時に、紫式部と同車することになった馬中将《うまのちゅうじょう》は、「わろき人と乗りたり」と不満そうな態度をみせている。この馬中将は藤原相尹《すけまさ》の女子で、母は高松殿源明子の姉妹と考えられている。紫式部は「あなことごとしと、いとどかかる有様、むつかしう思ひはべりしか（「まあ大げさな態度だこと」と、ますますこういう人間関係が煩わしく思えたことでした）」と述べているが、これに先立つ十月十六日の土御門行幸において、禁色を許された女房の中で葡萄染《えびぞめ》の表着《うわぎ》を着ていたのは馬中将だけだったと記す。これは「悪い意味で目立っていた、浮いていた」ということで、紫式部の馬中将への悪意が感じられよう。明子の姪であり禁色を許されている馬中将は、受領の娘で禁色を許されていない紫式部と同車することに自尊心が傷つけられたのであろうが、日頃から折り合いがあまり良くなかったことがこれに拍車をかけたものとみられる。

また、彰子女房の筆頭である中宮宣旨《せんじ》は、源伊陟《これただ》の女子の陟子であった。父伊陟は永延三年（九八九）に権中納言《ごんちゅうなごん》、正暦六年（九九五）に中納言となり、その年のうちに没している。彼女は寛弘元年（一〇〇四）春の歌とみられる『御堂関白集』九番歌の詞書では「中納言の宣旨」と呼称されており、父の極官「中納言」を呼称として出仕し、長保二年（一〇〇〇）の彰子立后にあたって宣旨に任じられたものであろう。『日記』では「宮の宣旨」「宣旨の君」と呼称されているが、内裏還啓時に彰子の御輿に同乗したことのほかには、具体的な登場場面がない。人物批評も「きはもなくあてなるさま（この上なく上品な様子）」「わづらはしう、心づかひせらるる心地す（気が置けて心遣いせずにはいられない）」とあり、褒めているがあまり好意的な筆致とはいえない。これも彼女の父伊陟が、高松殿明子やその兄源俊賢《としかた》の従兄にあたることが関係していよう。

なお、寛弘六年（一〇〇九）頃に彰子の女房として出仕したと考えられている和泉式部《いずみしきぶ》は、『日記』の批評文で「おもしろう書きかはしける」とあるように、紫式部と手紙をやりとりしていたものらしい。口をついて自然と歌が詠み出されるタイプで、「恥づかしげの歌詠み（こちらが引け目を感じるほどの歌人）」ではない、という『日記』の評も、実際にやりとりをしてのものであろう。しかしながら、紫式部と和泉式部との具体的な交流の記録は残っていない。また、その娘の小式部内侍《こしきぶのないし》も、「大宮（＝彰子）の小式部内侍」（『兼盛集』巻末逸名家集）とあり、彰子に仕えた女房であったことが知られるが、こちらも紫式部との交流の記録は残っていない。

二　宰相の君

『日記』に「宰相《さいしょう》の君」と見えるのは、藤原道綱《みちつな》の娘、藤原豊子である。『尊卑分脈《そんぴぶんみゃく》』道綱女豊子の項に「大江清通《おおえのきよみち》妻、定経《さだつね》朝臣母」とある。彰子の父方の従姉妹にあたるが、女房として出仕をしているのは母親の身分が低かったためであろうか。信頼された有能な女房であったようで、寛弘五年（一〇〇八）敦成《あつひら》親王誕生時には、倫子と内蔵《くら》の命婦《みょうぶ》とともに几帳の中で介添えをしており、沐浴の儀式である湯殿《ゆどの》の儀の奉仕、土御門行幸の際には御佩刀《みはかし》（守り刀）を捧持《ほうじ》、五十日《いか》の儀の陪膳《ばいぜん》をするなどの活躍をしている。湯殿の儀では「命婦《みょうぶ》」（『御産部類記《おさんぶるいき》』。ただし名を欠く）と記されている。そのまま敦成親王の乳母となり、寛仁二年（一〇一八）に典侍《ないしのすけ》、敦良《あつなが》親王が元服した際に従四位下、治安三年（一〇二三）に従三位とみえ、「藤三位《とうさんみ》」と称された。長元九年（一〇三六）に後一条天皇が崩御した時に素服を賜り（『左経記』類聚雑例）、まもなく出家した（『栄花物語』巻三十三）。

彰子の出産時に介添えをし、敦成親王の乳母となっているのは、彼女自身に出産の経験があったことによろう。豊子の子とみられる定経は、長和五年（一〇一六）に石清水臨時祭の舞人に選ばれた六位の兵衛尉《ひょうえのじょう》として名が見える。紫式部の娘である賢子（九九九年頃の出生）よりも年上であったかもしれない。

生まれが良く、帝の乳母として三位に至る豊子であるが、紫式部とは親しい関係にあった。『日記』にたびたび登場し、昼寝姿の描写もある。

萩、紫苑《しをん》、いろいろの衣《きぬ》に、濃きがうちめ心ことなるを上に着て、顔はひき入れて、硯の筥《はこ》に枕して、臥したまへる額つき、いとらうたげになまめかし。

（萩や紫苑といった色とりどりの衣に、濃い色のとりわけ艶のあるものを上に着て、顔は衣で隠して、硯の箱に頭をもたせかけて横になっていらっしゃる額のあたりが、とてもかわいらしく美しい。）

この時紫式部は、彼女の局の中に入り、「物語の女の心地もしたまへるかな（物語のヒロインでいらっしゃるみたい）」と言いながら口覆いを取りのけるという行動に出ており、同僚という立場を超えた紫式部と豊子の親しさがうかがえる。起こされた豊子は「もの狂ほしの御さまや。寝たる人を心なくおどろかすものか（頭でもおかしくなられたのではなくって。寝ている人を思いやりなく起こすなんて）」と怒っているが、そのやや赤らんだ顔も美しい、と記されている。既に定経という息子のいる豊子であるが、物語のヒロインになぞらえられるほど若々しく美しい女性であったのだろう。土御門行幸で御佩刀を捧持した際には、

「いと顕証《けそう》に、はしたなき心地しつる（とてもあらわで、きまりが悪い思いをしたわ）」と顔を赤くしているのが「こまかにをかしげなり」であったという。豊子の容貌は後述する場面でも「こまか」と表現されている。「こまか」「こまやか」は、『源氏物語』にも多く使われているが、容貌に用いられた例は少なく、具体的にどのような美しさであったのか解することは難しい。目鼻立ちは小さめだが、全体として整っていて繊細な印象を与えるということであろうか。

豊子は服装のセンスもあったらしい。土御門行幸では「衣の色も、人よりけに、着はやしたまへり（着物の色も、ほかの人たちより一段と引き立つように着ておられる）」とあり、寛弘六年（一〇〇九）正月には葡萄染の表着が「縫ひざまさへかどかどし（縫い方までも才気がある）」と評されている。なお、才気のある様子を表す「かどかどし」は、『日記』に七例も用いられる語で、紫式部が好んで用いた褒め言葉といってよい。『源氏物語』では、藤壺と比較しての紫上、女三宮と比較しての玉鬘に使われており、豊子に対する紫式部の評価の高さがうかがえよう。敦良親王の五十日において、豊子が「よりによって、袖口の色の組み合わせが良くない女房が前に出て、公卿や殿上人にまじまじと見られてしまった」と悔しがっているのは、彼女自身が衣装に気を遣い美しく見える工夫を凝らしていたからこその言といえる。ただ、紫式部は「織物でなかったのが良くないということでしょうか。でもそれは無理というもの」と、色の組み合わせが良くないと言われた女房たちに対して同情的である。禁色（織物の着用も含まれる）を許されている豊子に対し、紫式部は許されていない女房としての立場から、彼女たちの肩を持ったものであろう。

また、寛弘六年（一〇〇九）正月三日に敦成親王が清涼殿に参上するのにあたり、豊子が御佩刀を捧持して付き添っているが、その時の様子が「様態《やうだい》、もてなし、らうらうしくをかし。丈だちよきほどに、ふくらかなる人の、顔いとこまかに、にほひをかしげなり（姿かたちや態度が、ゆきとどいて好ましい。背丈がちょうどよく、ふっくらしている人で、顔がとてもかわいらしく、艶やかな美しさがある）」と描写されているのも注目される。「らうらうし」は、前述の「かどかどし」と同様、女性の聡明さを賛美する表現である。顔の美しさ、理想的なスタイルに加え、服装や化粧、立ち居振る舞いがゆきとどいた女性として描かれる豊子は、『日記』で批判される「いとあえかに児《こ》めいたまふ上臈たち（とてもはかなげで子どもっぽくおいでの上臈女房たち）」とは対照的な存在であり、紫式部は理想の中宮女房として彼女をみていたといえるのではないだろうか。

三　大納言の君と小少将の君

続いて、彰子にとって母方の従姉妹にあたる大納言《だいなごん》の君と小少将《こしょうしょう》の君をとりあげたい。通説では、大納言は源扶義《すけよし》女、小少将は源時通《ときみち》女とする。扶義も時通も左大臣源雅信《まさのぶ》の子であるが、倫子と同腹なのは時通である。

『日記』には、宰相の君と同様の主だった彰子付き女房としてこの両者が記されている。彰子の出産時に宰相の君が介添えとして几帳の中にいたことは既に述べたが、その外側にあたる「いま一間」には、この二人を含めた長年仕える女房と紫式部が伺候していた。敦成親王の御湯殿の儀においては、迎え湯を担当したのが大納言の君、若宮の先導役である御佩刀を小少将の君が担当している。彰子の内裏還啓時には、大納言の君と宰相の君が黄金造《こがねづくり》の車に、その次の車に小少将の君が宮の内侍《ないし》と乗るなど、宰相の君・大納言の君・小少将の君は、上臈女房として彰子の身近に仕えていたのである。

　大納言の君について、『御産部類記』所収の『不知記』には「源廉子〈左大弁扶義朝臣の女子也〉を以て御迎湯を奉仕す」とあり、ここから本名が廉子、父親が扶義ということがわかる。その後、敦成親王の東宮宣旨となり、長和元年（一〇一二）三条天皇の大嘗祭御禊《だいじょうさいごけい》において、第三車に乗車した「東宮宣旨扶義女子」（『御堂関白記』閏十月二十七日条）も彼女であろう。『新勅撰集』に載る紫式部との贈答には「従三位廉子」とあり、これによれば従三位に叙されたことがわかる。没年は不明であるが、長元九年（一〇三六）の後一条天皇崩御の際に素服をもらった女房の中に名前が出て来ない（『左経記』五月十七日条）ことから、これより前に没したものと考えられる。左大弁《さだいべん》を極官とする扶義の娘が「大納言」の呼称をもつことについては、長徳四年（九九八）に扶義が没したあと、その兄で大納言であった時中《ときなか》が没する長保三年（一〇〇一）十二月までの間に、時中を後見として出仕した可能性が指摘されている。

　一方で、『栄花物語』巻八は、以下のようなエピソードを載せる。倫子の同母兄弟の「くわかゆの弁」という人の娘が源則理《のりまさ》と離婚して彰子に仕え、藤原道長《みちなが》の愛情を受ける立場になったが、倫子は他人ではないということから許していた、その人が「大納言の君」である、というものである。「くわかゆの弁」は「勘解由《かげゆ》の弁」かと考えられるが、他に例がない語である上、扶義には勘解由使の経歴がみえない（扶義の子である経頼《つねより》にはある）。そこで、「くわかゆ」は「くらうと」の字体転訛であり、極官が蔵人弁《くろうどのべん》であった時通の女子が「大納言の君」だったとする説がある。この場合は大納言の君と小少将の君は姉妹ということになろう。また、この『栄花物語』のエピソード全体が、大納言の君ではなく小少将の君のものとする説もある。いずれにせよ、彼女たちはもともとの出自は高いが、女房として出仕しなくてはならない事情をもっていた。そこに、紫式部と相通じるところがあったとも考えられる。

大納言の君は、小柄で色白、つぶらに肥えて（当時の褒め言葉である）、背丈に三寸余る長い髪をもっていた。容貌は「顔もいとらうらうしく、もてなしなど、らうたげになよびかなり（顔もゆきとどいていて、立ち居振る舞いがかわいらしく可憐である）」という。寛弘五年（一〇〇八）十一月の内裏還啓を前に里居していた紫式部が、宮廷生活を恋しく思い、まず和歌を贈ったのが、毎夜彰子の近くに臥して話をする大納言の君であった。

浮き寝せし水の上のみ恋しくて鴨《かも》の上毛《うはげ》にさへぞおとらぬ

（仮寝した中宮様の御前ばかりが恋しく思われて、里居で一人過ごす寒さは、鴨の上毛に置く霜の冷たさにも劣らないことです）

大納言の君からは次の返事があった。

うちはらふ友なき頃の寝覚めにはつがひし鴛鴦《をし》ぞ夜半に恋しき

（霜を払ってくれる友のない眠れぬ夜は、一緒に過ごしたあなたのことが恋しくてなりません）

また、これに先立つ五月五日、彰子の安産祈願の法華三十講が行われた際に紫式部と大納言の君との間に交わされた贈答歌（『紫式部集』）も注目される。思い悩むことが少なければ楽しめただろうに、と涙ぐまれた紫式部は、心中を隠して次のように主家賛美の歌を詠んだ。

篝火の影もさわがぬ池水に幾千代澄まむ法の光ぞ

（篝火の光も揺れない、この安泰な池の水には、仏法の威光がいったい何千の御代にわたって澄み続けるのでしょうか）

しかし、紫式部からは「さしも思ふことももののしたまふまじき容貌《かたち》、ありさま、齢《よはひ》のほど（そう思い悩むことがおありとは思えない、容貌や年齢）」であるように見えた大納言の君が詠んだのは、紫式部の心中を理解し、受け止めるような次の歌であった。

澄める池の底まで照らす篝火にまばゆきまでもうきわが身かな

（澄んだ池の底まで照らす篝火に、身の置き所がないほどまぶしく感じられる、憂き我が身であることです）

大納言の君が道長の愛情を受ける立場であったとすると、懐妊した彰子を中心とした主家の栄華と引き比べ、自らの境遇を嘆く和歌を詠まずにはいられない心情が理解しやすい。そんな大納言の君だからこそ、里居をしていた紫式部の脳裏に、自分の思いを共有してくれる相手として浮かんだのではないだろうか。

小少将の君が通説通り右少弁《うしょうべん》源時通の女子だとすると、父親は永延元年（九八七）に出家している。女房呼称は、同母兄源雅通《まさみち》が「四位《しい》の少将」あるいは「源少将《げんのしょうしょう》」と呼ばれていたことによろう。

小少将の君と紫式部は、それぞれの局を一つに合わせて使用し、間には几帳の仕切りだけを置いていたという。それを見た道長が、「お互いに秘密の恋人ができたらどうするの」などとからかうが、そのようなこともないので安心だ、と紫式部は言っている。二人が気の置けない仲であったことがうかがえる。

内裏還啓後に、冷えた身を暖めつつ、愚痴（前述の馬中将のふるまいなども含まれよう）を言い合うのも小少将の君であった。そこへ男性官人たちが来て言葉をかけてきた。挨拶だけして帰って行く彼らの姿を見ながら「何ばかりの里人ぞは（大した妻が待っているわけではなかろうに）」と毒づく紫式部は、この感慨も小少将の君のことを思ってのことだ、と述べる。

小少将の君の、いとあてにをかしげにて、世を憂しと思ひしみてゐたまへるを、見はべるなり。父君よりことはじまりて、人のほどよりは、幸ひのこよなくおくれたまへるなめりかし。
（小少将の君が、とても上品で素敵なのに、人生を嫌なものと思い込んでいらっしゃるのを見ているからです。父君のことから始まって、人柄に比べてご運が格段にお悪いようなのだ。）

また、前述のように、紫式部は『日記』の中で「いとあえかに児めいたまふ上臈たち（とてもはかなげで子どもっぽくおいでの上臈女房たち）」を批判しているが、小少将の君はまさにそのタイプの女房だった。

小少将の君は、そこはかとなくあてになまめかしう、二月ばかりのしだり柳のさましたり。様態いとうつくしげに、もてなし心にくく、心ばへなども、わが心とは思ひとるかたもなきやうに物づつみをし、いと世を恥ぢらひ、あまり見苦しきまで児めいたまへり。（中略）あえかにわりなきところついたまへるぞ、あまりうしろめたげなる。
（小少将の君は、どことということなく上品で優雅で、二月頃のしだれ柳のような風情をしている。姿かたちがとても可愛らしく、立ち居振る舞いが奥ゆかしく、性格も、自分では物事を判断できないかのように遠慮をし、とても世間を恥じらい、見るに忍びないほど子どもっぽくいらっしゃる。（中略）どうしようもなくはかなげなところがおありなのが、とても気がかりだ。）

宰相の君や大納言の君と比べ、女房として活躍する様子が『日記』に見えないのも、小少将の君の性格によるものだったのかもしれない。さらに注目されるのは、「二月の柳」という比喩をはじめ、小少将の君の「あて」「うつくしげ」「あえか」という描写が『源氏物語』の女三宮と、「物づつみ」「児めく」「あえか」が夕顔と共通するという点である。女房としての資質はそれとして、紫式部が小少将の君に同情的な視線を注いでいたのは間違いない。

小少将の君は紫式部より早く亡くなったらしい。『紫式部集』には、小少将の君の死後、彼女が書いた私的な手紙が出てきたことをきっかけにした、加賀少納言《かがのしょうなごん》との贈答が残る（『新古今和歌集』にも）。加賀少納言がいかなる人物であるかは不明であるが、小少将の君の親族にあたる人物であったかもしれない。紫式部は「誰か世にながらへて見む書きとめし跡は消えせぬ形見なれども（誰がこの世に長く生き長らえて見ることでしょうか。書き留めたこの筆跡は、消えない故人の形見ですけれども）」と詠み、加賀少納言は「亡き人をしのぶることもいつまでぞ今日のあはれは明日のわが身を（亡き人をしのぶこともいつまででしょうか。今日の悲しみは、明日の我が身に起こることなのかもしれないのですから）」と応えている。

四　伊勢大輔

伊勢大輔《いせのたいふ》は大中臣能宣《おおなかとみのよしのぶ》の孫、輔親《すけちか》の娘である。寛弘四年（一〇〇七）頃に彰子のもとに出仕したものと考えられている。夫である高階成順《たかしななりのぶ》との間に康資王母《やすすけおうのはは》らの優れた歌人をもうけた。

小倉百人一首で著名な伊勢大輔の和歌「いにしへの奈良の都の八重桜けふ九重ににほひぬるかな」は、彰子のもとに出仕して間もない、寛弘四年の詠である。『伊勢大輔集』によると、奈良から扶公僧都《ふこうそうず》が八重桜を献上した際、「今年の取り入れ人は今参りぞ」と紫式部が譲ったところ、道長に「ただには取り入れぬものを（何もせずには受け取らないものなのに）」と言われ、詠んだ歌であった。この歌は大評判となり、伊勢大輔の当意即妙の才が讃えられた様子が、「万人感嘆、宮中鼓動す」（『袋草紙』）と後代にも伝えられている。女院（＝彰子）からの返歌「九重に匂ふを見れば桜狩り重ねて来たる春かとぞ思ふ（宮中に美しく咲き匂う八重桜を見ると、桜見物をする春が再びやってきたかと思われることです）」は、『紫式部集』によれば紫式部による代詠であった。重代の歌人の家に生まれた伊勢大輔の華々しいデビューは、紫式部のサポートによるものだったのである。

『日記』には、「伊勢の祭主輔親がむすめ」と明示される「大輔」のほかに、長年彰子に仕えている「大輔の命婦」、五節の舞姫の介添役をしていた左京《さきょう》という女房に匿名で嫌がらせめいた贈り物をした際、和歌を書いた「大輔のおもと」、「かどかどし」く美しい容貌の「小大輔《こたいふ》」といった女房が登場している。ベテラン女房とみられる大輔の命婦は別人としても、「大輔のおもと」と「小大輔」が伊勢大輔と同人かについては解釈が分かれる。もし、左京の君への和歌を書いたのが伊勢大輔だとすると、彼女は紫式部のいわば「共謀者」ということにもなる。

伊勢大輔の家集には、このほかにも紫式部との贈答が残っており、紫式部はこの才能ある後輩女房を好意的にみていたことがわかる。

紫式部、清水《きよみづ》に籠もりたりしに参りあひて、院の御料《れう》にもろともに御灯《みあかし》奉りしを見て、樒《しきみ》の葉に書きておこせたりし

（紫式部が、ちょうど清水寺に参籠している時に同じように参詣して、女院（＝彰子）のために一緒に灯明を献じたのを見て、樒の葉に書いてよこした歌）

心ざし君にかかぐるともし火の同じ光にあふがうれしさ

（心をこめて主君のためにかかげる灯火、その同じ光に遭遇できたのが嬉しいことです）

これに対して伊勢大輔が返したのが、「いにしへの契もうれし君がため同じ光に影を並べて（前世からの

宿縁も嬉しいことです。主君のため、同じ光に二人が影を並べて）」という歌であった。この贈答からは、偶然清水で遭遇し、同じ彰子に仕える女房同士の絆を確認し合う両者の姿がうかがえる。また、この贈答はいずれも物名歌で、「心ざし君に」「うれし君が」の「し君」に「樒」が隠されている。この「樒」の物名歌は、ほかに『源氏物語』若菜下巻の朧月夜の和歌に見られるだけの特異な表現で、この贈答と物語の先後関係は不明であるが、あるいは『源氏物語』を前提にしたやりとりであったのかもしれない。

興味深いことに、伊勢大輔の孫（娘である康資王母の養女とみられる）の郁芳門院安芸《いくほうもんいんあき》は、とある庚申の夜の歌会において、『紫式部集』の和歌を参考にしたとおぼしき歌を詠んでいる（『郁芳門院安芸集』）。

　庚申の夜の題、水鶏《くひな》

槙の戸を強ひても叩く水鶏かな月の光のさすを見る見る

（槙の戸を強引に叩くように鳴く水鶏であることよ。月の光が射す、すなわち戸を閉めるのを見ていながら）

　同じ題、二人して詠めと仰せられしかば

（同じ水鶏の題を、二人で詠めと仰せがあったので）

天の戸も叩く水鶏や聞こゆらむ急ぎぞ明くる夏の東雲《しののめ》

（天の戸も叩く水鶏の声が聞こえるのでしょうか。慌ただしく明けるものです。夏の東雲の頃よ）

この「槙の戸」「天の戸」をそれぞれ詠み込むのが、『紫式部集』に見える紫式部と小少将の君の贈答である。

　内裏《うち》に水鶏の鳴くを、七八日の夕月夜《ゆふづくよ》に、小少将の君

（内裏で水鶏が鳴くのを、七、八日の月が出ている夜、小少将の君）

天の戸の月の通ひ路ささねどもいかなる方に叩く水鶏ぞ
（天の戸の月の通い路は閉じていないというのに、どこで鳴く水鶏なのでしょう）

返し

槙の戸もささでやすらふ月影に何を飽かずと叩く水鶏ぞ
（槙の戸も閉じずに留まっている月影に、何を満足せずに鳴く水鶏なのでしょう）

「槙の戸」「天の戸」を詠み込む贈答はほかに例がない。水鶏の題を与えられた安芸は、紫式部の詠をふまえてまず一首目を詠み、『紫式部集』では二人で詠んでいるのだから、二人で詠みなさい」と求められて詠んだのが二首目であろう。安芸や、彼女が仕えた郁芳門院周辺で、この贈答がある種の教養として享受されていたことがわかる。祖母伊勢大輔から孫の郁芳門院安芸に、紫式部への敬愛が継承されたともいえようか。

主要参考文献

萩谷朴『紫式部日記全注釈』上下、角川書店、一九七一年、一九七三年
中嶋朋恵「紫式部日記の服飾描写私見」『国文学言語と文芸』八七、一九七九年
久保木哲夫『伊勢大輔集注釈』貴重本刊行会、一九九二年
長澤聡子「『紫式部日記』「かどかどし」と女房達」『解釈』四九―一二、二〇〇三年
福家俊幸『紫式部日記の表現世界と方法』武蔵野書院、二〇〇六年
増田繁夫『評伝　紫式部――世俗執着と出家願望』和泉書院、二〇一四年

池田節子『紫式部日記を読み解く　源氏物語の作者が見た宮廷社会』臨川書店、二〇一七年
久下裕利「紫式部から伊勢大輔へ――彰子サロンの文化的継承」『学苑』九二七号、二〇一八年
諸井彩子『摂関期女房と文学』青簡舎、二〇一八年
諸井彩子「彰子女房文化の継承――郁芳門院安芸とその集を中心に」桜井宏徳・中西智子・福家俊幸編『藤原彰子の文化圏と文学世界』武蔵野書院、二〇一八年
中西智子『源氏物語　引用とゆらぎ』新典社、二〇一九年
笹川博司『紫式部日記』和泉書院、二〇二一年

コラム 2

女房たちの装束

――『紫式部日記』に描かれた女たち

永島朋子

寛弘《かんこう》五年（一〇〇八）十月十六日、紫式部は藤原道長《みちなが》の邸宅である土御門第《つちみかどだい》で、天女《てんにょ》と見まごうばかりの女性たちの姿に目をとめた。この日、一条天皇は中宮藤原彰子が生んだ敦成《あつひら》親王に対面するために行幸《ぎょうこう》という手続きをとって、土御門第を訪れていた。天皇の正式な移動であるため、天皇の動きに常にしたがう剣《けん》と璽《じ》が二人の内侍《ないし》の手で運ばれていたのである。

彰子に仕えていた紫式部は、「御佩刀《みはかし》」を手にした左衛門《さえもん》の内侍（掌侍《しょうじ》橘隆子かと言われるが未詳）と、「しるしの御筥《みはこ》」（天皇の印鑑を入れた筥）を手にした弁《べん》の内侍（未詳だが掌侍とも）という二人の女房《にょうぼう》の装いを「その日の髪上《かみあ》げ、うるはしき姿、唐絵《からえ》をかしげにかきたるやうなり」と、『紫式部日記』に記している。

彼女たちは、髪上げをし、裳《も》・唐衣《からぎぬ》・裙帯《くんたい・くたい》を身につけ、華やかで美しい装いをしていた。これが内裏や宮に仕える女房たちの正式な装いである。この時代の女性たちは、正式な装いを必要とする場では、額髪《ひたいがみ》（前髪のこと）を束ね、根元を白い元結《もとゆい》で結び、そこに釵《さい》子《し》と呼ばれる簪《かんざし》を結びつけて固定していた。そして、唐衣と呼ばれる丈の短い唐風の上衣を、表着《うわぎ》（いちばん上に着る袿《うちき》）に重ね、下衣には袴《はかま》をはき、裳を腰から下を覆うようにめぐらし、左右に飾り紐のついた広幅の帯をむすんでいた。

女房たちの正式な装いは、后の前でも変わらない。たとえば、『紫式部日記絵詞』には、敦成親王の誕生から五十日目の祝いを描いた場面がある（紫式部日記絵巻、五島本第二段）。東西に几帳を並べ、高麗縁《こうらいべり》の畳が敷きつめられている画面中央の奥には、畳の上に茵《しとね》と呼ばれる敷物をしき、その上で若宮を抱いている女性がいる。女性は彰子とされ（別人説もあり）、鮮やかな赤色や青色、黄色などの衣装を身につけているが、裳・唐衣をはぶいた小袿《こうちき》姿である。中央には、白地《しろじ》に文様を描いた地敷《じしき》（敷物《しきもの》）と、その上に高盛りした御膳が規則正しく並べられている。御膳の近くには、配膳役とおぼしい女性たちが三人ほど控えている。女性たちは頭頂部を一つに束ね、

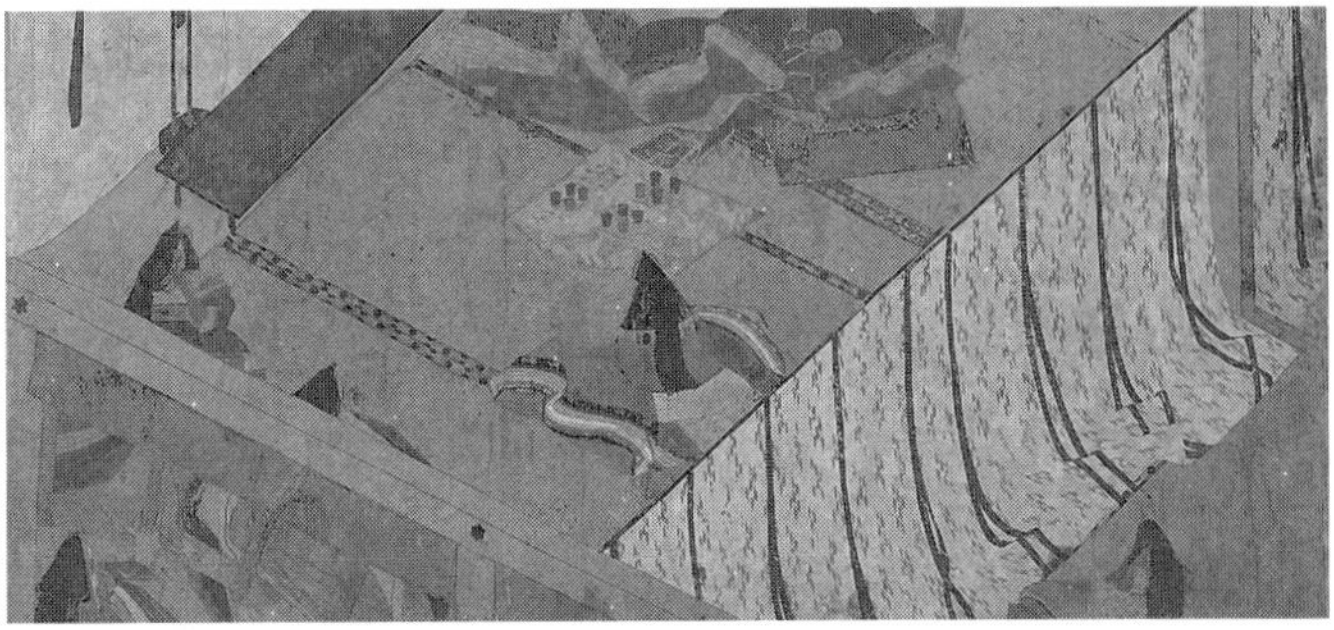

紫式部日記絵巻、五島本第二段（五島美術館蔵　撮影：名鏡勝朗）

裳・唐衣を身につけた正装である。

『紫式部日記』によれば、敦成親王の五十日《いか》の祝《いわい》は、霜月《しもつき》（旧暦十一月）の一日《ついたち》のことであった。紫式部は、中宮彰子に仕える女房たちが例にならって着飾り、中宮の御前に参り集った様子を、まるで絵に描かれた物合せの場面と同じであったと記す。この時の「御まかなひ」（給仕役）は、宰相《さいしょう》の君讃岐《さぬき》と呼ばれる道長の姪で大納言藤原道《みち》綱《つな》の女《むすめ》である藤原豊子が、「若宮の御まかなひ」は大納言の君と呼ばれた源扶義《すけのり》の女廉子が担当しており、いずれも彰子に仕

えた上臈女房たちであった。給仕役に御膳を取り次いで運ぶような女性たちは「釵子・元結などしたり」と、彰子の御前では頭頂部に髪を束ねた髪上げ姿であったことが記されている。また、彰子に仕える女房といっても決して同列ではなく、「色ゆるされたる」女房（上臈女房に相当）と、色や綾の使用を「ゆるされぬ」女房の区別があったことが描かれている。

紫式部自身は、ぎりぎり青色や赤色の唐衣および綾織物《あやおりもの》の着用が「ゆるされぬ」女房であったらしい。女性は、公的に着用が認められていたもの以外は、父親や夫の位階によって着用することのできる色および材質が決まっていたのである（延喜弾正式54婦人衣服色条・58五位以上女条・63鈍紫裙条・64蘇芳《すおう》色条など）。紫式部は女房たちの装いを細かく観察していたらしく、『紫式部日記』にはその一端が現われている。加えて、紫式部は、当時としては珍しい独自の衣服哲学を有していたとされる。自身の大著である『源氏物語』のなかで、人柄やその場の情景にぴたりと合った衣装を、その人らしく着こなしている様子を風情あるものとして描写するような感覚の持ち主でもあった。

主要参考文献

小松茂美編『紫式部日記絵詞』コンパクト版日本の絵巻9、中央公論社、一九九四年
池田節子『紫式部日記を読み解く――源氏物語の作者が見た宮廷社会』臨川書店、二〇一七年
近藤富枝『服装で楽しむ源氏物語』ＰＨＰ研究所、二〇〇二年

第十二章

公卿たちとの交流

――紫式部の男性の好みとは

東海林亜矢子

紫式部は夫と死別した後、中宮彰子の宮に出仕し、男性貴族と交流することになる。彼女が記した『紫式部日記』には、一条朝の寛弘五年（一〇〇八）九月十一日に中宮彰子が実家の土御門殿《つちみかどどの》で皇子敦成《あつひら》を出産した前後の様子などが記録されており、中でも誕生五日目の祝宴である五夜《ごや》の産養《うぶやしない》、十月十六日の一条天皇の土御門行幸、十一月一日の誕生五十日目の祝宴である五十日儀《いかのぎ》などの行事には多くの公卿《くぎょう》（主に三位以上の高位貴族）が参加している。そのような中で目にし、言葉を交わした公卿のうち、式部はどのような男性を好ましく思い、不快に思ったのであろうか。彼女の好みを日記からのぞいてみよう。

なお、見出しの下の官位・年齢は寛弘五年現在のものである。

一　藤原斉信――従二位権中納言・中宮大夫（四十二歳）

『紫式部日記』（以下、『日記』と省略。出典を記さない史料は『日記』による）にもっとも頻繁に登場する公

敦成五十日儀の宴後半の様子を描いた『紫式部日記絵巻』の場面。中央が盃を片手に催馬楽を吟じる藤原斉信、左上が女房に戯れる藤原顕光、中央下が女房の袖口を数える藤原実資、右側の簀子に並ぶ男性の中央が藤原公任だという。紫式部は画面外の下側から実資に話しかけようとしているところだろうか。（五島美術館蔵　撮影：名鏡勝朗）

卿の一人が藤原斉信《ただのぶ》である。斉信は中宮大夫《ちゅうぐうだいぶ》という、中宮彰子とその宮の事務や家政を処理する中宮職の長官であるため、彰子出産という一大事に連日泊まり込み、出産後の祝宴では接待側の責任者として立ち働いていた。皇子誕生直後の様子からは心の底から湧き上がる喜びが伝わってくる。

宮の大夫、ことさらにも笑みほこり給はねど、人よりまさる嬉しさの、おのづから色にいづるぞことわりなる。

（斉信様はことさら得意げに笑われるわけではないが、人一倍の嬉しさが自然とお顔に出るのも当然でしょう。）

藤原斉信は、道長父兼家《かねいえ》の異母弟、一条朝初期の太政大臣藤原為光《ためみつ》の子で、道長のイトコにあたる（巻末系図参照。以下同じ）。一条朝四納言の一人に挙げられる有能な政治家で、文人としての評価も高い。斉信は彰子立后時に中宮権大夫、ついで大夫に任じられ、三条朝では皇太子敦成の春宮大夫《とうぐうだいぶ》、後一条朝では威子（道長三女）の中宮大夫を務めており、宮司の人選は后の実家や皇子の外戚に任されるのが通例であることを考えると、道長の信頼がいかに厚かったかがわかる。それは斉信の忠勤の裏返しでもあって、『小右記』の記主藤原実資《さねすけ》には「恪勤《かくごん》の上達部《かんだちめ》」「朝夕、左府の勤めを致すか」と道長への追従ぶりを揶揄《やゆ》されている（寛弘二年〈一〇〇五〉五月十四日条）。また「貪欲・謀略、其の聞こえ、共に高き人なり」（同八年七月二十六日条）と批判されるなど、出世欲が旺盛でその人柄を悪く言う向きもあった。

ところで、王朝文学に詳しい人は、斉信と言えば『枕草子』に登場する才気煥発な貴公子・頭中将《とうのちゅうじょう》を思い出すかもしれない。清少納言と男女の仲にあったという説もあるほど親しく機知に富んだやりとりをしていた斉信は、清少納言の主人である中宮藤原定子やその実家である中関白家に近い人物として描かれるが、実は、定子の兄弟伊周《これちか》・隆家《たかいえ》が左遷されたその日に代わって公卿となっており、すでに道長陣営に与していたと考えられる。そのため、もし彰子が男子を生まなければ一条天皇の後継は定子が生んだ第一皇子敦康《あつやす》となる可能性が高くなり、中関白家を見捨てた形の斉信は不都合な状況に陥ったに違いない。つまり、斉信にとって敦成誕生は賭けに勝った瞬間ともいえ、最初に見たように「人よりまさる嬉しさ」だったのであろう。

さて、斉信は五十日儀では、右大臣藤原顕光《あきみつ》が場の空気を悪くした（後述）直後に得意の催馬楽《さいばら》を吟《ぎん》じながら颯爽と登場する。斉信は朗詠《ろうえい》（詩などに節をつけて声高く吟じること）の名手であった。嫌な空気を一掃するためと解釈されており、宴の責任者としての有能さを表す場面といえそうである。

また、舟遊びを見て『白氏文集《はくしもんじゅう》』の漢詩をもとに式部がつぶやいた句を聞き、斉信が続く一句を即座に吟じた時には「うち誦じ給ふ声もさまも、こよなう今めかしく見ゆ（吟じられる声も様子も格別に気が利いてみえる）」と賞賛している。式部にしては珍しい公卿との当意即妙のやりとりの記述で、まるで『枕草子』の一節のようである。

『日記』の中で式部は、姫君気分の上臈《じょうろう》女房たちが公卿の応対ができないため、斉信が目的を果たせず帰ることがあると嘆く。「うもれたり（沈滞している）」と噂される彰子の宮を考えると、同じ一条キサキであった定子の宮の華々しさを意識せざるをえず、特に斉信が定子の宮で清少納言の応対を楽しんだ人物であるゆえに、なおさら職責を果たせない上臈女房を歯がゆく感じるのではないか。そしてその意識から、この漢詩の知識をもとにした斉信と自分の交流を記したくもなったのかもしれない。

紫式部は、大夫として有能に働き、才気あふれ、しかも落ち着いたふるまいの斉信に好意的である。ただし彼の「過去」を意識して打ち解けることはなかなか難しかったのか、「け遠き（疎遠な）人々」として斉信を挙げてもいる。そのため好意の度合としては百点満点のうち、七十点というところであろうか。

二　藤原顕光――正二位右大臣（六十五歳）

右の大臣寄りて、御几帳のほころび引き断ち、乱れたまふ。「さだ過ぎたり」とつきしろふも知らず、扇を取り、たはぶれごとのはしたなきも多かり。

（右大臣が寄ってきて、御几帳の綻びを引きちぎって酔い乱れなさる。いい年して、とつつき合っているのも気づかずに、女房の扇を取り上げ、みっともない冗談をあれこれおっしゃる。）

五十日儀の宴も後半になると、公卿たちは中宮や女房たちがいる寝殿に召された。みなすっかり酔っているが、中でもひどかったのは右大臣藤原顕光である。顕光の座がある簀子敷《すのこじき》と女房たちが居並ぶ庇《ひさし》の間には外からの視線を遮るように几帳《きちょう》が立てられていた。その几帳の縫い目を顕光はひき破ってしまったのである。さらに女房が顔を隠している扇を取り上げるわ、下品な冗談は連発するわ、相当迷惑な酔っ払いであった。しかも右大臣の顕光の座と対面する几帳の内側にいるのは最上位の女房で、そのうちの一人、宰相の君の父は、顕光の隣の隣に座っている大納言藤原道綱《みちつな》である。父親の目の前で娘にセクハラまがいとはますますとんでもない話である。女房たちから「いい年してみっともない」と顰蹙をかっているのにも気づかない六十五歳の酔っ払いに、式部の眼差しが嫌悪感に満ちるのは仕方なかろう。

この翌年に彰子が生んだ皇子敦良《あつなが》の五十日儀でも顕光は失態を犯す。『日記』は「いみじきあやまち」と書くだけだが、『御堂関白記《みどうかんぱくき》』によれば、天皇のための美麗な御膳の飾り物の鶴を取ろうとして折敷《おしき》を壊したらしい。あまりにも分別の無い行動にみな呆れ返ったと記されるように、顕光は男性からの評判もすこぶる悪かった。

藤原顕光は、道長父の兄である円融朝の関白兼通《かねみち》の長男で、母は醍醐天皇孫女、妻は村上天皇皇女と血統は折り紙付きである。病気や政変によって周りが脱落したため道長に次ぐ地位に二十年いたものの、失態・失礼は数知れず、能力に問題があったことは間違いない。道長には「本《もと》より白物《しれもの》なり」（『御堂関白記』長和五年〈一〇一六〉正月三十日条）「至愚《しぐ》のまた至愚なり」（『小右記』同年正月二十七日条）、実資にも「万人嘲哢《ちょうろう》す」（同寛仁元年〈一〇一七〉十一月十八日条）と辛辣に評されていた。

ただし今回の醜態に関しては多少の情状酌量の余地はあるかもしれない。実は顕光の長女元子は一条天皇の女御であり、一時は非常に寵愛され、彰子入内前に「懐妊」もしていたのである。顕光は大いに喜んだが、ただ水が流れ出て終わるという悲劇的な結末を迎えてしまう。顕光にしてみれば、彰子の皇子出産は、天皇外祖父というかつて自分が見た夢が完全に破れたということであり、盃を過ごし悪酔いしてしまうのもわからなくはない。

とはいえ、目の前で同僚女房に下品な行為をする男性はただただ不快で、彼なりの事情を考慮しても、紫式部からすればマイナス百点というしかなかろう。

三　藤原実資──正二位権大納言・右近衛大将（五十二歳）

その次の間の東の柱もとに、右大将寄りて、衣の棲、袖口かぞへたまへるけしき、人よりことなり。酔ひのまぎれをあなづりきこえ、また誰れとかはなど思ひはべりて、はかなきことども言ふに、いみじくざれ今めく人よりも、けにいと恥づかしげにこそおはすべかめりしか。盃の順の来るを、大将はおぢたまへど、例のことなしびの「千歳万代」にて過ぎぬ。

（その次の間の東の柱下に、実資様が寄りかかり、女房の衣の棲《つま》や袖口の襲《かさね》の数を数えていらっしゃる様子も他の人とは違う。酔いにまぎれてと気を許し、誰だかおわかりにならないだろうと思って、とりとめのないことを話しかけたところ、ひどく当世風に気取っている人よりも実にご立派でいらしてこちらが恥ずかしくなるほど。盃がきて和歌を詠む順が回ってくるのを恐れていらしたが、例の無難な「千歳万代」と詠んでやりすごしていた。）

この実資《さねすけ》に対して、紫式部は驚くほど好意的である。女房の衣を数える、というのは衣の色や襲の数が贅沢禁止令に違反していないかのチェックと解釈される。しかし実資は取り締まりの部署ではないし、女好きとの言説もあり（『古事談』二ノ三十九）、実はちゃっかり御簾内をのぞき女房たちの胸元や袖口をじろじろ見たかったのではないかという疑念を持たないでもないが、酔っていても他の人とは違って素敵、という式部である。さらに珍しく自分から話しかけ、対する実資の受け答えも賞賛する。どうやら式部は賢さをひけらかしがちな才気煥発なタイプは好きではないらしい。その典型とも言うべき清少納言への辛辣さを考えればそのとおりで、同じ有能でも公任や斉信などの四十代文化人よりも謹厳実直な五十男が好みということか。賀歌の詠進でも、歌の一つや二つすらすら詠めないのかしら、と批判するでなく、むしろ怖気づいているさまを微笑ましく見守っているのであった。

藤原実資は摂関期の最長日記である『小右記』を記し、「賢人右府」と呼ばれた当代一流の博識な政治家である。冷泉・円融朝の摂政関白藤原実頼《さねより》の孫にして養子で、北家嫡流である小野宮流の誇りと莫大な財産を受け継いだが、実頼の弟師輔《もろすけ》(道長の祖父)から始まり後宮政策に成功した九条流と比べて、権力や官位ではすっかり遅れをとっていた。それでも実資自身は、若い頃は天皇の秘書長官ともいうべき蔵人頭《くろうどのとう》を三代にわたって務め、その後も数十年にわたり公卿の中でも重責を担った。右大臣の時に久しく絶えていた政務儀礼を取り仕切った際には、ミスが一つもない運営ぶりに公卿・殿上人から実務官人まで見物に並び、見に行かなかった内大臣教通《のりみち》が父道長に非難されるほど別格の有能さであった(『小右記』治安元年〈一〇二一〉十一月九日・十六日条)。時に正論を主張し、時に自流の故実に固執して、道長に反対意見を言うこともあるため、道長の病を喜ぶ公卿として噂されることもあるが(長和元年六月二十日条)、日記の中では批判しても現実には迎合することも多々あり、決して道長の敵対勢力ではない。

特に道長の長女である彰子に対しては「賢后」とほめるなど評価が高く、養子の任官の斡旋を頼んだり、病気見舞いをされたりと良好な関係であった。そしてその取り次ぎをしたのが、紫式部なのである。

「女房に相逢ふ〈越後守為時《ためとき》の女。此の女を以て、前々、雑事を啓せしむるのみ。〉」（『小右記』長和二年〈一〇一三〉五月二十五日条）とあり、以前から彰子にさまざまなことを申し上げる際の取り次ぎ担当であった女房が藤原為時娘、つまり式部であった。

公卿が「心よせの人」といって決まった女房に主人への取り次ぎを頼むことはよくあり、彰子が皇太子母という立場になった三条朝前半頃に実資がやりとりをした宮の女房はほぼすべて式部と考えられ、『小右記』に少なくとも十回ほどは登場している。一般的な取り次ぎはもちろんのこと皇太子の病状や宴の中止理由などを教えてくれる情報源でもあった。面倒な仕事をさせようとした道長の意向を知ってあえて実資を召さなかった彰子の心遣いを伝えて実資を感激させたこともあった（長和二年四月十五日条）。

一条天皇周忌法会の翌日に実資が彰子の宮に参上し「女房」に取り次いでもらった時のこと、哀しみを新たにする彰子に対して実資も亡き一条が思い出されて涙をこぼす。「女房の見る所を憚らず、時々、涙を拭ふ。猶ほ留め難し（女房は見ているけれど遠慮せず、ぬぐってもぬぐっても涙がとまらない）」（長和元年五月二十八日条）と、実資と紫式部は取り繕う必要のないなじみ深い間柄になっていた。式部は実資にとって得難い人材であったろうし、実資と彰子の良好な関係に一役買ってもいたのである。

その根底にある式部の実資への格別な好意は一条朝に記した『日記』にすでに表れているのであった。紫式部の実資への好感度は非常に高く、九十点としておきたい。

四　藤原公任――従二位中納言（四十三歳）

「あなかしこ、このわたりに、わかむらさきやさぶらふ」と、うかがひたまふ。源氏に似るべき人も見え給はぬに、かの上は、まいていかでものし給はむと、聞きゐたり。

(「このあたりに若紫はおいでですか」と女房がいる御簾内をおのぞきになる。光源氏のような素敵な方もいらっしゃらないのに、まして紫の上がいるわけありませんわ、と私は聞き流しました。)

藤原公任《きんとう》と紫式部といえば、まずこの敦成五十日儀の折のエピソードである。女房名が藤式部であったであろう彼女が「紫式部」と呼ばれるきっかけになったともいわれ、『源氏物語』の存在が確認できるもっとも古い日付でもある。呼びかけは「我が紫」であるとか、「若」という言葉で式部をからかっているとかいう解釈もあるが、いずれにせよ、公任は自分自身を当時の話題作『源氏物語』のヒーロー光源氏になぞらえて、作者をヒロインに見立てるという少々のサービスを込め話しかけたわけである。それに対して式部が当代随一の文化人である公任より自らの創作人物を上に見ているのはおもしろいが、あくまで心の中のみの反論である。表立つことを嫌う式部らしいが、公任は軽口をたたけるような人物ではないことも関係しているのかもしれない。

藤原公任は円融・花山朝の関白藤原頼忠《よりただ》の長男で、母は醍醐天皇の孫王、同母姉は円融天皇皇后遵子である。若い頃から非常に才芸に優れ、道長の父兼家《かねいえ》が息子たちを前に「公任はすべてに優れていて、お前たちはその影さえ踏めないだろう」と嘆いたという逸話が『大鏡』にある。もっともこれは、恥じ入る兄たちと異なり「公任の影ではなくて顔を踏んでやる」と豪語した道長を賞賛する流れで、実際のところ、政治的な面では道長はあっというまに公任を抜き去ってしまう。公任も一条朝四納言の一人で政治家としても評価され、政務手続や儀式の詳細を記した『北山抄』が貴族社会で長く重用された有職故実家でもあったが、その真骨頂は言うまでもなく文化面である。

公任の多才ぶりがよくわかるのが三舟の才のエピソードだ（『大鏡』）。道長主催の舟遊びで、漢詩・管弦・和歌の三つの舟を仕立ててそれぞれ得意の人を乗せて才を競わせた時のこと、公任は道長にどの舟に乗るか尋ねられた、つまり、すべての舟に乗ることができるマルチな才能の持ち主だとのお墨付きをもらったのである。

『枕草子』には白楽天《はくらくてん》の漢詩を元にした清少納言と公任の機知に富んだやりとりが記されているし、小倉百人一首にももちろん採られ、「滝の音はたえて久しくなりぬれど名こそ流れてなほ聞こえけれ（滝の音ははるか昔に絶えてしまったがその評判はずっと残り今も聞こえている）」がそれである。三十六歌仙が彼の撰によるように、一大権威であった公任は当時の歌詠みの尊敬と憧れの対象であり、藤原範永《のりなが》（和泉式部の娘小式部内侍《こしきぶのないし》の夫）は公任が自分の和歌を褒めてくれたと聞くとその歌の紙を錦の袋に入れ宝物として持ち歩き（『十訓抄』一ノ五十七）、歌の表現を批判された藤原長能《ながとう》（『蜻蛉日記』作者の弟で中古三十六歌仙の一人）は食事も喉を通らなくなりまもなく死んでしまったという（『袋草紙』『古今著聞集』一九一など）。

そんなカリスマ公任は、紫式部たちにとってもやはり特別な存在であったのだろう。五夜の産養で和歌の遊びが行われ、御簾内にひしめく三十人余りの宮の女房たちは、自分が指名され披露することになるかもと和歌を考えながらドキドキしていた。紫式部は歌の準備はばっちりで「四条の大納言にさし出でむほど、歌をばさるものにて、声づかひ、用意いるべし（公任様に指名されて歌を発表するときには、歌そのものはもちろん、読みあげ方にも気を遣わなくては）」とひそひそ言いあっていたという。かなりの気合の入りようであったが、結局、誰も指名されずに終わってしまった。おそらく式部の心には発表しないですんだ安堵と公任に指名され読み上げる晴れがましさを逃した落胆が渦巻いていたことであろう。先生からの指名を準備万端ながらドキドキして待つ学生とでもいうような、かわいらしい式部の姿であった。

とはいえ公任が高尚な文化人かというとそんなことはない。例えば円融朝で姉が皇后になった時、すでに皇子を生んでいた女御藤原詮子（一条母后）に「こちらの女御はいつ后に立つのかな」と暴言を吐いたという逸話は（『大鏡』）浅はかとしか言いようがない。一方で道長政権下になるとあからさまに道長に迎合し、例えば彰子入内の際には、寿ぐ和歌を献上し屏風絵に名前入りで載るという身分低き職業歌人のようなことをし、最後まで拒否したイトコの実資に「道長に媚びへつらって情けない」と批判されている。また『日記』の数年前、一歳年下の権中納言藤原斉信に位を越されると怒りで辞表を提出、七か月後に斉信と同じ位に上げられるまで出仕しなかったという。実はこのとき辞表作成を依頼された大江匡衡《おおえのまさひら》は、妻赤染衛門《あかぞめえもん》のアドバイスのおかげで公任が気に入るものが書けた。それは「彼《か》の人ゆゆしく矯餝《きょうしょく》ある人（公任は非常に虚栄心や自尊心が強い人）」という人物分析のもと、名家出身でありながら不遇であることを強調したからであったという（『十訓抄』七ノ九）。

こうしてみると、紫式部も和歌などの判定者である文化人公任に対してはその権威を認め尊敬の念を感じていたようだが、一男性として、あるいは人間としての公任は才人ぶりがやや鼻についたのかもしれない。自分を光源氏に見立てた公任の呼びかけに答えなかったのも、式部から話しかけた実資に対する態度とは異なり、個人的な好意はそれほどなかったからではないだろうか。六十点というところか。

五　藤原頼通――正三位・春宮権大夫（十七歳）

最後は、今回取り上げる男性陣の中で、もっとも若い藤原頼通《よりみち》である。彰子出産を控え、女郎花《おみなえし》が咲いた秋の庭を眺めながら同僚女房と話していた紫式部の局に立ち寄った頼通の姿が『日記』冒頭近くに描かれる。

「をさなし」と人の侮づりきこゆるこそ悪しけれと、恥づかしげに見ゆ。うちとけぬほどにて、「おほかる野辺に」とうち誦じて立ちたまひにしさまこそ、物語にほめたる男の心地しはべりしか。

（幼いなどと人々が侮り申すのは間違いだとこちらが恥ずかしくなるほどご立派に見える。あまり打ち解けた話になる前に、女郎花の風景にぴったりの古歌を口ずさんでお立ちになった様子は、物語で誉めている男君のような気持ちがいたしましたよ。）

頼通は道長の長男で、母は正室源倫子、中宮彰子の同母弟にあたる。十五歳で公卿となった後も次々と昇進して二十六歳で摂政となり、以後、七十六歳まで実に五十年間、摂政または関白として権力を握り続けた。宇治平等院を造営したことでも有名な人物である。

それにしてもわずか数えの十七歳が、三十ばかりの女性二人が話している局に突然やってきて入り口に腰を下ろし、色めいた話をして好感をもたれるというのは、なかなか高いスキルが必要そうである。が、頼通は「いとおとなしく心憎きさま（大人っぽく心憎い落ち着いた態度）」で話をし、ほどよいタイミングで、式部たちを美しい女郎花にたとえるというリップサービスをしつつ去っていくという貴公子ぶりで、式部から物語の主人公みたいに素敵、との評価を得る。当代一の文化人の公任が自身を光源氏になぞらえた時には完全否定した式部であるが、「物語にほめたる男」と絶賛の頼通には、同じ十七歳で「雨夜の品定め」で女性について語った光源氏のイメージが重なったのかもしれない。

頼通への好感度の高さは、道長の他の子と比べても際立っている。同母弟教通（十三歳）が賀茂臨時祭の花形である勅使を務めた出立《いでたち》の儀を式部は見物したのだが、教通については「いとものものしくおとなびたまへる（たいそう堂々として大人びていらっしゃる）」と賞讃をするものの、それだけで話は教通を見守って感動している乳母に移ってしまう。道長の次妻である源明子所生の「小公達」についてはさらに顕著で、女房の局への出入りを聴されて登場するが、若い女房たちの「裳の裾、汗衫にまつはれてぞ、小鳥のやうにさへづりざれおはさうずめる（裳裾《もすそ》や汗衫《かざみ》にまとわりつかれ、小鳥のようにきゃあきゃあふざけていらっしゃるようだ）」と、幼いと「侮づりきこゆ」書き方である。頼宗《よりむね》（十六歳）、顕信《あきのぶ》（十五歳）と年齢はそう違わないのに「小公達」と呼んでいること自体、大人として扱われる頼通とは雲泥の差である。

やはり主家の未来に続く栄華のために後継者頼通の人となりは重要であるから、道長の他の子と比べて式部の興味は大きく、点数も相当甘くなっている部分があるのかもしれない。内親王降嫁の話で病気になる気弱な七年後の頼通、常に大殿道長を立てて顔色をうかがう十数年後の頼通、さらに弟教通や後朱雀天皇、後三条天皇に嫌がらせをする数十年後の頼通など、彼のイメージはさまざまあるが、『日記』に描かれた頼通は確かに非の打ちどころのない貴公子であり、これこそ式部の好みにあっているのではないだろうか。美化されている不安はあるが、ここでの好感度は実資と並ぶ最高点九十点にしておきたい。

六　おわりに――紫式部の男性の好みとは

五人の公卿をとりあげてきたが、『日記』からうかがえる紫式部の好みをまとめておこう。教養は必要だが才気煥発である必要はなく、むしろ才をあからさまにひけらかしたり、浮ついたりする部分があることは好ましくない。思慮深く仕事に真面目に取り組む、何よりも落ち着いた品のある男性、そして年齢は問わず、といったところであろうか。ただし、ここには夫藤原宣孝《のぶたか》も、もともとの雇用主で『日記』の中で賞賛の的である藤原道長も入っていない。そのため本論は、紫式部の男性の好みを検討する、あくまで途中経過としておきたい。

主要参考文献

萩谷朴『紫式部日記全注釈』上下、角川書店、一九七一年、一九七三年
加藤静子「『枕草子』の斉信・成信――後宮女房と男性官人たち」『王朝歴史物語の方法と享受』竹林舎、二〇一一年
小町谷照彦『藤原公任――余情美をうたう』集英社、一九八五年
中野幸一校注・訳「紫式部日記」『新編日本古典文学全集・和泉式部日記・紫式部日記・更級日記・讃岐典侍日記』小学館、一九九四年
三橋正「藤原実資と『小右記』」黒板伸夫監修・三橋正編『小右記註釈　長元四年上巻』八木書店、二〇〇八年

第十三章 天皇乳母としての大弐三位
――母を超えた娘

栗山圭子

「大弐三位という人を知っていますか?」 小倉百人一首に親しんだ方ならば「ああ、有馬山の歌の?」と返されるかもしれないし、文学や歴史に詳しい方なら「紫式部の娘ですよね?」と言われることがほとんどだろう。その通り、大弐三位藤原賢子は紫式部の娘として著名である。賢子は常に偉大な母と抱き合わせで語られてきた。研究史も豊富で、史料の少ない時期であることもあって、基本的な事績は尽くされている(柏木由夫「大弐三位賢子の生」)。

賢子自身が周囲から期待される「紫式部の娘」として宮廷生活を送っていた節もあり、娘である以上、母の存在を全く消し去って賢子を論じることはできないが、摂関政治期を生きた中級貴族層の一人の女性として、改めてその人生をたどることにしたい。

一　彰子女房として

誕生〜少女時代

藤原賢子の父は藤原宣孝《のぶたか》、母は紫式部である。二人は長徳四年（九九八）頃に結婚し、翌長保元年（九九九）頃に賢子が誕生したと考えられている（今井源衛『紫式部』新装版）。父の宣孝は、藤原氏北家《ほっけ》高藤《たかふじ》流《りゅう》と呼ばれる家系で、最終官歴は正五位下山城守、各国の国守（受領）をつとめる中級貴族の家柄である。しかし、父宣孝は賢子の誕生からわずか数年後の長保三年（一〇〇一）に死去した。

賢子幼少時の様子が分かる史料は残されておらず、賢子が病にかかった折に、女房たちが竹の生命力にあやかって病気平癒を祈っているのをみて、式部がわが子の無事の成長を祈って詠んだ歌が一首伝えられているのみである（『紫式部集』五十四）。

出仕

成長した賢子は、母と同様に後一条・後朱雀天皇の母后《ぼこう》藤原彰子に出仕することになった。賢子の出仕時期については、諸説があり一定していない。長和二年（一〇一三）頃に裳着をすませ十代前半には出仕していたとする説（増田繁夫『評伝　紫式部』）、または、二十歳を超えてからとする説（諸井彩子「大弐三位藤原賢子の出仕時期」）などがある。後者に関連して、紫式部の死と母を失った賢子の動静を伝える史料として、西本願寺本『兼盛集』の末尾にある「逸名家集」と呼ばれる歌群がある。そこには

同じ宮の藤式部、親の田舎なりけるに、いかになど書きたりける文を、式部の君亡くなりて、その娘

見侍りて、物思ひ侍りける頃見て、書き付け侍りける

（同じ宮〈彰子〉にお仕えしている藤式部が、親が田舎に下向しているときに「いかがお過ごしですか」などと書いた手紙を、式部の君が亡くなった後、その娘が見て、亡き母を偲んで物思いに沈んでいた頃に、その手紙を見て〈和歌を〉書き付けた）

とあり、母式部の死後、母がかつて祖父為時《ためとき》にあてた文を見ながら、賢子が亡き母を偲んでいる様子が分かる。紫式部の没年は、以前は長和三年（一〇一四）頃とみられていたが、『小右記』寛仁三年（一〇一九）正月五日・五月十九日条に登場する彰子方の「女房」が紫式部と考えられるようになり、寛仁三年以降に下ると推定されている（角田文衛「実資と紫式部」）。さらに、近年、寛仁四年（一〇二〇）春以降とする新説も提示されている（平野由紀子「逸名家集考」）。

ここで、賢子は「その娘」と称され、女房名で呼ばれていない。このことから、賢子の出仕を二十歳以降とする説では、母式部が死去した寛仁四年段階では賢子はまだ出仕しておらず、後述する源朝任《あさとう》と賢子の贈答歌から、朝任が蔵人頭《くろうどのとう》に在任していた治安二〜三年（一〇二二〜二三）春頃までに彰子に仕え始めたのではないかとしている（諸井彩子「大弐三位藤原賢子の出仕時期」）。

賢子はこうして母と同じ主人に出仕するようになったが、当時の貴族の常として多くの歌を詠み、勅撰集にも三十七首が採用される当代一流の歌人として評価された。その特徴は、新奇をてらうのではなく、古歌を摂取する傾向が強いという。さらに注目すべきは、母の大著『源氏物語』の歌や場面を取り入れた詠歌が見られることで、「紫式部の娘」という周囲の期待を意識したものだった可能性が指摘されている（中周子「大弐三位賢子の和歌」）。賢子の公的生活は、「紫式部の娘」として始まった。

二　賢子の恋

恋人たち

賢子の和歌を収めた『大弐三位集』や「端白切」(『大弐三位集』とは別系統の賢子の家集)には、賢子と貴族男性との間の贈答歌が収められており、賢子が数多くの恋を経験していたことが知られている。

そのうち、最初の恋人と目されているのが藤原定頼《さだより》である。定頼は、藤原氏北家の名門小野宮流《おののみやりゅう》の出身で、父は和歌・漢詩・管絃にマルチな才能を示した藤原公任《きんとう》である。最終官歴は正二位権中納言に至った。賢子との仲は、定頼が蔵人在任中の寛仁二〜三年(一〇一八〜一九)頃かと推測されている(森本元子『定頼集全釈』)。賢子の出仕を寛仁四年(一〇二〇)以降とするならば、定頼との関係は賢子の宮仕え前であったことになる(諸井彩子「大弐三位藤原賢子の出仕時期」)。

次が源朝任との交際で、その時期は、朝任が頭中将在任中の治安二〜三年(一〇二二〜二三)頃と考えられる。朝任は宇多源氏の家系で、父は源時中《ときなか》、祖父は源雅信《まさのぶ》。父の姉妹倫子は藤原道長の正妻である。最終官歴は従三位参議右兵衛督であった。

また、『後拾遺集』(恋四)には、賢子が「堀川右大臣」藤原頼宗《よりむね》のもとに送った情熱的な歌が一首残されており、頼宗とも一時恋愛関係にあったことが知られる。頼宗はいわずと知れた道長の息子で、最終官歴は従一位右大臣、当時の最上級階層の男性である。

一方、家集に贈答歌は伝えられていないものの、賢子の人生に転機をもたらすことになるのが、「左衛門督」との関係である。このあと詳しく述べるが、万寿二年(一〇二五)に誕生した親仁《ちかひと》親王の乳母に抜擢された際、賢子は「左衛門督の御子生みたる」と記されている（『栄花物語』巻二十六）。この「左衛門督」については、万寿二年段階で左衛門督に任官していた藤原兼隆《かねたか》とするのが通説である。兼隆は、藤原道長の兄藤原道兼《みちかね》の次男で、万寿二年当時、正二位中納言左衛門督、四十一歳であった。賢子は二十七歳である。

しかし、『大弐三位集』には兼隆との贈答歌はなく、『栄花物語』の記事以外に兼隆との関係を示す史料もないことから、兼隆とは一時的な交際に終わった可能性が高い。なお、『後拾遺集』（雑三）には、兼隆の息子兼房《かねふさ》（母は源扶義娘）と賢子との間で歌のやり取りがあったことが見える。康平六年（一〇六三）に兼房の子息の静範が天皇陵をあばいた罪で伊豆に配流された翌年、兼房が子を思う和歌を「うちの大弐三位がもとに」送っている。かつての父の恋人で、いまや天皇乳母として権力中枢に近い賢子を頼ったものとみることもでき、兼隆と賢子の関係を傍証するといえるかもしれない。

一方、「左衛門督」を藤原公信《きんのぶ》にあてる説もある（萩谷朴『紫式部日記全注釈』上巻）。藤原公信は、藤原北家藤原為光《ためみつ》の息子で、藤原道長の腹心の一人である兄斉信《ただのぶ》の養子となった。万寿二年当時、正二位権中納言左兵衛督、四十九歳であった。

賢子と公信の関係如何については、近年、全く別の方面からその可能性が指摘されている。賢子といえば、「百人一首」にも採用された

有馬山　ゐなの笹原風吹けば　いでそよ人を忘れやはする（『後拾遺集』恋二）

という和歌を思い出す人も多いだろう。実は、賢子以前の和歌では「有馬山」や「ゐな（猪名）」を詠んだ作例は多くなく、賢子がなぜそのようなマイナーな名所を歌に詠み込んだのかは謎とされてきた。しか

し、賢子が歌をやり取りする際には、相手の用いた歌枕を踏まえて返歌するという特徴があるという。そうした賢子の作風から判断すると、「有馬山の歌」は、湯治の地として名高い有馬に行っていた男からの便りに対する返歌で、その贈答相手は『栄花物語』中で有馬への湯治に関する逸話が記されている公信ではないかと考えられている（中周子「『有馬山ゐなの笹原』考」）。賢子の恋人は、果たして兼隆なのか公信なのか。あるいは二者択一ではなく、両方である可能性もあり得る。賢子の和歌は、彼女の数多くの「恋」の一端を、後世の私たちに伝えてくれる。

女房の人生

以上のように、賢子には数多くの上級貴族男性との交流があった。しかし、その関係はあくまでも「恋」であり「性愛」にとどまる。たとえ女房と権貴男性との間に子どもが生まれたとしても、多くの場合、その関係は一時的なもので、正式な婚姻とは見なされなかった（「左衛門督」兼隆を賢子の「夫」とする研究もある）。上級貴族との恋を繰り返し、場合によっては彼らの子を出産しつつ、女房奉仕を続ける、賢子もそのような女房の一人だった。しかし、その「恋」と出産が、このあとの賢子の人生を大きく飛躍させていく。

よく知られるように、摂関政治は、天皇に娘を入内させて、誕生した皇子を次代の天皇としていくことによって権力が維持されるしくみである。入内した道長の娘たちが次々に皇子女を産んだことによって、道長家の周辺は出産ラッシュが続いた。当時の貴族社会の慣習では、子女の養育は実母に代わって乳母《めのと》が担ったので、天皇家に新生児が誕生すれば乳母が必須となる。そこで人選されたのが、「宮の内の女房たち、さるべき君達の御子生みたる」(『栄花物語』巻十一)、まさに賢子のような、権貴男性と関係した女房たちであった。この時期の彰子らキサキたちの女房集団には、上級貴族男性との性愛と出産を経た、乳母候補者がストックされており、その中から、天皇家皇子女や摂関家子弟の乳母が選出されたのである。賢子の人生の第二幕が上がろうとしていた。

三　後冷泉天皇乳母

若宮の御乳母

万寿二年(一〇二五)八月三日、東宮(敦良《あつなが》親王、のちの後朱雀天皇)と道長の娘尚侍《ないしのかみ》嬉子との間に皇子が誕生する。親仁親王、のちの後冷泉天皇である。

若宮(親仁)の御乳母とされた頼成《よりしげ》の妻は、病にかかって退出した。その後任には、讃岐守長経《ながつね》の娘で、宰相中将(藤原兼経《かねつね》)の子を生んだ者と、また大宮の御方(彰子)に仕える紫式部の娘の越後弁、これは左衛門督の御子を生んだ者だが、この両者が奉仕することになった。(『栄花物語』巻二十六)

当初、親仁の乳母とされた頼成の妻(藤原惟憲《これのり》の娘)に替わって、急遽、讃岐守長経の娘とともに、賢子に白羽の矢が立った。ここで注目されるのは、賢子と同時に乳母に抜擢された讃岐守長経の娘が父の名を負っているのに対し、賢子は「宣孝の娘」ではなく、「紫式部の娘」として認識されていることである。やはり賢子は「母の娘」であった。また、今回抜擢された両者について、「宰相中将の子生みたる」「左衛門督の御子生みたる」と、ともに出産した点が強調されていることから、両者には、まさに乳母らしい乳母として授乳や養育が期待されていたことがうかがえる。また、ここで、賢子は「越後弁」と称されている。祖父為時の「左少弁」と「越後守」にちなんだ女房名である（諸井彩子「大弐三位藤原賢子の出仕時期」）。このときまだ賢子は「大弐三位」ではなかった。

若宮親仁の生母嬉子は、親仁を出産した直後に死去したため、母嬉子の姉（かつ父敦良の母）である彰子が親仁を迎えることになった。そのため、賢子は、彰子御所で乳母として親仁の養育にあたりつつ、彰子への奉仕を継続した。長元四年（一〇三一）に彰子が石清水社・住吉社に参詣した折には、その華々しい御幸に同行している。その際、賢子は、古参の尼女房が乗った一の車に続く二の車にて随行している（『栄花物語』巻三十一）。母紫式部が中宮時代の彰子の行啓に従った際は、馬の中将という女房と四番目の車に乗り、馬の中将の「わろき人と乗りたり」という態度に居心地の悪さを感じたというエピソードがある（『紫式部日記』）。同乗した同僚女房に冷たくあしらわれる母に比べ、賢子は、若宮乳母として、彰子の女房集団の中で高く位置付けられていたといえるのではないだろうか。また、長元五年（一〇三二）彰子御所において菊合が開催された際、賢子は「弁の乳母」として数首の和歌を残している（『大弐三位集』十三）。

長元九年（一〇三六）、後一条天皇の崩御により、後朱雀天皇が即位した。父後朱雀の即位により、天皇の第一皇子である親仁が次の東宮になることは必然であった。その頃の賢子は高陽院殿《かやのいんどの》で親仁に奉仕し、天皇の代替わりの際に行われる大嘗会御禊《だいじょうえごけい》では、御禊の行列を見物する親仁の車に同乗している（『栄花物語』巻三十三）。

長暦元年（一〇三七）七月に親仁は元服、八月に立太子《りったいし》した（十三歳）。元服した親仁は、母威子を亡くして彰子のもとに引き取られていた後一条天皇皇女章子内親王と結婚する。東宮親仁と東宮妃章子は内裏に入り、それぞれ梅壺と藤壺を居所とした。賢子も親仁に従って内裏に参入し、もと故威子の女房で威子の死後章子に仕えた出羽弁に対し、内裏でかつての主君を偲ぶ出羽弁の心を推し量って歌を送っている(『栄花物語』巻三十四)。

高階成章との結婚

この頃、賢子の私生活に変化が訪れる。高階成章《たかしなのなりあきら》との結婚である。二人がいつ出会ったのか、いつから婚姻関係と見なし得るのか正確には分からない。一方、成章の息子為家《ためいえ》の母は賢子である可能性が高いことが指摘されている(角田文衛「紫式部の子孫」)。嘉承元年(一一〇六)に六十九歳で死去した為家の没年から換算すると、為家が誕生したのは長暦二年(一〇三八)となり、遅くともその前年の長暦元年(一〇三七)までには、賢子と成章の関係が始まっていたことになる。長暦元年は親仁が立太子した年であり、成章は皇太子の事務をつかさどる東宮坊《とうぐうぼう》の職員(権大進)に任じられている(『公卿補任』天喜三年〈一〇五五〉)。東宮乳母と東宮坊官として接点が生じる中で、両者の関係が始まったのかもしれない。富裕な受領を夫に持つことは、女房奉仕を続ける賢子に安定をもたらしたし、一方の成章にとっても、今をときめく東宮乳母の夫となることで、自身の栄達が期待できた。双方にメリットのある結婚だったといえよう。

後冷泉天皇即位

寛徳二年(一〇四五)、後朱雀天皇の崩御により、いよいよ東宮親仁が登位することになった。後冷泉天皇の誕生である。「弁の乳母」賢子は典侍《ないしのすけ》となった。賢子は中下級貴族層の娘としてはキャリアのトップを極めたのである。新帝即位の日を迎えた賢子ら後冷泉の乳母たちは「朝日の輝き出づるを見る心地」がしたという（『栄花物語』巻三十六）。

典侍となった賢子の職務にはどのようなものがあったのだろうか。即位式当日に「弁の乳母、典侍になりて、その日の御まかなひしたまふ」とあるように、典侍の重要な仕事の一つに「御まかなひ」＝陪膳（食事の給仕）がある。その他、典侍は、湯殿における奉仕、整髪や衣類の着替えなど、天皇の身体に密着した奉仕を行った（脇田晴子『中世に生きる女たち』）。また、後冷泉キサキである章子や寛子（頼通娘）が立后する際には、内裏から派遣されてキサキの髪上（髪を頭上でまとめて結い上げること）に従事している（『栄花物語』巻三十六）。

「大弐三位」へ

天喜二年（一〇五四）、成章は大宰大弐《だざいだいに》となった。「大弐三位」という現在よく知られる賢子の女房名は、夫成章の任官した大宰大弐の役職にちなんだものである。よって、賢子が「大弐三位」と称されるようになるのは、天喜二年以降のことである。

賢子が詠んだ和歌の詞書に「後のたび、筑紫にまかりしに、門司の関の波の荒ふたてば」（『大弐三位集』三十六）とあるので、彼女が少なくとも二回は夫の任地である大宰府へ下向していることが分かる。受領の任地経営において妻の役割は大きかった（服藤早苗「摂関期における受領の家と家族形態」）。天喜六年（一〇五八）に、夫成章は赴任先の大宰府にて死去する（六十九歳）。「後家ら申請するところあり」（『定家朝臣記』天喜六年三月十六日条）とあるので、成章が死去したことにより、受領の妻として賢子が残務処理を行った可能性もある。

後冷泉朝

『栄花物語』では、後冷泉の人となりを「ご気性は物腰柔らかく、人を嫌って遠ざけることもなくご立派である。折々に管弦の御遊を催され、月の夜や花の折をお見過ごしになることもない。素晴らしいご治世である」と絶賛している。そして、それは風流心を解する乳母賢子の養育のたまものであるとされている（『栄花物語』巻三十六）。

後冷泉の治世は二十四年続いた。しかし、一見、平穏に推移したかに見える後冷泉朝は、実は緊張と対立がはらまれた時代だった。「望月の栄華」を実現した藤原道長が死去した後、道長次世代には不協和音が生じ始めていた。後冷泉には三人のキサキがいた。初めにキサキとなったのは、後一条天皇の娘で藤原彰子が後見した章子内親王、次が教通《のりみち》の娘歓子、三人目が頼通《よりみち》の娘寛子である。父道長が存命の時は一致団結していた兄弟たちも、父亡き後は、自家の繁栄のため、それぞれが天皇と個別的な関係の構築を図るようになる。誰の娘が入内するのか、そして誰の娘が天皇の皇子を生むのか。華やかにみえる後宮の水面下で思惑が交差した。結局、後冷泉天皇に後継者はなく、治暦四年（一〇六八）、皇位は後冷泉の異母弟後三条（母は三条天皇皇女禎子内親王）に移り、後冷泉の血統は断絶した。

ところが、後冷泉には実は落胤がいた可能性が指摘されている（角田文衞「後冷泉天皇の皇子」）。高階為家の次男為行《ためゆき》がそれで、入内させた娘の出産を待ち望んでいた頼通らの焦燥を考慮した乳母賢子が、自らの息子為家の子とすることで隠し子問題を解決したのではないかという。ご落胤の存在が明るみに出ることはなかったので、賢子は宮廷秩序の混乱を防いだといえるのだが、その秩序とは、摂関家出自の正妃こそが皇子を生み、それら皇子が皇位を継承していくという摂関政治体制を維持するための基盤そのものであった（伴瀬明美「院政期における後宮の変化とその意義」）。後冷泉にとってしてみれば、自らの子を自らの子として認知できず、結果的に自身の血統を伝えることはできなかったのであり、その意味では、賢子は後冷泉本人というより摂関家の利害に沿って行動したといえるだろう。

後年、それまで全くその存在が知られていなかった「後冷泉院御記十九巻」が「故前美濃守知房《ともふさ》朝臣従（後カ）家」のもとで発見される。御記を所持していた知房は、「後冷泉院御乳母大弐三位の孫」だという（『中右記』天永三年〈一一一二〉五月二十五日条）。後冷泉の皇統が途絶えたため、その日記は代々天皇家で継承される「家記」とはならず、後冷泉に最も近いところにいた乳母賢子のもとに遺品として伝えられたのだろう（松薗斉「天皇家」）。

後冷泉の死後も賢子は存命し、後冷泉の後を継いだ後三条天皇が延久五年（一〇七三）に亡くなった際には、後三条乳母の少将内侍と和歌の贈答を行っている（『栄花物語』巻三十八）。また、承暦二年（一〇七八）に開催された内裏後番歌合に出詠した「為家母」は賢子ではないかとされ、永保二年（一〇八二）頃没したのではないかと推定されている。

四　母を超えた娘

『枕草子』(「位こそなほめでたきものはあれ」)には、平安貴族女性の人生観がうかがえる箇所がある。(官位はすばらしいものだが、男に比べて)その点、女はやっぱりつまらない。宮中で、帝の御乳母は、典侍に任じられたり三位に叙せられたりすると重々しいけれど、かといって女の盛りを過ぎ、どれほどよいことがあるだろうか。また、大多数の女はそうは行くまい。受領の北の方になって夫の任国に下ることこそが、普通の身分の者の最高の幸せと思って褒めうらやむようだ。普通の家柄の女が上達《かんだち》部《め》の北の方となったり、上達部の娘が后位についたりすることは、すばらしいことである。

中流階級の貴族の娘にとって、「上達部の北の方」になることは羨望の的であった。しかし、女房たちは上流貴族の子弟との恋を重ねても、その座をつかみ取る女性はまれだった。彼女たちにとって、現実路線での幸福は「受領の北の方」となることだった。数々の恋を経た後、身分相応の成章と結婚して受領の北の方の地位を手にした賢子は、当時の女性にとっての最高の幸せを実現している。加えて、賢子はさらなる高みに到達した。清少納言は、それがどれほどのものかと毒づいているが、女の出世すごろくのゴールは、天皇乳母として典侍となり三位に叙されることである。賢子は、大多数の女はそうはいかないとされた天皇の乳母典侍の地位に上り詰めた。常に偉大な母紫式部の娘として語られる大弐三位藤原賢子。しかし、一平安貴族女性として考えたとき、彼女は母を超えたのである。

主要参考文献

今井源衛『紫式部』(新装版) 吉川弘文館、一九八五年

柏木由夫「大弐三位賢子の生」増田繁夫ほか編『源氏物語と紫式部』（源氏物語研究集成第十五巻）、風間書房、二〇〇一年
角田文衞「紫式部の子孫」『紫式部の身辺』古代学協会、一九六五年
――「実資と紫式部――『小右記』寛仁三年正月五日条の解釈」『紫式部とその時代』角川書店、一九六六年
――「後冷泉天皇の皇子」『王朝の明暗』東京堂出版、一九七七年
中周子「大弐三位賢子の和歌――贈答歌における古歌摂取をめぐって」『樟蔭女子短期大学紀要　文化研究』十三号、一九九九年
――「『有馬山ゐなの笹原』考――その詠作事情をめぐって」片桐洋一編『王朝文学の本質と変容　韻文編』和泉書院、二〇〇一年
南波浩校注『紫式部集　付大弐三位集・藤原惟規集』岩波書店、一九七三年
萩谷朴『紫式部日記全注釈』上巻、角川書店、一九七一年
伴瀬明美「院政期における後宮の変化とその意義」『日本史研究』四〇二号、一九九六年
平野由紀子「逸名家集考――紫式部没年に及ぶ」『平安和歌研究』風間書房、二〇〇八年
服藤早苗「摂関期における受領の家と家族形態――三河守源経相の場合」『家成立史の研究』第二部第一章、校倉書房、一九九一年
増田繁夫『評伝　紫式部』和泉書院、二〇一四年
松薗斉「天皇家」『日記の家』第二部第六章、吉川弘文館、一九九七年
森本元子『定頼集全釈』風間書房、一九八九年
諸井彩子「大弐三位藤原賢子の出仕時期――女房呼称と私家集から」『摂関期女房と文学』第三章第一節、青簡舎、二〇一八年
脇田晴子『中世に生きる女たち』岩波書店、一九九五年

コラム3

女房たちの収入
――天皇乳母藤原豊子を中心に

茂出木公枝

一 天皇の乳母という存在

『枕草子』は「うらやましげなるもの」として「内裏・春宮の御乳母」を挙げている。この頃、天皇の乳母《めのと》を優遇する為に女官の実質的な最高位である典侍《ないしのすけ》の官を与えられることが多かった。典侍になれば、宮中行事でも重要な役割を担うことになり、その華々しさは、清少納言をはじめとした他の女房達の目には羨ましく映ったに違いない。その羨ましさは収入の面からも言えるのではないだろうか。

そこで、紫式部と共に一条天皇中宮彰子に仕えていた、藤原道綱《みちつな》の娘である豊子の収入に注目したい。豊子は、敦成《あつひら》親王の乳母に選出され、親王が即位すると後一条天皇の乳母となり、典侍、さらには三位にまで昇った人物である。豊子を例として天皇の乳母の収入を考えてみたい。

二 内裏女房達の収入

この時代の内裏女房達の公的収入について、定期的な公的収入は望み薄になってきたと考えられている。ただ、この時代の日記に、男性官人への位禄《いろく》・節禄《せちろく》などの公禄支給の記事は見られ、『権記』には税の一種である交易絹を内裏女房達に配る一条朝の記事もある。後一条朝に天皇の乳母として活躍した豊子にも、公的収入はあったことであろう。また、彰子に仕えていた時には、主筋から何らかの物が支給されたはずである。

その他の収入としては、行事などに奉仕し

下賜される臨時収入としての禄が考えられる。『御堂関白記』には、内裏女房への禄物も多く記され、その中でも高価と思われる女装束、いわゆる十二単《じゅうにひとえ》ともいわれる女房装束の下賜が十数件あり、その対象のほとんどは典侍や天皇の乳母なのである。掌侍《ないしのじょう》に下賜されたのは五回のみで、それ以下の女房達には全く下賜されていない。女房間の格差は明らかで、天皇の乳母は別格だったことが分かるのである。

ところで、女装束の価値はどれ程であっただろうか。『小右記』万寿元年（一〇二四）に、藤原実資《さねすけ》の許に女装束二領の為に米百石を送ったという記事があり、一領は五十石ということになる。この時代の一石は現在の四割の量であることを考慮して、五キロ二千円で計算すると五十石は百二十万円程となる。単純に現在の経済と比較することは出来ないと思うが、かなり高価であったといえよう。

三　天皇の乳母・豊子の臨時収入

次に豊子が天皇の乳母として下賜された禄物を具体的に検討する。『御堂関白記』寛仁二年（一〇一八）、道長の娘威子が、後一条天皇に入内した時の渡御《とぎょ》の儀では、典侍や天皇の乳母には女装束や織物の袿《うちき》などが下賜された。ただし豊子は不参の為に、後日に綾の打掛と袴一具だけが贈られた。その八か月後、威子の立后の儀では、豊子は乳母典侍として陪膳《ばいぜん》を奉仕し、蒔絵の細櫃《ほそびつ》に入った女装束、永絹十五疋《ひき》、螺鈿《らでん》を蒔いた銀の小筥に薫香《くんこう》を入れたもの、銀の籠を加えた火取を下賜されている。さらに他にも三回は陪膳を奉仕しており、具体的には不明だが毎回豪華な禄を下賜されたに違いない。

治安三年（一〇二三）、東宮入内予定の三条天

皇の皇女禎子内親王の裳着《もぎ》が行われ、髪上げの典侍に豊子が選ばれた。『栄花物語』には、その贈り物として様々の装束を二領ずつ、さらに調度品の屏風、几帳《きちょう》、二階棚、硯の筥、櫛の筥、香を焚き染める道具、水差《し》し、盥《たらい》、畳まで残り無く賜り、破格の贈り物であったと記されている。この時のように入内予定者の裳着の髪上げ役には、天皇の乳母の典侍が選ばれており、将来を見据えた政治性を持った人選であるとされている。

また『左経記』によると、万寿三年（一〇二六）、後一条天皇と威子との娘、章子内親王の誕生時、藤三位が臍《ほぞ》切りや湯殿を奉仕し、七夜の産養《うぶやしない》で女装束、織物の打掛、絹十疋と、誰よりも多くの物を下賜されたという。藤三位は豊子のことと考えられる。

後一条天皇が即位してから二十年間、天皇の乳母であった豊子は、記録に残っているだけでも、他の女房達とは比べ物にならないほど多くの物を手にしたのであった。経済面から見ただけでも他の女房達にとって「羨ましげなるもの」であったのではないだろうか。

主要参考文献
加納重文『平安文学の環境——後宮・俗信・地理』和泉書院、二〇〇八年
服藤早苗『「源氏物語」の時代を生きた女性たち』日本放送出版協会、二〇〇〇年
服藤早苗『平安王朝の子どもたち——王権と家・童』吉川弘文館、二〇〇四年
茂出木公枝「禄から見る天皇の乳母——『栄花物語』を中心に」服藤早苗編『平安朝の女性と政治文化——宮廷・生活・ジェンダー』明石書店、二〇一七年

第十四章
堕地獄か観音の化身か
——翻弄される死後の紫式部

高松百香

中宮藤原彰子の女房であった紫式部（藤原為時《ためとき》の娘）とその作品の『源氏物語』は、院政期以降、日本の中世を通じて独特の伝承や芸能、そしてある種の信仰を生み出していった。それらは、紫式部の史実とはかけ離れているものの、中世の人々の考え方、感じ方を知るうえで、大変貴重な内容となっている。すでに日本文学の分野においては多くの研究成果がもたらされているが、一般的にはまだ知られていないことも多いと思われる。

本章では、紫式部自身のあずかり知らぬ、彼女の死後に展開したいくつかの特徴ある伝承について、基本的な情報や研究成果を紹介することとしたい。

一　源氏供養について——地獄に堕ちた紫式部

世界最古の女性による長編小説とされる『源氏物語』。その作者である紫式部が地獄に堕ちた、となれば穏やかではない話であるが、紫式部の堕地獄《だじごく》説話は、古くは院政期の平康頼《やすより》編とされる『宝物集《ほうぶつしゅう》』（治承二年〈一一七八〉以降成立）の巻五に見える。

ちかくは、紫式部が虚言《そらごと》をもつて源氏物語をつくりたる罪によりて、地獄におちて苦患しのびがたきよし、人の夢にみえたりけりとて、歌よみどものよりあひて、一日経かきて、供養しけるは、おぼえ給ふらんものを。

（近頃は、紫式部が嘘を並べて源氏物語を創作した罪によって、地獄に堕ちて苦しんでいると人の夢に出て訴えたということで、歌を詠む人々が集まって、一日経典を書写して供養をしているということだが）

「虚言」である『源氏物語』を書いた罪で作者の紫式部は地獄に堕ちて苦しんでいるから、仏典の書写をすることで供養をする、という。この発想の前提となるものは、仏教の思想に在家信者が守るべき五戒（不殺生戒《ふせっしょうかい》・不偸盗《ちゅうとう》戒・不邪淫《じゃいん》戒・不妄語《もうご》戒・不飲酒《おんじゅ》戒）があり、虚言である『源氏物語』を創作したことは不妄語戒を破る行為という考えである。『源氏物語』の成立から二百年足らずの院政期、紫式部はまさに、『源氏物語』の作者であるがゆえに、地獄に堕とされていた。

延応元年（一二三九）以降成立の藤原信実《のぶざね》編『今物語』においては、地獄で苦しむ紫式部の訴えが付け加えられる。

ある人の夢に、その正体もなきもの、影のやうなるが見えけるを、「あれは何人《なにひと》ぞ」と尋ねければ、「紫式部なり。そらことをのみ多くし集めて、人の心をまどはすゆゑに、地獄におちて、苦を受くる事、いとたへがたし。源氏の物語の名を具して、なもあみだ仏といふ歌を、巻ごとに人々に詠ませて、我が苦しみをとぶらひ給へ」と言ひければ、「いかやうに詠むべきにか」と尋ねけるに、

きりつぼに迷はん闇も晴るばかりなもあみだ仏と常にいはなん
とぞいひける。

（ある人の夢に、これといった実体がないものであって、薄くぼんやりとした影のようなものが見えたのを、「あなたはどなたですか」と尋ねると、「紫式部です。偽りごとばかり多く作りなして、人の心を惑わせたがために、地獄に堕ちて責苦を受けることは、まことに耐えがたいものです。源氏物語の〈巻々の〉名を詠み込んで、なもあみだ仏ととなえる歌を、巻ごとに人々に詠ませて、私の苦しみを慰め、安楽を願ってください」と言ったので、「どのように詠んだらいいのでしょう」と尋ねたところ、「きりつぼに……〈桐壺の巻を著したために地獄で迷う無明長夜の闇も晴れるように、南無阿弥陀仏と常にとなえてほしい〉」と言ったのだった）

桐壺、は言わずと知れた『源氏物語』の最初の巻名である。これを例に、『源氏物語』のすべての巻名を読み込んだ和歌を詠みあげることが、地獄で苦しんでいる紫式部の救済となると考えられていたことがわかる。先にみた『宝物集』にも、「歌よみども」が集まって経典を書写することで紫式部を供養しようとしていた。紫式部を地獄から救う手段としては、和歌をよくする人々の結縁《けちえん》、経典の分担書写、『源氏物語』の巻名を入れた詠歌、これらが有効とされていたのである。

紫式部の堕地獄言説は、彼女の救済とセットになっている。その起源がどこに求められるかであるが、『宝物集』以前に確認される史実として、安居院《あぐい》流の澄憲《ちょうけん》（一一二六〜一二〇三。信西《しんぜい》の息子で説法唱導の名手として知られる）によって漢文体「源氏一品経　表白《いっぽんきょうひょうびゃく》」が作られたことが注目される。これは、地獄に堕ちた紫式部が霊となって人に憑き、夢告によって罪根の重さを訴えたので、禅定比丘尼《ぜんじょうびくに》（藤原俊成《としなり》の後妻・美福門院加賀《びふくもんいんかが》）を大施主として、紫式部の幽魂を救い、『源氏物語』を読んだ衆人をも救うべく、道俗貴賤に関わらず『法華経』二十八品を書写して、巻々の端に『源氏物語』の巻名を宛てて、煩悩《ぼんのう》を菩薩に転じようとしたものである。「一品経」とは「結縁経」ともいわれ、『法華経』などを品ごとに結縁者で分担して書写するものである。澄憲の息子聖覚《せいかく》はそれを和文化した「源氏表白」をつくった。

このように、いわゆる「源氏供養」の始まりは、安居院流の「源氏一品経供養」として確認でき、澄憲を導師として行われたであろう法要もある程度復元されている。なお比叡山延暦寺の房であった安居院は廃絶されたが、京都上京区の西法寺において、いまも四月に聖覚忌が行われ「源氏供養講式」が営まれているとのことであるから、源氏供養は今もなお、続けられているのである。

文学を狂言綺語《きょうげんきご》とし物語を罪とする発想は、それこそ『源氏物語』が成立した平安中期からすでに存在した。院政期における洗練された供養の方式以前に、原初的な紫式部堕地獄の噂のようなものがあって、そこに仏教的な供養が加えられた、という流れと思われる。

物語を作るのみならず読む方も罪とされたため、源氏供養は、紫式部のみならず、『源氏物語』を読んだ人々も救済対象であった。実際に法要を行うほか、読後の『源氏物語』の写本を断裁し紙として漉《す》き直し、『法華経』に仕立てなおすという非常に具体的な供養の方法も知られている。

源氏供養という思想は、のち十五世紀半ばの能『源氏供養』の成立や、人形浄瑠璃等の芸能、果ては三島由紀夫の近代能楽集まで、日本の文芸史に脈々と受け継がれている。

二　『源氏物語』の執筆動機と石山寺起筆伝承――観音となった紫式部

物語を狂言綺語とし作者・読者に罪を負わせるという発想は、紫式部の堕地獄説話とほぼ同時代に、堕地獄とは全く異なるベクトルの想像も生み出した。紫式部を観音もしくは観音の化身とする説話の登場である。

歴史物語の『今鏡』（院政期の成立）の最終段「作り物語の行方」にはこのようにある。

「（上略）この世のことだに知りがたく侍れど、唐土に白楽天と申したる人は、七十の巻物をつくりて、詞《ことば》をいろへ、譬《たと》へをとりて、人の心をすすめ給ふなど聞え給ふも、文殊《もんじゅ》の化身とことは申すめれ。仏も譬喩経《ひゆきょう》などいひて、なきことを作り出《いだ》し給ひて、説き置き給へるは、虚妄ならずとこそは侍るなれ。女の御身にて、さばかりのことを作り給へるは、ただ人にはおはせぬやうもや侍らむ。妙音・観音など申すやむごとなき聖たちの女になり給ひて、法《のり》を説きてこそ、人を導き給ふなれ」といへば（下略）

（「〈上略〉日本のことでさえよく知りかねておりますけれど、中国にいた白楽天と申した人は、七十の巻物をあらわして、文章に技巧をこらし、例を引いて、人の心を〈仏道に〉すすませなさったなどといわれなさいますのも、文殊の化身と申しあげるようです。仏も譬喩経などといって、実際にはないことを作り出して、教えを説き残していらっしゃるのは、虚妄ではないと経典にありますそうです。女の御身であれほどの物語をお書きなさいましたのは、常人ではいらっしゃらないようでございましょう。妙音菩薩や観音菩薩などと申す尊い聖たちが女性に変身なさって、仏法を説いて、人を導きなさるそうです」というと〈下略〉）

唐の大文学者・白楽天《はくらくてん》（白居易《はくきょい》）が文殊の化身であるとして、対する紫式部を観音の化身とする高評価であるが、これは紫式部が地獄に堕ちているといった風説に反論するものと考えられている。
こういった紫式部＝観音の化身説話は、鎌倉中期成立と言われる『石山寺縁起』にも「観音の化身とも申し伝え侍り」とあることから、相当広まっていたようである。

さて、石山寺が出てきたところで、少し前提を確認しておきたいことがある。紫式部が『源氏物語』の作者である、ということは当たり前のように思われがちだが、実は平安期の女房文学作品において、作者が自明であることはかなりのレアケースである。『源氏物語』において作者が保証されるのは、当の紫式部が遺した『紫式部日記』に、一条天皇が「源氏の物語人に読ませたまひつつ（源氏物語を人に読ませて堪能し）」、この作者は日本紀《にほんぎ》（『日本書紀』もしくは六国史）をよく知っているな、と感嘆し、それを妬んだ内裏女房（橘隆子）が紫式部に対して「日本紀の御局《みつぼね》」という、当時のジェンダー意識からすると悪口（日本史に強い女性は奇異な存在）にあたるあだ名をつけた、というくだりがあるからである。

このように、紫式部の生存中に、宮廷社会で『源氏物語』は普及しており、その作者が紫式部であることも周知のことであった。『源氏物語』の文献上の初出は寛弘五年（一〇〇八）十一月一日。『紫式部日記』の中で、藤原公任《きんとう》が「このわたりに若紫やさぶらふ（このあたりに若紫はいないか）」と紫式部を訪ねてきたというシーンである。若紫とは『源氏物語』のヒロイン、光源氏の正妻格・紫の上の幼い頃の呼び名であるから、作者である紫式部をからかっての公任の発言である。

紫式部が『源氏物語』を執筆した時期については、夫である藤原宣孝《のぶたか》の死（長保三年〈一〇〇一〉四月二十五日）から少し後とされている。当初、書いては仲間に見せて批評しあい、紙が手に入れば続きを、と書き連ねていくうちに、その評判が道長に届き、中宮彰子の女房としてスカウトされるに至った、というのがほぼ通説である。現代の同人誌作家のようとも言われるが、趣味が高じたというよりは、大黒柱を亡くし実家も下級貴族の紫式部にとって、『源氏物語』の貸し借りで発生するであろうなにがしかの謝礼は、一人娘を育てるための糧となったのではないだろうか。そして、結果的に就職活動でもあったのである。

紫式部の初出仕には寛弘二年(一〇〇五)説と同三年説があるが、いずれにせよ出仕以前にすでに『源氏物語』はある程度の分量が書かれていたということになる。これは押さえておくべき事実である。

『源氏物語』の執筆時期にこだわるのは、後世の伝承との乖離があるからである。紫式部の死(これも不明で、長和三年〈一〇一四〉から長元四年〈一〇三一〉と幅がある)からおよそ百年経過した一一三〇年頃の成立と言われる『古本説話集《こほんせつわしゅう》』に、中宮彰子(本文では上東門院)が大斎院《おおさいいん》選子内親王に読み物をねだられて探しているのを、紫式部が「みな目馴《めな》れて候《さぶら》ふに、新しくつくりて参らせさせ給へかし(どれもお読みになっていらっしゃるでしょうから、新作を用意して差し上げるのはいかがでしょう)」と口を出したところ、「さらばつくれかし(ならばあなたが新作を創りなさい)」と彰子に指示された、というものである(九 伊勢大《いせのおお》輔《すけ》歌事)。

百年という時間が、紫式部による自主的な、個人発の『源氏物語』執筆事情を、宮廷社会における后と女房の主従関係にすり替えたと考えるべきか、そもそも女房文芸とは主人のために女房が捧げるものであるという構造が、個別の事情を持った『源氏物語』執筆事情を忘却させたと考えるべきなのか。いずれにせよ院政期という紫式部が生きたすぐあとの時代にあたって、『源氏物語』は中宮彰子の命令で紫式部が書いたんだってさ、という物語が王朝の美談として人々に受け入れられていたことは確かなようである。

さらにその少しあとの『無名草子』(一一九六〜一二〇二年成立)には、『古本説話集』の宮仕え中説に加え、宮仕え前の里住《さとず》み期説も併記するという特徴があるが、さらに中宮彰子による「作れ」という強い命令の語が現れる。「さらばつくれかし」より一段強い、后の圧迫である。

『無名草子』作者にはこれまで、藤原俊成卿の娘（孫だが養女となった。ゆえに定家《さだいえ》の姪でもある）が擬せられていたが、近年では定家や、定家の異父兄藤原隆信《たかのぶ》（ともに美福門院加賀の息子）周辺の、俊成卿娘より世代が上の女性とされている。いずれにせよ鎌倉初期の『源氏物語』文化の中心地たる御子左家《みこひだりけ》周辺に生きた人物であった。御子左家には、『源氏物語』は中宮彰子の命令で紫式部が書く羽目になった、という『源氏物語』執筆動機の定型が存在し、それは作品が先・宮仕えが後、という事実以上に、人々に受け入れられることになったようだ。

長い説明を挟んだが、この彰子の命による宮仕え後執筆説と非常に相性がよかったのが、有名な『源氏物語』石山寺起筆伝承なのである。現在、滋賀県大津市石山寺には「源氏の間」なる部屋があり、紫式部の人形が置かれている。もちろん観光客には紫式部が石山寺で『源氏物語』を書き始めた、という説明がされている。こういった石山寺と紫式部の関係は、『石山寺縁起』に盛り込まれている。『石山寺縁起』の詞書は鎌倉中期のものとされており、同時期の『伝為氏本源氏古系図《でんためうじぼんげんじこけいず》』にも同内容が見える。彰子に新作を命じられた紫式部が、石山寺にこもり、観音に祈った結果、「須磨」「明石」の構想を得たというものである。

紫式部と石山寺に直接の関係があったかどうか、参詣の事実があったかどうかも不明である。『源氏物語』には観音信仰の霊場としての石山寺は複数回登場するが、都の女性の人気の旅先であった石山寺の一般的な情報があれば記述可能な内容である。ただ、それこそ定家の三男為家《ためいえ》の後妻となった阿仏尼《あぶつに》（一二二二?～一二八三）が娘に宛てた手紙に、「むらさきしきぶが石山の　波にうかべるかげをみて」と書かれており（『阿仏の文《ふみ》』）、石山寺と紫式部の伝承としての関連は、十三世紀半ばには確立していたものと考えられる。そこに加えて、紫式部＝観音の化身という要素が盛り込まれることとなったのであろう。

石山寺には、『石山寺縁起絵巻』や、土佐光起《とさみつおき》筆の紫式部絵など、多くの後世に創作された紫式部関連の作品があるが、近年、高さ百八十センチを超える巨大な「紫式部聖像」が発見された。発見時は全体が黒く、これは護摩《ごま》を焚かれた結果、つまり法要の折に祈りの対象として掛けられたからと推測されている。聖像には紫式部が座る机のあたりから、『源氏物語』の有名な六場面が水煙のように描かれている。賛には、水想観《すいそうかん》（観無量寿経十六観の第二観。水や氷の清らかなさまを想うことにより極楽浄土の大地を観想する方法）により紫式部が『源氏物語』の構想を得て執筆したという伝承に基づき、この絵が描かれたことが述べられる。紫式部は仏の教えに導かれ、『源氏物語』を創作することができた、という発想である。

石山寺における源氏物語起筆伝承において、紫式部は石山寺の観音の化身として方向づけられていき、それが信仰の対象と化していったことが、「紫式部聖像」の存在から判明するのである。この伝承と信仰は、現在に続く石山寺の発展に大きく寄与することとなったが、それは「彰子という主人の命令を受け、紫式部は仏の力を借りて『源氏物語』を書いたのである」という、歴史的事実とはかけ離れた起筆説話が作られ、広められたことの上に成り立つものであった。

地獄に堕とされたり、観音の化身とあがめられたり。紫式部は自身への後世の言説を、どう思っているだろうか。

三　ジェンダーの視座からみる紫式部伝承

以上、紫式部伝承の大まかな傾向である、紫式部の堕地獄説話と石山寺周辺における観音の化身譚《たん》という二点を紹介した。一見、あまりにも相反する紫式部への評価に見えるが、『源氏物語』の成立から百年、二百年と経過して、人々を魅了してやまないこの物語が、女性によって創作されたということをいかに納得するか、という後世の人々の知的苦闘のようなものを感じざるをえない。

『源氏物語』が書かれた時代よりも、女性の活躍の場が狭められた中世において、一女性がこのような素晴らしい作品を書けたのはおかしい、なぜだ、ということになったのではないか。地獄に堕ちることも、観音の化身とあがめられるのも、対極のようでいて、ジェンダー的視点からは同じことである。

こういった発想があってこそ、十四世紀末に編纂された『尊卑分脈《そんぴぶんみゃく》』の紫式部（藤原為時女）の説明に、「御堂関白道長妾」の情報が付与されたのであろう。道長の愛人ならば、あの大作を書いたのも納得できる、と。確かに『紫式部日記』には、彰子に仕えたのちに『源氏物語』を清書し装丁する場面が出てくるが、これは女房として主家のために、自身の作品を利用させて／されている姿であり、あくまで『源氏物語』は出仕以前、道長との接触前から書かれたものであった。

さて、源氏供養の発端とされる澄憲の「源氏一品経表白」には美福門院の女房・加賀が大施主として登場する。また、美福門院に同じく鳥羽院の后妃であった待賢門院《たいけんもんいん》璋子は『源氏物語』の愛読者として知られることから、院政期女院文化圏における『源氏物語』の享受と源氏供養の萌芽が見て取れるという。

加賀を筆頭に、女院に仕える女房たちが、源氏供養の初動に深く関わった。女房を輩出する家として注目されるのが俊成―定家の御子左家である。前述のごとく、『無名草子』は御子左家周辺の女性の作とされ、紫式部と石山寺の関係を早く示す『阿仏の文』は阿仏尼（定家の息子為家の後妻）による。院政～鎌倉期の御子左家に関わる女性たちが、紫式部の伝承形成に深く関わっていることは興味深い。周知のごとく、いわゆる青表紙本の問題なども含めて、定家は鎌倉期以降の『源氏物語』の普及に欠かせない人物である。中世前期における『源氏』文化の中心において、女性による紫式部への理解そして救済が確認できることは貴重であろう。男たちによって地獄に堕とされた紫式部を、女たちが救おうとしているように思える。

しかし一方で、救済という行為は救済する側の、される側に対する優位にのっとったものであることも忘れてはならないだろう。鎌倉期における『源氏物語』と紫式部の命運を握った御子左家の男たち、その家の女たち、という構図は絶妙である。

ジェンダー的視点にもとづけば、後世の紫式部伝承とは、『源氏物語』というすぐれた文芸作品の存在を認めつつ、それを女ごときが書けたのには何かわけがあるに違いない、という男性優位社会における脳内補正の結果に思える。しかしこれもまた千年近い歴史を帯び、ひとびとの心をつかみ続けている。史実とはずいぶん離れてしまったこれらの妄想も、『源氏物語』の享受史として我々に突き付けられているのである。

主要参考文献

寺本直彦『源氏物語受容史論考』風間書房、一九七〇年

竹鼻績『今鏡（下）　全訳注』講談社、一九八四年
『石山寺縁起絵巻』石山寺、一九九六年　※本書に「紫式部聖像」の図版が掲載されている
三木紀人『今物語　全訳注』講談社、一九九八年
蟹江希世子「源氏一品経供養とその背景――院政期女院文化圏の一考察」『古代文学研究第二次』一〇号、二〇〇一年
武笠朗「源氏供養と普賢十羅刹女像」小嶋菜温子・小峯和明・渡辺憲司編『源氏物語と江戸文化――可視化される雅俗』森話社、二〇〇八年
恋田知子「『源氏供養草子』考――寺院文化圏の物語草子」『仏と女の室町――物語草子論』笠間書院、二〇〇八年（初出二〇〇五年）
小峯和明「源氏供養――表白から物語へ」『中世法会文芸論』笠間書院、二〇〇九年（初出二〇〇七年）
三田村雅子『（NHK「100分de名著」ブックス）紫式部　源氏物語』NHK出版、二〇一五年
小林健二「能《源氏供養》制作の背景――石山寺における紫式部信仰」『描かれた能楽――芸能と絵画が織りなす文化史』吉川弘文館、二〇一九年（初出二〇一一年）
田渕句美子『女房文学史論――王朝から中世へ』岩波書店、二〇一九年
幾浦裕之「（連載 国文研千年の旅）『石山寺縁起』」『読売新聞』多摩版、二〇二一年四月七日号
小林健二「能〈源氏供養〉と石山寺の紫式部伝承」『武蔵野大学能楽資料センター紀要』三四号（別冊）、二〇二二年
小峯和明「法会文芸としての源氏供養」『武蔵野大学能楽資料センター紀要』三四号（別冊）、二〇二二年

※　武蔵野大学能楽資料センター開設50周年記念集中講座の内容を活字化した『武蔵野大学能楽資料センター紀要』三四号（別冊）には、本稿に関わる研究成果の論文や、多くの図版が掲載されている。

コラム 4

『無名草子』から見る王朝の女房たち

――二百年後の女房観

野口華世

『無名草子《むみょうぞうし》』とは何か。一般的には物語評論書とされることが多いが、それだけには留まらない。構成としては、老尼が登場する「序」、老尼は最勝光院の参拝を経て、檜皮屋の家に行き着き、そこが女房たちの語りの場となる。老尼は聞き役である。語りの場では、「物語の批評」が語られ、続いて「歌集の批評」、そして「女性の批評」となり、そこでにわかに終わる。大別すると「序」と三つの「批評」という四つのトピックからなる。

「物語」では、『源氏物語』が最も多くの分量を割いて語られ、「女性」では、紫式部・清少納言はもちろん、定子や上東門院彰子などの女主人についても語られる。改めて確認しておくと、この場には女性しかいない。複数の女房がいろいろな意見を出し合いながら「井戸端会議」的に語りは進んでいくのである。

『無名草子』の成立はいつ頃か。本コラムのタイトルからもおわかりのとおり、『源氏物語』の成立や紫式部が生きた時代からおよそ二百年後である。本文の記述内容から成立時期はある程度限定が可能であり、建久九年(一一九八)正月以降、建仁二年(一二〇二)閏十月以前の、約五年の間に書かれたことが確実だ。

となると、作者はこの時期に生きていた人物ということになる。長らく俊成卿女《しゅんぜいきょうのむすめ》(歌人藤原俊成の実は孫娘)というのが定説であった。それを前提とした論考も多いが、田渕句美子氏の研究によれば俊成卿女の可能性は低いという。

その理由としては、『無名草子』に見える和歌の表現は、その前の院政期の影響が散見される。また俊成卿女は題詠の和歌を専らとする専門的歌人であったが、『無名草子』は題詠の和歌についで論じることはなく、むしろその前の時代の私撰集についてては多く言及することから、当時まだ三十代初めだった俊成卿女では若すぎるというのである。

では作者は誰なのか。まずは『無名草子』の書き様から女性と想定される。また上記から俊成卿女より年長者とも推定され、かつ本文中に登場する「定家少将」「隆信《たかのぶ》」に近い人物であろう。『新古今和歌集』の選者として有名な藤原定家は俊成の息子で、似絵の名手と言われる隆信は定家の異父兄であり、二人の母は美福門院加賀で、俊成との間の娘たちはみな女院や内親王に仕える女房となっていた。『無名草子』が、后妃や斎院・女院の批評はするが、天皇・上皇とその宮廷について関心を示さないことから、作者は女院や内親王など女主人に仕えた女房と想定しうる。したがって隆信・定家周辺の女性のほとんどが作者像に近いのである。そうなると俊成卿女も近しい人物ではあるが、後鳥羽院・順徳天皇に出仕するも、女院には仕えたことがないので、むしろ作者像からは一番遠いとも言えるようである。

そろそろ二百年後から見た王朝の女房たち、という話をしてゆこう。『無名草子』では、「批評」のなかで、『源氏物語』の作者である紫式部はもちろん、清少納言、和泉式部、小式部内侍《こしきぶのないし》など、同時代を代表する多くの女房を取り上げている。先述のように作者は女院・内親王などに仕えた女房だとするならば、西暦一二〇〇年頃の女房が、一〇〇〇年頃の女房について語っているわけである。

ところで、一〇〇〇年頃の女房には、既出の紫式部・清少納言など、著名な人が多い。が、実は「女房の時代」と言うべきなのは、一二〇〇年頃、つまり『無名草子』の時代なのである。というのも、清少納言は女房として仕えることが軽薄でよくないことと評されるのを見聞きしていたし、『栄花物語』では上級貴族の娘たちが不本意にも女房として出仕する姿が描かれるなど、当時女房として宮仕えすることは一般的に喜ばれることではなかった。

しかし、二百年後においてはどうだろう。例えば定家は自分の姉妹や娘が女房として出仕して重用されることをたいへんな喜びとしており、女房としての出仕は貴族社会に積極的に受け入れられていた。この変化の背景は何か。一つは藤原道長が天皇と結婚した娘たちのために女房集めをしたことが大きいという。キサキ一人に女房は四十人程度付けられたため、次々に女房が必要となり、上級貴族の娘であっても出仕するようになっていった。こうして徐々に女房としての出仕が特別なことではなくなったという。また、十一世紀末以降、院や女院によって中世荘園が次々と立てられたが、女房も貴族男性と並んで荘園を管理・運営する知行者（いわゆる領家や預所）となった。つまり女房として出仕することは、女院などの上級領主とのコネクションを持つことにより、自らの家の経済を支えることにもつながったのである。当時、女性の知行者は決して珍しいことではなく、先の定家の姉妹にも荘園知行者として見られる女房が存在している。

話を戻そう。先の田渕氏の研究によれば、『無名草子』は従来言われてきたように単なる物語批評書というよりも、同時代の宮廷女性に向けた教養書、教訓的・教育的テクストとして成立したものだという。とするならば、女房という存在が当たり前になった時代の『無名草子』には、女房となることがまだ普通ではなかった前代に名をあげた、紫式部のような女房たちへの大きな尊敬がうかがえよう。さらには前時代の女房たちや、女主人である上東門院ら、また『源氏物語』などを通して、二百年後の時代においてのあるべき女房像を提示しているともみなせる。したがって『無名草子』は同時代の女房の価値観を反映したものだとも言えるのである。

主要参考文献
久保木哲夫 校注・訳、解説「無名草子」『新編日本古典文学全集40』小学館、一九九九年
田渕句美子『女房文学史論――王朝から中世へ』岩波書店、二〇一九年
伴瀬明美「女房として出仕すること――中世前期の貴族社会における女房」総合女性史学会編『女性労働の日本史』勉誠出版、二〇一九年
野口華世「女院女房の荘園知行」『歴史評論』八五〇、二〇二一年

紫式部略年表

※年齢㈠は誕生最早説、㈡は最遅説による数え年

年次	西暦	㈠年齢	㈡年齢	紫式部関係年譜	事項
康保三	九六六				道長誕生
天禄元	九七〇	一		誕生・最早説	
天延元	九七三	四			宣孝男隆光誕生
天元元	九七八	九	一	誕生・最遅説	
永観二	九八四	一五	七	十一月父為時式部大丞・六位蔵人	八月円融天皇退位・花山天皇即位
寛和元	九八五	一六	八		宣孝男隆佐誕生
寛和二	九八六	一七	九	為時官職を辞す	六月花山天皇退位・一条天皇即位
永延二	九八八	一九	一一		彰子誕生
長徳元	九九五	二六	一八		道長政権獲得
二	九九六	二七	一九	一月為時従五位下・越前守、越前赴任為時と一緒に越前国に下向	
四	九九八	二九	二一	越前から帰京し、宣孝と結婚	
長保元	九九九	三〇	二二	賢子誕生説①	十一月彰子入内・定子敦康親王出産
二	一〇〇〇	三一	二三	賢子誕生説②	二月彰子中宮・定子皇后、十二月定子皇后媄子内親王出産後逝去
三	一〇〇一	三二	二四	四月宣孝没	
寛弘二	一〇〇五	三六	二八	十二月彰子に出仕説①	

年次	西暦	(一)年齢	(二)年齢	紫式部関係年譜	事項
寛弘三	一〇〇六	三七	二九	十二月彰子に出仕説②	
五	一〇〇八	三九	三一		九月彰子敦成親王出産
六	一〇〇九	四〇	三二		十一月彰子敦良親王出産
七	一〇一〇	四一	三三	『紫式部日記』執筆カ	
八	一〇一一	四二	三四	為時越後守・惟規死去	六月三条天皇即位、敦成親王立太子、一条天皇逝去
長和二	一〇一三	四四	三六	五月二十五日実資養子資平と皇太后彰子の伝達役女房越後守為時女	
五	一〇一六	四七	三九	四月二十九日為時出家、紫式部死去説有り	一月三条天皇退位・後一条天皇即位
寛仁二	一〇一八	四九	四一	『紫式部集』編集カ、紫式部死去説有り	
三	一〇一九	五〇	四二	一月・五月・八月頃実資と彰子伝達カ	
万寿二	一〇二五	五六	四八	八月賢子親仁親王乳母	八月嬉子皇太子王子親仁出産後逝去
三	一〇二六	五七	四九		一月彰子出家・上東門院
四	一〇二七	五八	五〇		十二月道長死去
長元四	一〇三一	六二	五四	この年紫式部死去説有り	
九	一〇三六				四月後一条天皇退位・後朱雀天皇即位
寛徳二	一〇四五			賢子典侍	一月後朱雀天皇退位・後冷泉天皇即位
天喜二	一〇五四			十二月高階成章大宰大弐	
承保元	一〇七四				二月頼通死去・十月上東門院逝去

主要人物系図(一)

系図凡例(一・二共通)
・子の並び順は出生順ではない。
・二重の縦線は養子関係を表す。
・★印の人物は同一人物である。

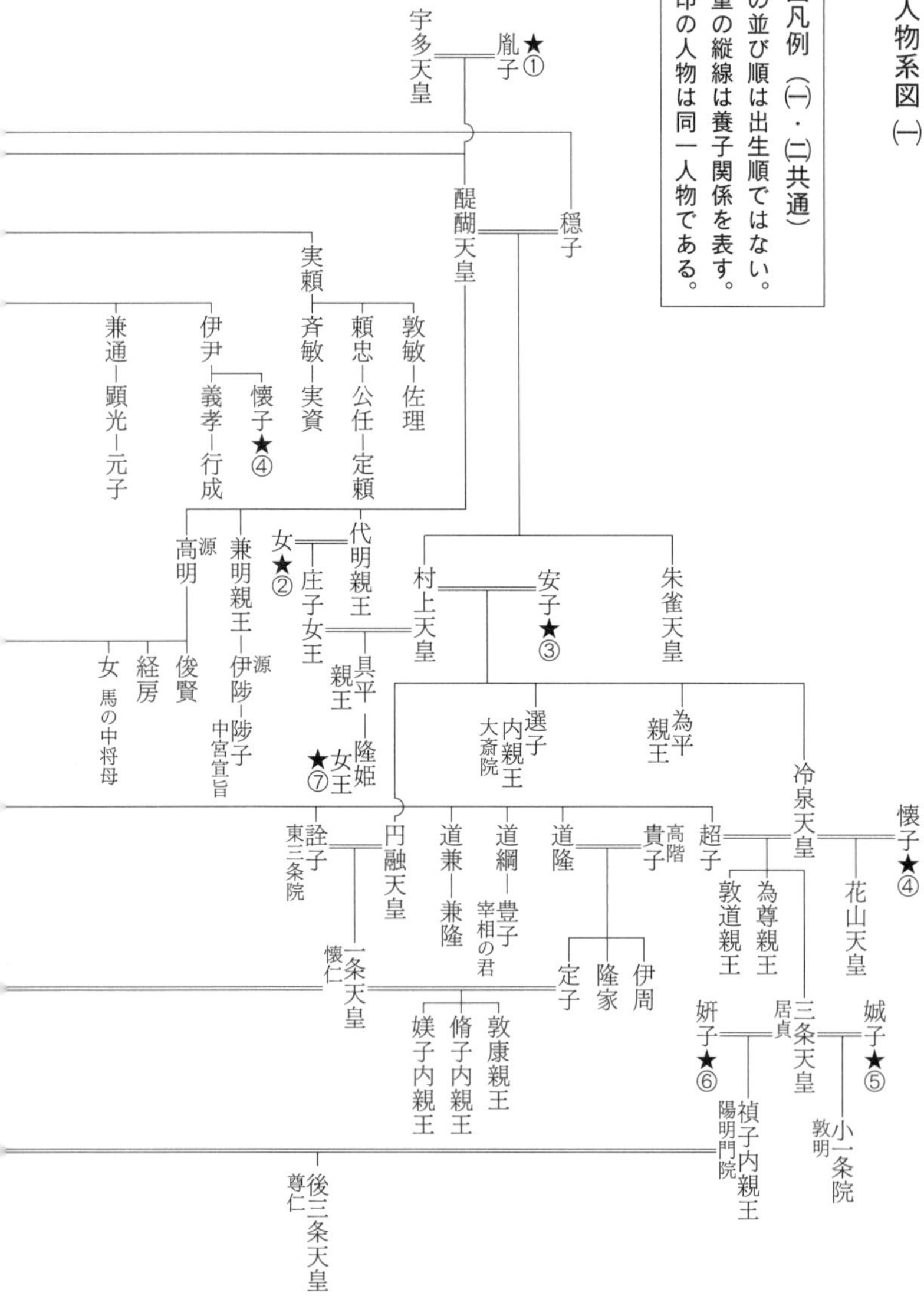

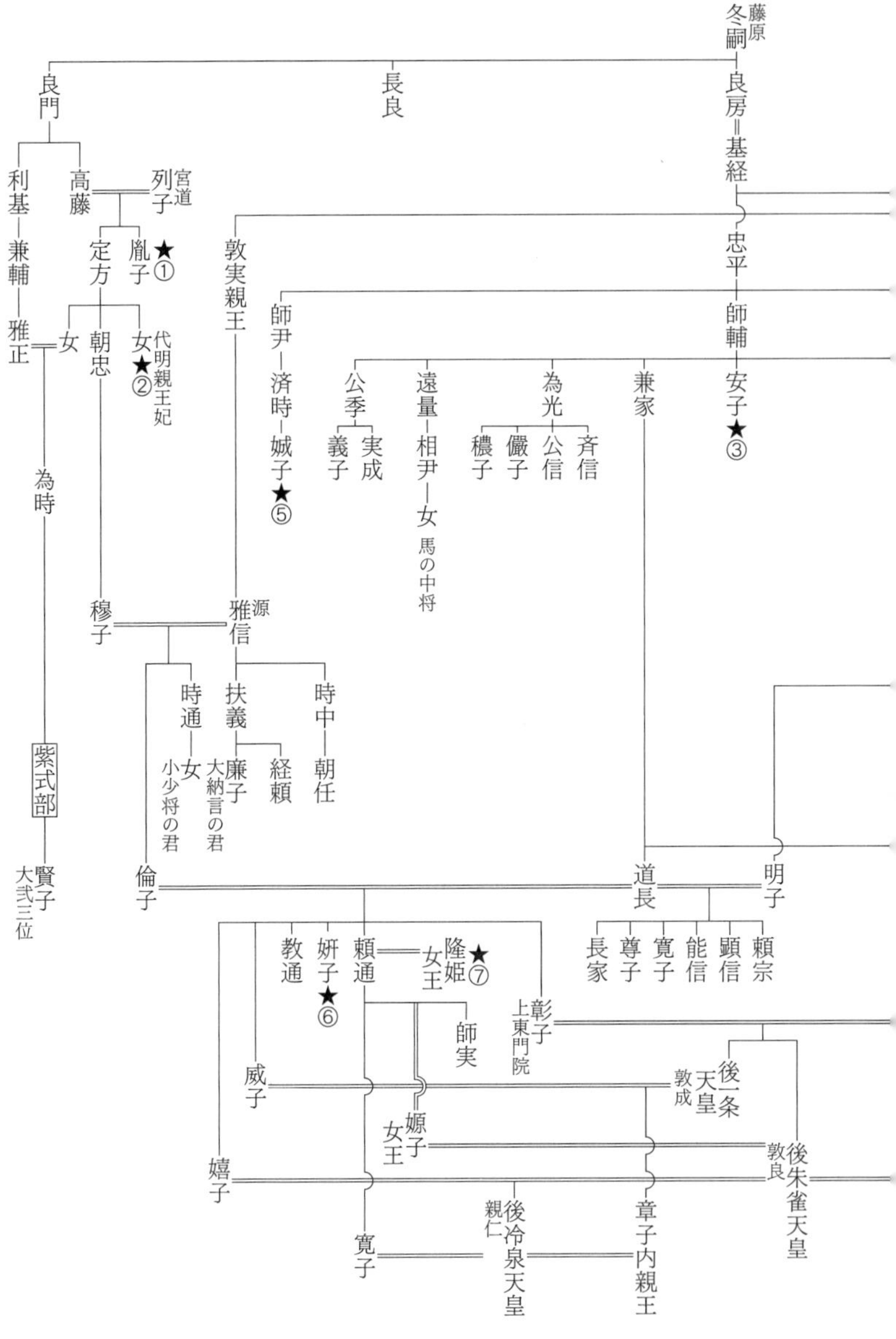
藤原 冬嗣
良門
長良
良房
基経
利基
高藤
宮道 列子
兼輔
定方
胤子★①
敦実親王
忠平
雅正
女
朝忠
女★② 代明親王妃
師尹
師輔
済時
公季
遠量
為光
兼家
安子★③
娀子★⑤
義子
実成
相尹
穠子
儼子
公信
斉信
女 馬の中将
為時
穆子
源 雅信
時通
扶義
時中
紫式部
女 小少将の君
廉子 大納言の君
経頼
朝任
賢子 大弐三位
倫子
道長
明子
長家
尊子
寛子
能信
顕信
頼宗
教通
妍子★⑥
頼通
隆姫女王★⑦
彰子 上東門院
師実
威子
後一条天皇 敦成
嫄子女王
後朱雀天皇 敦良
嬉子
後冷泉天皇 親仁
章子内親王
寛子

主要人物系図(二)

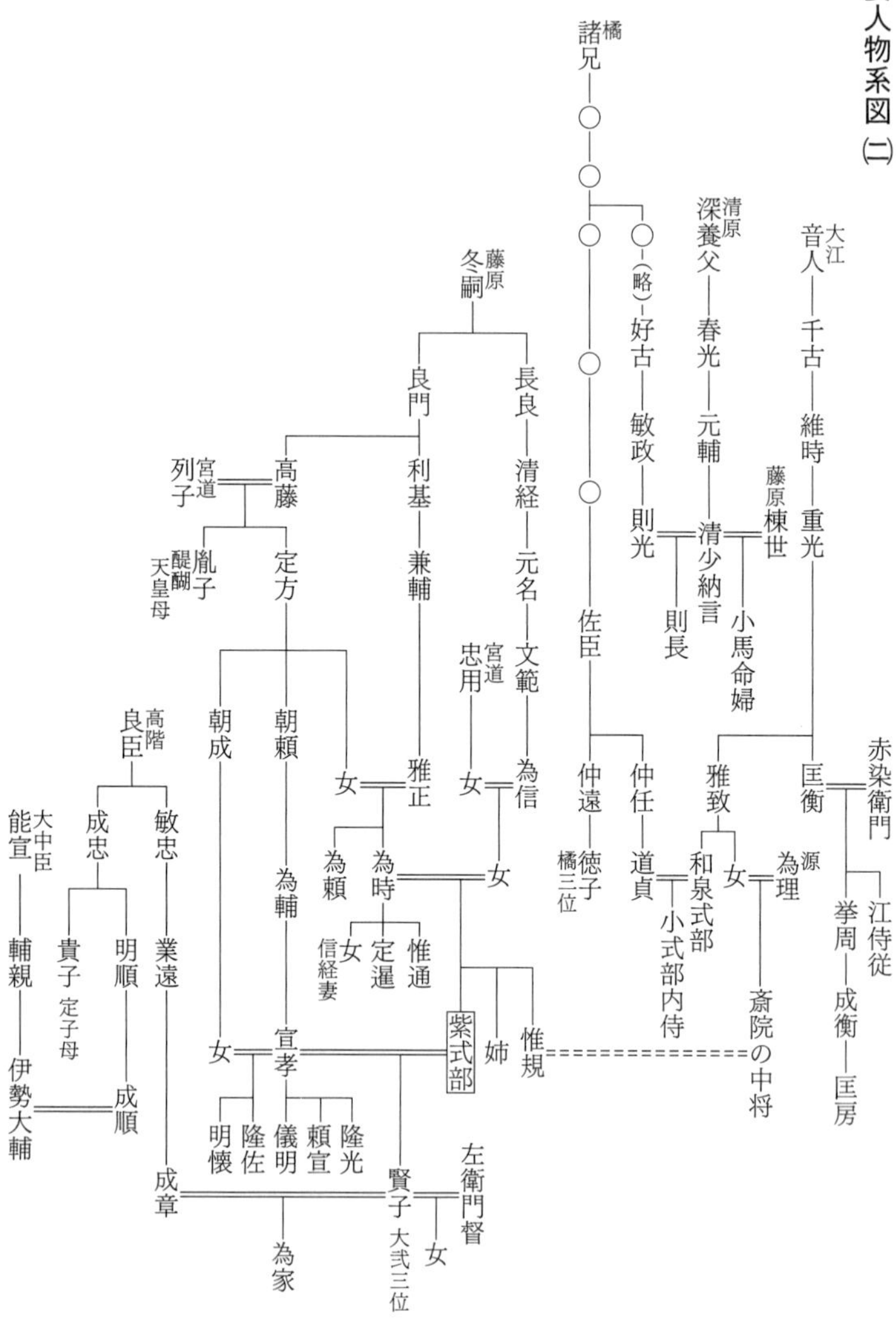
橘諸兄
○
○
○
○
○
○
○
（略）
好古
敏政
則光
則長
佐臣
仲任
道貞
小式部内侍
仲遠
徳子
橘三位
清原深養父
春光
元輔
清少納言
藤原棟世
小馬命婦
大江音人
千古
維時
重光
雅致
和泉式部
女
源為理
斎院の中将
匡衡
赤染衛門
挙周
成衡
匡房
江侍従
藤原冬嗣
長良
清経
元名
文範
為信
宮道忠用
女
女
良門
利基
兼輔
雅正
女
為頼
為時
惟通
定暹
女
信経妻
紫式部
姉
惟規
高藤
宮道列子
定方
胤子
醍醐天皇母
朝成
朝頼
為輔
女
宣孝
明懐
隆佐
儀明
頼宣
隆光
賢子
大弐三位
左衛門督
女
為家
高階良臣
敏忠
業遠
成章
成忠
明順
成順
貴子
定子母
大中臣能宣
輔親
伊勢大輔

平安京大内裏図

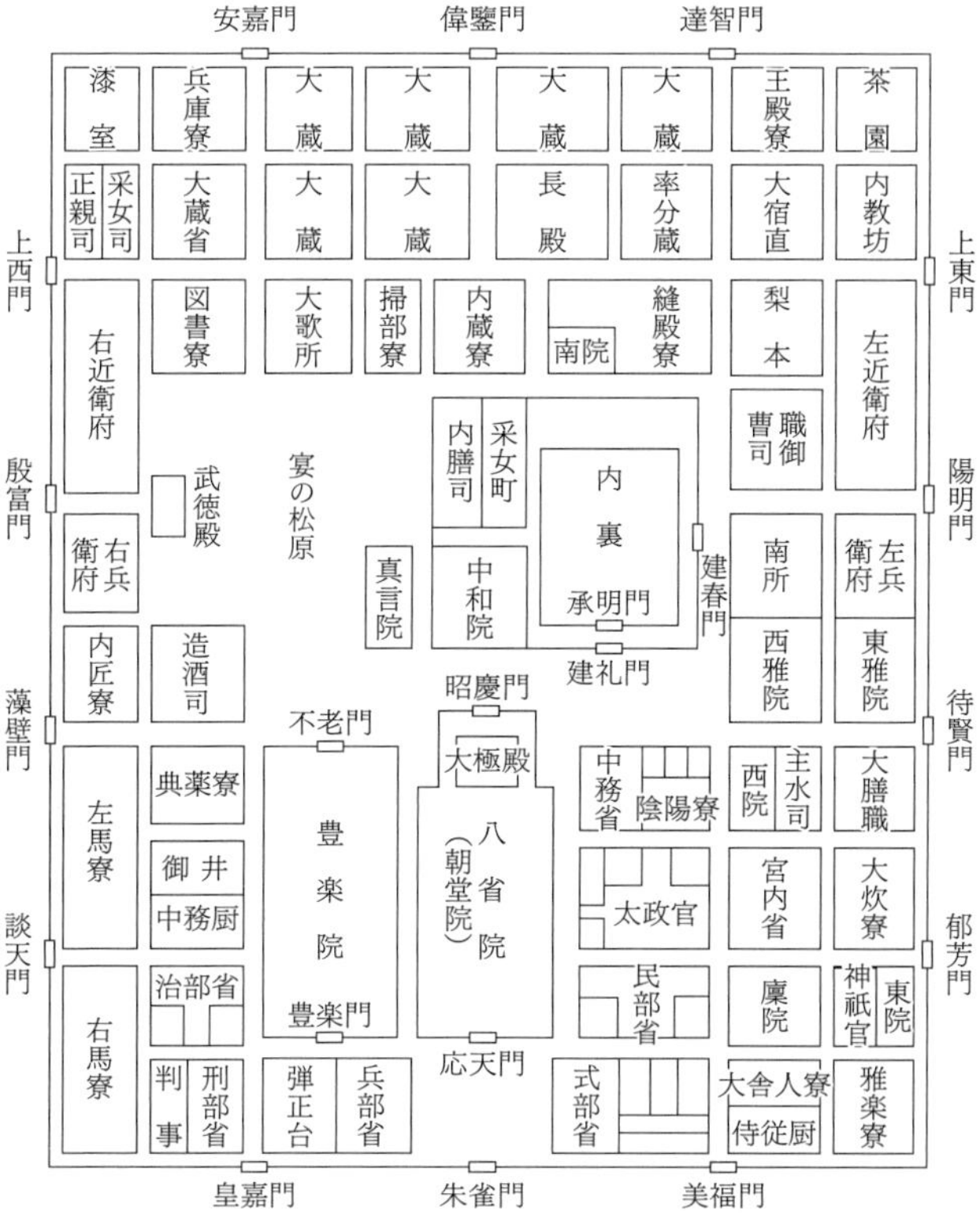

安嘉門
偉鑒門
達智門
漆室
兵庫寮
大蔵
大蔵
大蔵
大蔵
主殿寮
茶園
采女司
正親司
大蔵省
大蔵
大蔵
長殿
率分蔵
大宿直
内教坊
上西門
上東門
右近衛府
図書寮
大歌所
掃部寮
内蔵寮
縫殿寮
南院
梨本
左近衛府
内膳司
采女町
職御曹司
殷富門
陽明門
武徳殿
宴の松原
内裏
右兵衛府
真言院
中和院
承明門
建春門
南所
左兵衛府
建礼門
内匠寮
造酒司
昭慶門
西雅院
東雅院
藻壁門
待賢門
不老門
大極殿
中務省
陰陽寮
西院
主水司
大膳職
左馬寮
典薬寮
御井
中務厨
豊楽院
八省院
(朝堂院)
太政官
宮内省
大炊寮
談天門
郁芳門
治部省
豊楽門
民部省
廩院
神祇官
東院
応天門
右馬寮
判事
刑部省
弾正台
兵部省
式部省
大舎人寮
侍従厨
雅楽寮
皇嘉門
朱雀門
美福門

平安京内裏図

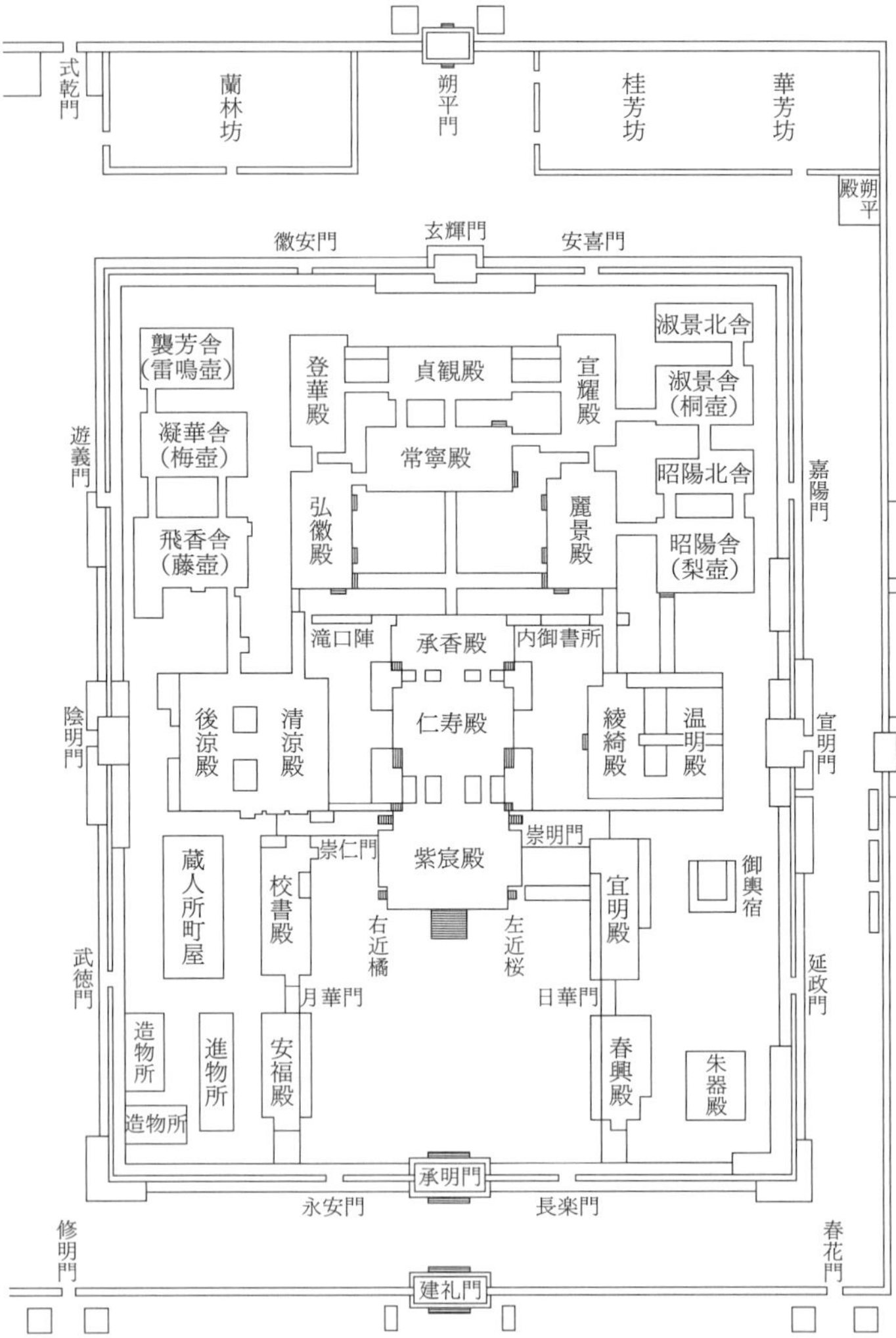

式乾門
蘭林坊
朔平門
桂芳坊
華芳坊
朔平殿
徽安門
玄輝門
安喜門
襲芳舎
(雷鳴壺)
登華殿
貞観殿
宣耀殿
淑景北舎
淑景舎
(桐壺)
凝華舎
(梅壺)
常寧殿
遊義門
昭陽北舎
嘉陽門
弘徽殿
麗景殿
飛香舎
(藤壺)
昭陽舎
(梨壺)
滝口陣
承香殿
内御書所
後涼殿
清涼殿
仁寿殿
綾綺殿
温明殿
陰明門
宣明門
建春門
崇仁門
紫宸殿
崇明門
蔵人所町屋
校書殿
宜明殿
御輿宿
右近橘
左近桜
武徳門
月華門
日華門
延政門
造物所
進物所
安福殿
春興殿
朱器殿
造物所
承明門
永安門
長楽門
修明門
春花門
建礼門

一条院内裏中枢部概念図

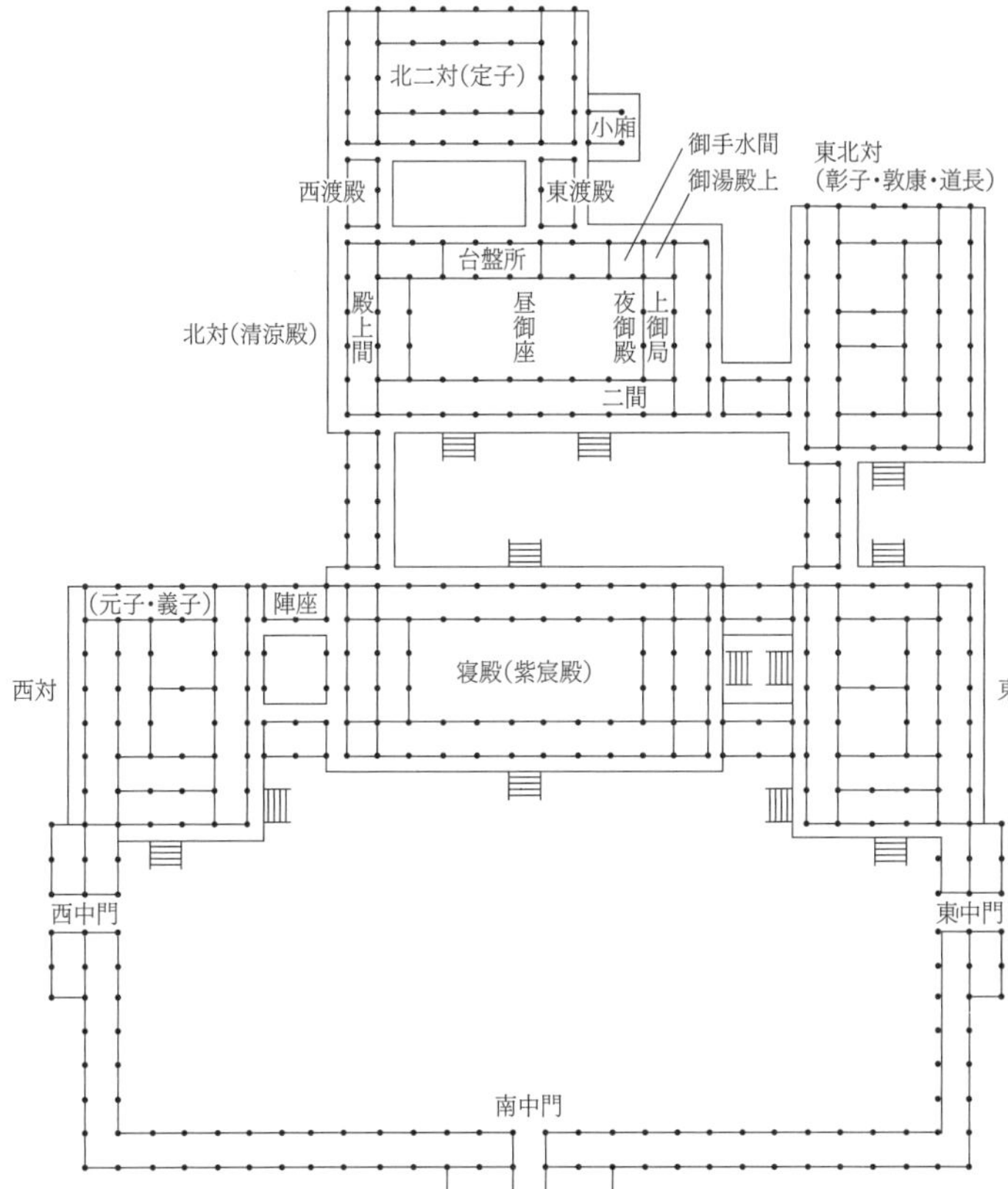

服藤早苗『藤原彰子』（吉川弘文館）を基に作成

土御門第想定図

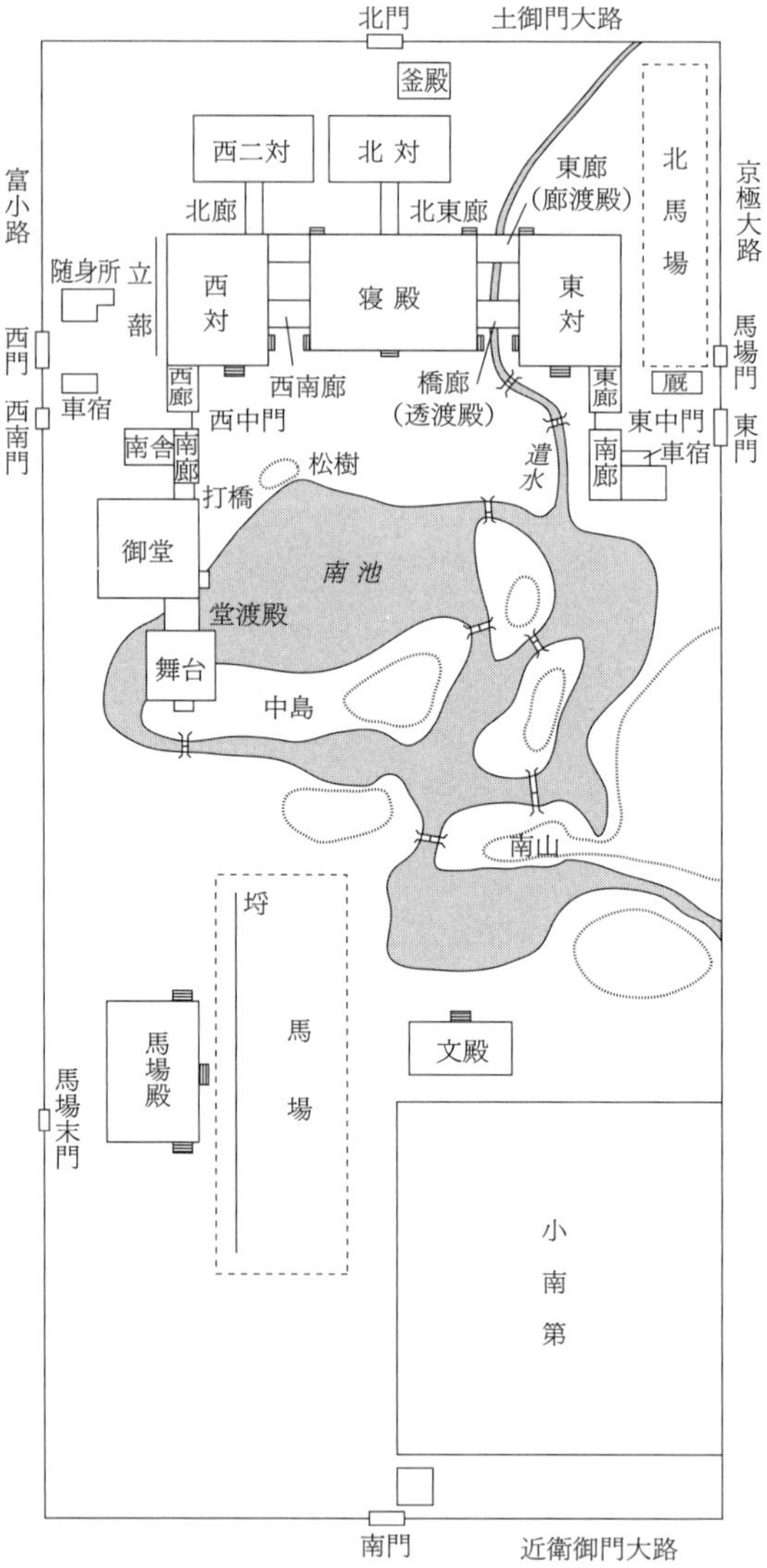

新日本古典文学大系『土佐日記・蜻蛉日記・紫式部日記・更級日記』（岩波書店）を基に作成

◉あとがき

二〇二二年五月、二年後のＮＨＫ大河ドラマの主人公が紫式部に決まったとの発表があった。第六十三作目にして初めて平安時代摂関期が舞台になるという。さらに女性が主役となるのは十五作目らしい。その直後、服藤早苗氏からメールがきた。二〇二〇年に上梓した『藤原道長を創った女たち――〈望月の世〉を読み直す』の姉妹本として、今度は紫式部を中心に据えたものを作ろうではないか、というお誘いである。

「はじめに」にもあるように、確かに紫式部についての情報は少なく、一般には『源氏物語』の作者で小倉百人一首の中に名前があったな、くらいの共通認識であろうか。そもそもこの時代の女性は長い髪に十二単を着て、几帳の奥で恋の歌を詠んでいるイメージしかないかもしれない。であれば王朝女性が主役の大河ドラマの放送は彼女たちの実態を広く知ってもらう千載一遇のチャンスだ、ということで、さっそく本企画がスタートしたのである。

服藤早苗氏の家に集まり平安時代の女性やジェンダーについての勉強会が始まったのは一九九八年であった。あれからちょうど四半世紀、プライベートや仕事の変化もあり勉強会自体は消滅したが、いまだにメール一本で皆が集まるのも服藤氏の人徳の賜物であろう。当時のメンバーを中心に作った書籍はこれで四冊目となった。もちろん執筆陣には毎回新たな方々に加わっていただきパワーアップしてきた。特に今回は、日本が誇る女性作家紫式部を取り上げるからにはどうしても膨大な研究蓄積がある日本文学の視点は欠かせないということで、ぜひ紫式部や女房文学研究の第一人者である日本文学の先生に加わっていただきたい、さらに紫式部も含めた平安貴族女性のバックグラウンドとして女子教育環境や女房システムについてもその専門家に解説していただきたい、そんな理想を高く持ちダメ元でお願いしてみたところ、なんと全員がご快諾くださった。おかげで紫式部が置かれた生育環境や教育環境、婚姻制度や職場環境なども含めて『源氏物語』が誕生した時代が伝わる、バランスの取れた素晴らしいラインナップになったと自負している。

執筆陣の皆様には、誰にでもわかりやすく、おもしろく、でも最新の研究成果も活かして、ページ数は抑えてなどとあれこれ申し上げてしまったことをお詫びすると共に、それらを叶えてくださったことに感謝したい。また、余裕を見て始まった企画であるのに、なぜか最後はいつもどおりバタバタの強行スケジュールになってしまったことに、編者として心からお詫びを申し上げる。さらには共編としていただきながらすっかり服藤氏におんぶに抱っこ状態になってしまったことも何とかお許し願いたい。

手に取ってくださった読者の方々に、紫式部自身はもちろんのこと、彼女を〝創った〟家族、宮仕えの主《あるじ》や職場で出会った同僚女性や男性貴族、ライバル関係の人々といった王朝人《びと》たちの輝きを感じ取っていただければ、本書としては大成功である。

最後に、前作に引き続き本書をお引き受けくださった明石書店様、同じく今回も苦楽を共にしてくださった編集の長島遥氏に心より御礼申し上げる。

二〇二三年十二月　雲に隠れる夜半の月を見ながら

東海林亜矢子

野田有紀子（のだ・ゆきこ）［第五章］
青山学院大学・大正大学・明海大学非常勤講師
専門：日本古代史
業績：「日本古代の鹵簿と儀式」（『史学雑誌』107編8号、1998年）、「平安貴族社会の行列――慶賀行列を中心に」（『日本史研究』447号、1999年）、「行列空間における見物」（『日本歴史』660号、2003年）

伴瀬明美（ばんせ・あけみ）［第八章］
大阪大学人文学研究科教授
専門：古代・中世史
業績：「摂関期の立后儀式――その構造と成立について」（大津透編『摂関期の国家と社会』山川出版社、2016年）、「「新迎」「新迎え」について」（『日本史研究』680、2019年）、『東アジアの後宮』（共編著、勉誠社、2023年）

茂出木公枝（もでき・きみえ）［コラム3］
服朗会
専門：平安時代女性史
業績：「禄から見る天皇の乳母――『栄花物語』を中心に」（服藤早苗編『平安朝の女性と政治文化』明石書店、2017年）、「道長と関わった女房たち②――天皇の乳母たちと彰子の従姉妹たち」（共著、服藤早苗、高松百香編『藤原道長を創った女たち――〈望月の世〉を読み直す』明石書店、2020年）

諸井彩子（もろい・あやこ）［第十一章］
聖徳大学文学部准教授
専門：平安文学
業績：『摂関期女房と文学』（青簡舎、2018年）、「女房が担う中古文学――血縁を軸として」（『中古文学』102号、2018年）、「夕顔巻新見――女房という視点から」（桜井宏徳・須藤圭・岡田貴憲編『ひらかれる源氏物語』勉誠出版、2017年）

高松百香（たかまつ・ももか）［第十四章］
東京学芸大学特任准教授
専門：日本古代・中世史、ジェンダー史
業績：『藤原道長を創った女たち』（共編、明石書店、2020年）、「中世を導いた女院たち」（共著、総合女性史学会編『ジェンダー分析で学ぶ 女性史入門』岩波書店、2021年）、「「一帝二后」がもたらしたもの――一条天皇、最期のラブレターの宛先」（共著、日本歴史編集委員会編『恋する日本史』吉川弘文館、2021年）

永島朋子（ながしま・ともこ）［コラム2］
専修大学文学部兼任講師
専門：日本古代史
業績：「女装束と被物」（『総合女性史研究』18、2001）、「古代の女性史」（佐藤信監修『テーマで学ぶ日本古代史』社会・史料編、吉川弘文館、2020）、「東アジアの衣服制」（鈴木靖民監修『古代日本対外交流史事典』八木書店、2021）

西野悠紀子（にしの・ゆきこ）［第四章、第七章］
女性史総合研究会、総合女性史学会会員
専門：日本古代史、女性史
業績：『歴史の中の皇女たち』（共著、小学館、2002年）、『ジェンダー史』（〈新体系日本史9〉、共著、山川出版社、2014年）「道長と関わった女房たち①――赤染衛門と紫式部」（服藤早苗・高松百香編『藤原道長を創った女たち』、明石書店、2020年）

野口華世（のぐち・はなよ）［コラム4］
共愛学園前橋国際大学教授
専門：日本中世史
業績：『鎌倉北条氏の女性ネットワーク』（共編著、小径社、2023年）、『増補改訂新版　日本中世史入門――論文を書こう』（共編著、勉誠出版、2021年）、「院政期の恋愛スキャンダル――「叔父子」説と待賢門院璋子を中心に」（共著、日本歴史編集委員会編『恋する日本史』吉川弘文館、2021年）

◉ 執筆者（五十音順）

池田節子（いけだ・せつこ）［第九章］
駒沢女子大学元教授、拓殖大学非常勤講師
専門：『源氏物語』を中心とする平安文学
業績：『源氏物語表現論』（風間書房、2000年）、『源氏物語の歌と人物』（共編、翰林書房、2009年）、『紫式部日記を読み解く――源氏物語の作者が見た宮廷社会』（〈日記で読む日本史〉、臨川書店、2017年）、『源氏物語の表現と儀礼』（翰林書房、2020年）

岡島陽子（おかじま・ようこ）［第二章］
京都橘大学専任講師
専門：日本古代史
業績：「女房の成立」（『日本歴史』853号、2019年）、「女房制度の成立過程」（『歴史評論』850号、2021年）、「後宮十二司の解体――蔵司・書司を中心に」（『洛北史学』24号、2022年）

河添房江（かわぞえ・ふさえ）［第一章］
東京学芸大学名誉教授
専門：平安文学、唐物史
業績：『源氏物語と東アジア世界』（〈NHKブックス〉、日本放送出版協会、2007年）、『唐物の文化史』（〈岩波新書〉、岩波書店、2014年）、『源氏物語越境論』（岩波書店、2018年）、『紫式部と王朝文化のモノを読み解く』（〈角川ソフィア文庫〉、KADOKAWA、2023年）

栗山圭子（くりやま・けいこ）［第十三章］
神戸女学院大学文学部准教授
専門：日本古代中世史
業績：『中世王家の成立と院政』（吉川弘文館、2012年）、「鎌倉前期における河内国金剛寺と本寺仁和寺」（『鎌倉遺文研究』50号、2022年）、『平安時代天皇列伝』（共編著、戎光祥出版、2023年）

◉ 編著者

服藤早苗（ふくとう・さなえ）［第三章、コラム1、第六章］
埼玉学園大学名誉教授

専門：平安時代史、女性史、ジェンダー史

業績：『家成立史の研究』（校倉書房、1991年）、『平安王朝の子どもたち』（吉川弘文館、2004年）、『平安王朝社会のジェンダー』（校倉書房、2005年）、『古代・中世の芸能と買売春』（明石書店、2012年）、『平安王朝の五節舞姫・童女』（塙書房、2015年）、『平安朝の女性と政治文化』（編著、明石書店、2017年）、『藤原彰子』（吉川弘文館、2019年）、『藤原道長を創った女たち』（共編、明石書店、2020年）、『「源氏物語」の時代を生きた女性たち』（〈NHK出版新書〉、NHK出版、2023年）

東海林亜矢子（しょうじ・あやこ）［第十章、第十二章］
国際日本文化研究センター客員准教授、日本女子大学非常勤講師、大妻女子大学非常勤講師

専門：日本古代史

業績：『平安時代の后と王権』（吉川弘文館、2018年）、『日記から読む摂関政治』（倉本一宏監修〈日記で読む日本史5〉、共著、臨川書店、2020年）、「中宮臨時客の基礎的研究」（古瀬奈津子編『古代日本の政治と制度――律令制・史料・儀式』同成社、2021年）

紫式部《むらさきしきぶ》を創《つく》った王朝人《おうちょうびと》たち
——家族《かぞく》、主《あるじ》・同僚《どうりょう》、ライバル——

2023年12月25日　初版第1刷発行

編著者　服藤《ふくとう》　早苗《さなえ》
東海林《しょうじ》　亜矢子《あやこ》
発行者　大江道雅
発行所　株式会社明石書店
〒101-0021 東京都千代田区外神田6-9-5
電　話　03-5818-1171
FAX　03-5818-1174
振　替　00100-7-24505
https://www.akashi.co.jp/

装　丁　明石書店デザイン室
印刷／製本　モリモト印刷株式会社

(定価はカバーに表示してあります)　ISBN 978-4-7503-5695-2

女性の世界地図

女たちの経験・現在地・これから

ジョニー・シーガー 著
中澤高志、大城直樹、荒又美陽、中川秀一、三浦尚子 訳

■B5判変型／並製／216頁　◎3200円

世界の女性はどこでどのように活躍し、抑圧され、差別され、生活しているのか。グローバル化、インターネットの発達等の現代的テーマも盛り込み、ますます洗練されたカラフルな地図とインフォグラフィックによって視覚的にあぶり出す。オールカラー。

● 内容構成 ●

世界の女性たち　差別の終結（CEDAW）／差別を測る／ジェンダー・ギャップ／平均寿命／レズビアンの権利／二分論を超えて／結婚と離婚／児童婚 ほか
女は女の場所に置いておく　さまざまな箱の王国／合法的な束縛／「名誉」殺人／DV／レイプ犯と結婚させる法律／レイプ／殺害される女性 ほか
出産にまつわる権利　出産／避妊／妊産婦死亡率／中絶／男児選好
身体のポリティクス　スポーツ／美／美容整形／女性器切除／セックス・ツーリズム／買売春／人身売買／ポルノグラフィー
健康・衛生　乳がん／HIV／結核／マラリア／飲料水／トイレに関する活動 ほか
仕事　有償・無償の仕事／分断された労働力／世界の組立工場／収入の格差／失業／児童労働／水のために歩く／農業と漁業／仕事のための移民
教育とつながり　就学年数／学歴が積めない／学位への前進／識字率／コンピューター／インターネットとソーシャルメディア／オンラインハラスメント ほか
財産と貧困　土地の所有／住宅の所有／毎日の貧困／極限の貧困 ほか
権力　女性の選挙権／政治における女性／軍隊／国連／いろんなフェミニズム

地図でみる日本の女性

武田祐子、木下禮子 編著
中澤高志、若林芳樹、神谷浩夫、由井義通、矢野桂司 著

■B5判／並製／96頁　◎2000円

結婚、仕事、子育て・教育、生活と福祉のテーマごとにまとめた、女性のいまがひと目でわかる画期的な日本地図帳。地理学の専門家が執筆。ジェンダーに興味のある人、一般向け。オールカラー。

● 内容構成 ●

1 結婚
未婚率／生涯未婚率／パラサイト・シングル／ひとり暮らしの未婚者／持ち家に住む単身者／多様化する家族構成／農山村の「嫁不足」／離婚／コラム 増える「出産難民」／コラム 人口妊娠中絶

2 仕事
女性労働力率／専業主婦率／非正規雇用／失業と高卒無業／女性比率が高い職業／フリーターとニート／地方議会に占める女性議員／女性にとっての公務員職

3 子育て・教育
合計特殊出生率／保育サービス／家事時間と通勤時間／年齢階級別女性労働力率／大学進学／高卒の就職移動／学歴／コラム　在日外国人の男女比／コラム　子育て費用

4 生活と福祉
母子世帯／ドメスティック・バイオレンス（DV）／女性の高齢者／介護／寿命と死因／コラム 女性と犯罪／コラム 自殺

付録　日本地図の読み方／表現によって変わる分布図の情報

〈価格は本体価格です〉

古代・中世の芸能と買売春

遊行女婦《うかれめ》から傾城《けいせい》へ

服藤早苗［著］

◎四六判／並製／304頁 ◎2,500円

折口信夫、網野善彦らの「聖なる遊女」論に批判的な立場から、日本における買売春の成立を、古代万葉集の時代から平安時代、鎌倉時代、中世後期へと史料を取り上げて綿密に検証し考察する。若い読者のために難字にはルビを付し、引用文には現代語訳を付す。

【内容構成】

〈価格は本体価格です〉